수수께끼
풀이는 저녁 식사
후에 3

NAZOTOKI WA DINNER NO ATO DE 3
by HIGASHIGAWA Tokuya

© 2012 Tokuya HIGASHIGAWA

수수께끼 풀이는 저녁 식사 후에 3

謎解きはディナーのあとで 3

히가시가와 도쿠야 지음

현정수 옮김

arte

첫 번째 이야기

:

범인에게 독을 주지 마십시오

1

이미 널리 알려진 사실이지만 '호쇼 그룹'이라고 하면 철강, 전기, 정밀 기계부터 식품, 약품, 낚시 용품, 거기에 신문, 잡지에 본격 미스터리 소설까지 온갖 업종에 닥치는 대로 손대고 있는 거대 복합기업이다. 그리고 그 기업의 총수, 호쇼 세이타로의 거처인 호쇼 저택은 도쿄 서쪽의 구니타치 시 한쪽에 있는데, 인근 지역에 민폐가 될 정도로 넓은 것으로 유명하다.

높은 담장으로 둘러싸인 광대한 부지에는 품격 있는 서양 건축물이 우뚝 서 있고, 멋들어진 별채와 수상한 창고, 쓸데없는 분수가 있으며, 정원에는 닭, 개, 말, 사슴이 있고, 코끼리와 기린이 풀을 뜯고 사자가 뛰놀고 있다……라는 소문이 구니타치 시민들 사이에서는 끊이지 않는다. 그러나 물론 이것들은 단순한 도시 전설이다. 무엇이 사실이고 거짓말인지, 혹은 개그인지 아무도 모른다. 호쇼 저택의 내부는 보통 시민들이 결코 엿볼 수 없는 비경이다.

그런 호쇼 저택 정원의 벚나무도 꽃봉오리가 벌어지기 시작한 3월 하순의 이른 아침.

화려한 레이스로 장식된 캐노피 침대, 이른바 '공주님 침대' 위에서 눈을 뜬 호쇼 레이코는 갑자기 "으헷춰!" 하고 아가씨답지 않은 커다란 재채기를 했다.

쿵쿵, 하고 코를 울리는가 싶다가 마지막 한 방. "우엣췌이!"

레이코는 폭신한 이불을 잠옷의 가슴께까지 끌어당기고 "으으, 추워!" 하고 어깨를 떨었다.

"아까의 재채기는 내가 한 거지만 품위가 없었네."

부호 영애인 자는 갑자기 튀어나오는 재채기 하나에도 기품을 요구받는 법. 아무렇게나 침을 튀기며 큰 소리를 내는 중년 남자와는 입장이 다른 것이다. 게다가……

허술한 모습을 보이고 있다가는 또 그 남자에게 바보 취급을 당하게 된다.

"그것만은 절대 안 돼……. 조심해야지."

그렇게 자신에게 들려주듯 중얼거린 레이코는 침대맡의 벨을 눌러서 그 남자를 불렀다.

그 남자란 호쇼 가를 섬기는 젊은 집사, 가게야마를 말한다. 지적인 은테 안경에 턱시도 차림, 장신에 날씬한 체구를 가진 집사는 벨이 울린 지 5초도 되지 않아서 레이코의 침실을 노크했다.

"안녕하십니까, 아가씨." 침실에 발을 들인 집사는 우선 침대 위의 레이코를 향해 공손하게 인사했다. 그리고 경계하듯이 침대 주위를 둘러보았다. "……."

"왜 그래, 가게야마? 신경 쓰이는 거라도 있어?"

"아뇨, 별것 아닙니다." 그렇게 가게야마는 침착한 목소리로 대답했다. "그저 조금 전에 복도를 걷던 저의 귀에 어디에선가 중년 아저씨 같은 큰 소리가 들려서, 혹시 몰라 경계를……."

"아, 아하. 그렇구나." 뭐야, 그 '중년 아저씨 같은 큰 소리'란 거, 혹시 내 재채기를 말하는 거야?! 내 재채기 소리가 아저씨 같다고?! 레이코는 내심 큰 상처를 입으면서 "여, 여기에는 아저씨도 중년남도 없어. 분명히 아버지가 자기 방에서 재채기라도 하신 거겠지."

"그렇군요. 확실히 주인 어르신은 번듯한 아저씨이십니다만……."

그렇게 가게야마는 고용주에 대해 조금 경의가 부족한 발언을 했다. "그런데 저에게 뭔가 용무가 있으십니까, 아가씨?"

"물론 용무가 있어서 불렀지." 레이코는 "에헴, 에헴" 하고 귀여운 헛기침을 해 보이고 나서 입을 열었다. "어쩐지 감기에 걸린 것 같아. 아침 식사는 죽이 좋겠어. 그리고 체온계를 가져다줘. 분명히 열이 있을 거야. 콜록, 오늘은 일을 쉴까……."

그러고 나서 레이코는 흘끗 곁눈으로 집사의 반응을 살핀다. 그러나 가게야마는 평소대로 쿨한 옆얼굴을 보일 뿐이었다.

그리고 잠시 후. 호쇼 가의 거실.

"제가 생각하기로는, 아가씨가 감기에 걸리셨다고 한다면 그건 아침의 차가운 공기 때문이겠지요. 그야말로 꽃샘추위라는 말이 딱 어울립니다. 어제까지는 봄 같은 날씨였는데, 오늘은 완전히 돌변해서 한겨울로 돌아간 것 같은 추위입니다."

그렇게 말하며 가게야마는 쟁반에 얹힌 아침 식사를 우아한 동작으로 레이코의 테이블에 늘어놓았다.

레이코는 김이 피어오르는 생선죽을 바라보면서도 여전히 울적한 표정이다. 삑 하는 전자음이 나자 겨드랑이에 끼워둔 체온계를 꺼내서 곧바로 액정의 숫자를 읽었다.

"37. 2……. 우와, 37도 2분!" 레이코는 눈을 크게 뜨고 우쭐하는 몸짓으로 곁에 있는 집사에게 체온계를 내밀었다. "이거 봐, 가게야마. 내가 생각했던 대로 고열이야. 이래서는 오늘 근무는 불가능하겠어. 어쨌든 37도 2분인걸!"

하지만 가게야마는 냉정하게, 아니, 그렇다기보다 오히려 싸늘한 시선을 레이코에게 보냈다.

"실례합니다만, 아가씨. 37도 남짓한 열로 결근하시다니, 학교 가기 싫어하는 중학생 수준입니다. 게다가 아가씨는 공무원인 경찰관이십니다. 이 정도로 휴가를 받았다간 시민들로부터 '세금 도둑'이라며 손가락질을 받게 됩니다. 그래도 괜찮으시겠습니까?"

"그, 그건 괜찮지 않겠네……." 하지만 '중학생 수준'이라니, 무슨 소리야!

레이코는 볼을 퉁퉁 부풀리며 불만스러운 표정을 지었다. 그런 그녀의 직업은 틀림없는 경찰관. 이래 봬도 구니타치 경찰서에 근무하는 번듯한 현직 형사다. 미열 때문에 결근을 한다는 것은 확실히 칭찬받을 이야기는 아니다.

　"하지만 '세금 도둑'이라고 할 건 없지 않아? 구니타치에서 제일 세금을 많이 내는 건 호쇼 가잖아……."

　레이코는 설득력이 있는 듯 없는 듯한 핑계를 대면서 "알았어, 출근하면 되잖아"라고 소리치며 숟가락을 손에 들었다. "흥! 오늘 하루 종일 온 힘을 다해 일한 다음 집에 돌아오자마자 고열로 쓰러지면 전부 당신 탓이야!"

　레이코는 멋대로 억지를 부리면서 기계적으로 죽을 입으로 옮겼다.

　가게야마는 그런 레이코의 모습을 만족스러운 듯한 미소를 지으며 바라보고 있었다.

　그리하여 레이코는 '고열'에도 불구하고 오늘도 구니타치 경찰서로 출근한다. 검은 팬츠 슈트에 검은 테 무도수 안경, 긴 머리카락을 뒤로 묶은 수수한 스타일. 겉보기에는 평범한 신출내기 여형사 그 자체다. 아무도 호쇼 가문의 따님이라고는 생각하지 않을 것이다. 더군다나 구니타치 경찰서의 형사과에 모여 있는 힘상궂은 남자 형사들은 관찰력과 패션 센스가 치명적으로 결여되어 있기 때문에 레이코의 정체를 아무도 깨닫지 못한다. 그들의 눈에는 버버리

팬츠 슈트도 아르마니 안경도 전부 '마루이 백화점 고쿠분지점 부근에서 산 것'으로 보이는 듯하다.

이제 와서 이런 얘길 하는 것도 뭐하지만, 이런 눈썰미를 가지고 용케 형사 일을 할 수 있구나, 이 사람들. 그렇게 너무나도 평범한 동료들에게 레이코는 반쯤 기가 막혔다.

그리고 그런 녀석들에 둘러싸여 레이코는 어떻게든 업무를 시작했다. 그러나 머리는 흐리멍덩하고, 몸은 나른하고, 목은 마르고, 두 눈은 버림받은 강아지처럼 눈물이 글썽거린다. 점심시간에 다시 열을 재보니 37도 3분! 레이코는 조퇴할까 하고 진지하게 생각했다.

이런 날은 적당히 서류 정리하는 척을 하다가(라는 건 서류 정리조차 제대로 하지 않는다는 소리지만) 얼른 집에 돌아가는 게 제일이다. 레이코는 그저 저녁이 되기만을 기다렸다.

그런데 일이 꼬일 때는 계속 꼬인다고 하던가. 고쿠분지에서 사건이 발생했다는 소식이 구니타치 경찰서에 날아든 것은 오후 2시의 일이었다.

레이코는 감기 기운이 있는 몸을 채찍질하며 형사과를 뛰어나갔다.

2

레이코가 향한 곳은 고쿠분지 서쪽. 고이가쿠보라고 불리는 그 일대는 한적한 분위기의 주택지다. 부근에는 '엑스 산'이라는 수수께끼의 애칭으로 불리는 잡목림이 있다. 게다가 군데군데지만 옛날부터 있던 채소밭도 남아 있다.

현장은 커다란 기와지붕이 인상적인 일본 가옥이었다. 몇 명의 제복 순경이 현장 보존 작업을 하는 가운데, 레이코는 동료들과 함께 경찰차를 타고 안으로 들어갔다.

'기리야마'라는 문패를 확인하면서 멋들어진 노송나무 문을 지난다. 현관으로 들어가자 순경이 집 안으로 안내했다.

"이쪽입니다." 반쯤 열린 문을 순경이 가리킨다.

레이코는 기세 좋게 그 문을 열고 안으로 들어갔다. 그러자 눈앞에 나타난 것은 피투성이의 시체가 아니라…….

"여어, 안녕, 아가씨. 오늘은 아주 날씨가 춥네."

가자마쓰리 경부였다. 꺼리는 상사의 등장에 레이코는 자기도 모르게 뒤돌아 가버리고 싶었다. 경부는 늘 그렇듯이 눈부실 정도로 하얀 슈트 차림이다. 덤으로 검은 코트에 빨간 머플러를 하고 있다. 이것이 올 겨울 그의 정석 패션이다.

야쿠자의 젊은 간부라고 오인받고 총을 맞아도 저는 모릅니다. 레이코는 자기도 모르게 그런 충고를 입 밖으로 낼 뻔하다가, "수, 수고하십니다, 경부님"이라고 말하며 고개를 숙였다.

가자마쓰리 경부는 30대 중반의 젊은 나이임에도 경부라는 직함을 지닌 구니타치 경찰서 최고의 엘리트 수사관이다. 그 실체는 '스피드는 좋지만 고장이 잘 나는 것이 결점'인 자동차 메이커 '가자마쓰리 모터스' 창업가의 상속자다. 요컨대 부잣집 도련님이 엘리트 경부가 되었다는 이야기다. 상식을 벗어난 일이란 것은 이런 걸 보고 말하는 건가. 레이코는 자신의 입장을 제쳐두고 그렇게 생각했다.

참고로 한 달 전쯤에 벌어진 사건에서 절체절명의 대위기의 순간에 레이코는 이 가자마쓰리 경부의 도움을 받았다. 그런 의미에서 그는 레이코에게 '생명의 은인'이 틀림없다. 그러나 그 사실은 레이코에게 굴욕과 수치에 가득 찬 장면으로 기억되고 있다. 그야말로 그녀에게 지워버리고 싶은 과거, 이른바 '흑역사'다.

다만 레이코에게 다행스럽게도(그렇다는 것은 경부에게는 불행한 일이지만) 그의 머릿속에서는 그 결정적 장면에 대한 기억이 완전히 사라진 듯하다. 강한 충격을 받은 피해자가 기억 장애에 빠지는 케이스는 드물지 않다. 경부도 그런 경우일 것이다.

덕분에 레이코와 가자마쓰리 경부의 관계는 1밀리미터의 변화도 없는 상태로 오늘에 이르고 있다.

"그런데 경부님, 오늘은 비번 아니셨던가요? 아침부터 모습이 보이지 않아서 다행…… 아니, 뭔가 부족하다고 느끼고 있었습니다."

"그런가. 자네를 쓸쓸하게 만들었던 건 미안하네."

"……." 가자마쓰리 경부 특유의 착각이다. 그야말로 1밀리미터의 변화도 없는 남자다.

"오늘은 비번이 아니라 유급휴가를 냈었어. 실은 아침부터 열이 심하게 났거든. 도저히 격무를 버틸 수 없다고 생각해서 말이야. 어?! 몇 도였냐니. …… 37도 2분이야. 어때, 열이 정말 심했지?"

"……37도 2분." 레이코는 미간을 좁히고, 빙그레 미소 지었다. "…… 에헤."

만세, 이겼다, 이겼다! 판정승이다! 난 안 쉬었으니까!

레이코는 어떻게 되든 상관없는 부분에서 승리의 기쁨을 느끼며 활짝 미소 지었다.

"하지만 중대한 사건이 발생했다면 쉬고 있을 수 없지. 그래서 이렇게 유급휴가를 반납하고 현장에 찾아온 거야. 그러면 잡담은 이 정도로 하고……. 어떤가, 호쇼 형사? 오늘 밤에 일을 마치고 귀가할 때 야경이 보이는 멋진 레스토랑에서 나와 함께 정통 프랑스 요리를……."

"경부님, 잡담은 그 정도로 하고 어서 사건 조사를 시작해야 할 것 같습니다."

"그, 그것도 그렇군. 확실히 자네 말이 맞아."

저녁 식사 초대를 일축당한 경부는 살짝 뺨을 긴장시키면서 실내로 눈을 돌렸다. 레이코도 경부의 등 뒤에서 현장을 응시했다.

그곳은 남성의 침실이었다. 마룻바닥 위에 튼튼해 보이는 나무 침대. 그 곁에는 작은 테이블. 방 한구석에는 얇은 소형 텔레비전. 눈에 띄는 가구는 그 정도밖에 없는, 전체적으로 간소한 방이라는 인상이다. 그런 가운데…….

　침대와 테이블 사이에 잠옷 차림의 남자가 드러누워 있었다. 머리는 백발에 얼굴에 주름이 깊다. 70대 정도로 생각되는 노인이다. 겉으로 보기에 외상은 없다. 칼에 찔린 것도 아니고 목에 로프가 감겨 있는 것도 아니다. 그러나 그 창백해진 표정으로 봐서 이미 숨이 끊어져 있는 것은 분명했다.

　"흠, 살인 사건이라고 듣고 달려왔는데, 그렇게는 보이지 않는군. 사인은 뭐지?"

　경부는 고개를 갸웃거렸다. 레이코도 신중하게 시체와 그 주변을 눈으로 훑었다.

　노인은 야윈 몸을 기역 자로 구부린 모습으로 죽어 있었다. 반쯤 벌어진 입 주변에는 그의 토사물이 퍼져 있다. 노인은 심한 구토 끝에 죽음에 이른 것으로 보인다.

　침대 위로 눈길을 옮기자, 침대 머리맡에는 회중전등과 라디오가 놓여 있다. 이불은 흐트러지고 반쯤 젖혀져 있다. 침대 위에는 노란색 수건이 아무렇게나 놓여 있다. 침대 옆의 테이블에는 500밀리리터 크기의 작은 페트병 하나와 컵이 있는데, 페트병은 투명한 액체로 80퍼센트 정도까지 채워져 있다. 라벨은 떼어져 있지만, 겉으로 보기에 내용물은 물 같다. 컵 안을 보니 그곳에는 투명한 액체가 약간 남아 있었다.

　레이코와 경부는 약간 얼굴을 찡그리면서 노인의 시체에 얼굴을 가까이 가져갔다. 그 순간 레이코의 비강을 간질이는 아몬드 냄새.

청산가리의 독은 독특한 아몬드 향을 풍긴다는 것은 법의학 교과서에 반드시 실려 있다. 그렇다면 이것은 혹시 청산…….

"청산가리다!" 가자마쓰리 경부는 그렇게 외치자마자 뒤로 물러서며 레이코에게 경고했다. "조심하게, 호쇼 형사! 아무렇게나 얼굴을 가까이 대서는 안 돼. 그 컵과 페트병도 건드리지 말도록. 청산가리가 묻어 있을 위험이 있어. 으음, 그렇군. 그런 건가. 알았어. 이 노인은 청산가리로 살해된 거야!"

"……." 그렇게 청산가리, 청산가리, 하며 그것 말고는 아는 게 없는 것처럼 되풀이할 필요는 없을 텐데…….

레이코는 흥이 깨진 기분으로 반론한다. "저기, 경부님. 청산성의 독이 곧 청산가리인 것은 아닙니다. 게다가 만약 이것이 청산가리로 인한 죽음이라고 해도 살인이라고만은 할 수 없지 않습니까? 자살일 가능성도 충분히 생각할 수 있습니다."

"자살?!" 경부의 눈썹이 움찔하고 경직되었다. "무, 물론이고말고. 나는 그 가능성에 근거해 살인의 가능성을 지적하고 있는 거야. 그런 식으로 들리지 않았나?"

"……." 전혀 그런 식으로는 들리지 않았지만, "그렇군요. 경부님의 말씀대로 이 사건은 자살과 타살의 양면에서 조사할 필요가 있는 것 같습니다"라고 레이코는 경부의 말을 완벽하게 거들었다.

부하의 의무를 완수하는 것은 피곤하고 지치는 일이다. 후유, 하고 한숨을 내쉬는 레이코를 개의치 않고 경부는 옆에서 대기하고 있는 그 지역 경관에게 물었다.

"그건 그렇고 이 노인의 신원은?"

"네. 이 노인은 기리야마 겐사쿠 씨로, 이 기리야마 가의 현재 주인입니다."

중년 경관의 설명에 따르면, 기리야마 가는 옛날부터 선조 대대로 고이가쿠보에서 농업을 해온 농가다. 집 주변에 밭을 가지고 있으며 기리야마 겐사쿠 본인도 직접 농사일에 종사했다고 한다. 참고로 잘 알려지지는 않았지만 농업은 고쿠분지의 지역 특화 산업이다. 특산품은 땅두릅나물. 레이코는 먹어본 적이 없다.

"다만……." 그렇게 경관의 설명이 이어진다. "겐사쿠 씨도 밀려드는 세파에는 이기지 못하고 작년에 농사일은 접었다고 합니다. 아들 부부는 농업을 이을 생각은 없는 듯했으니 어쩔 수 없는 일이었겠죠."

"기리야마 가의 가족 구성은?"

"집에 사는 것은 겐사쿠 씨와 그 아내인 노부코 씨, 그리고 아들 부부와 여대생인 손녀까지 다섯 명입니다. 거기에 출퇴근하는 가정부 한 명에 기르는 고양이가 한 마리 있습니다."

시체를 처음에 발견한 것은 아내인 노부코 씨라고 한다. 그렇다면 우선 그녀에게 이야기를 들어봐야 할 것이다. 레이코와 경부는 기리야마 노부코를 다른 방으로 불렀다.

기리야마 노부코는 예순아홉 살의 야윈 노부인이었다. 갑작스런 남편의 죽음을 접하고도 그녀는 흐트러진 기색도 보이지 않고 그저 긴장된 표정으로 형사들 앞에 나타났다.

뭐든지 물어보세요, 하며 의연한 태도를 취하는 노부코 부인을 가자마쓰리 경부는 의심에 찬 눈초리로 응시했다. 매사에 단순한 그는 '첫 발견자야말로 최초의 용의자다'라고 순수하게 믿는 타입이다.

"우선은 시체를 발견한 경위를 말씀해주실 수 있겠습니까?"

경부의 질문에 노부코 부인은 살짝 고개를 끄덕이고 감정을 억누른 목소리로 대답했다.

"오늘 아침 남편은 감기 기운이 있다며 아침을 먹고 얼마 안 있어서 침실에 들어갔습니다. 약을 먹고 자던 것 같았어요. 자는 데 방해하지 않도록 침실 근처에 가는 것은 자제했습니다. 그런데 정오가 지나고 오후 1시가 지나도 남편이 일어날 생각을 안 하더군요. 점심 식사는 어떡할 생각인지 신경 쓰인 저는, 오후 1시 반이 지났을 무렵에 남편의 침실 문을 노크했습니다. 그렇지만 대답이 없었어요. 저는 문을 열고 안을 들여다봤습니다. 그러자 침실은 이미 그런 상태가⋯⋯."

문득 말이 막힌 노부코 부인은 약간 과장스런 몸짓으로 입가에 손을 댔다.

경부는 싸늘한 표정으로 노부코 부인에게 더욱 자세한 사정을 물었다.

"겐사쿠 씨가 침실에 들어가신 것은 정확히 몇 시쯤입니까?"

"그건 오전 10시 정도였을 겁니다. 제가 정원에서 빨래를 말리고 있는데, 거실 창문 너머로 남편이 말을 걸었어요. '감기 기운이 있

으니까 침실에서 쉬겠다. 깨우지 마라'라고요. 저는 그냥 '알았어
요'라고 말하고 그대로 정원에서 작업을 계속했습니다. 그러니까
남편이 침실에 들어간 건 그 직후였을 겁니다."

"겐사쿠 씨가 침실에 들어가고 나서 상태를 보시지는 않았습니
까?"

"네. 당연히 자고 있는 것이라고 생각하고 있었고, 남편도 '깨우
지 마라'라고 못을 박았으니까요."

"그렇군요. 그래서 발견이 오후까지 늦어졌던 거군요. 그래서 말
인데, 부인께서는 돌아가신 겐사쿠 씨를 발견하고 어떻게 하셨습니
까?"

"물론 쓰러진 남편에게 다가가서 몸을 흔들고 크게 불러보기도
했죠. 하지만 전혀 반응이 없었어요. 게다가 남편의 몸이 깜짝 놀랄
정도로 차가워서…… 그래서 저도 모르게 커다란 비명을……. 그
소리를 듣고 가정부인 아이카와 씨가 침실로 달려왔어요. 아이카와
씨는 저를 대신해서 남편의 맥을 짚어주었습니다. 그렇지만 역시
마찬가지였어요. 그 사람은 묵묵히 고개를 젓더니 저를 끌어안듯이
부축하며 침실 밖으로 나갔습니다. 경찰에 신고해준 것도 아이카와
씨였습니다."

"침실의 상태는 부인께서 시체를 발견했을 때의 상황과 같습니
까? 테이블 위의 페트병이나 컵에 손을 대거나 하지는 않았습니
까?"

"네. 페트병도 컵도, 그것 말고 이불 위의 노란 수건이나 베갯머

리의 라디오나 회중전등에도 일체 손을 대지 않았습니다. 그 장소에 있던 그대로입니다."

"그렇습니까. 그거 정말 다행이군요." 정중한 태도로 고개를 숙인 가자마쓰리 경부는, 그 직후에 재빨리 뒤를 돌아보며 레이코의 귀에 속삭였다. "노란 수건이라든가 회중전등 같은 게 그 현장에 있던가? 어, 있었어? 그렇군. 아니, 그렇다면 됐어."

"……." 관찰력이 부족한 형사가 이곳에 약 한 명…….

레이코는 흥이 깨진 눈으로 경부를 응시했다가, 직접 부인에게 물었다.

"부인께서 현장을 보고 느낀 인상을 들을 수 있을까요? 겐사쿠 씨의 그런 모습을 보고 어떻게 생각하셨습니까? 살인, 아니면 자살?"

레이코의 너무나 솔직한 물음에 노부코 부인은 깜짝 놀란 듯 눈을 휘둥그레 떴다.

"살인이라뇨?! 그럴 리가 없어요. 남편이 누군가에게 죽임을 당했다는 말씀인가요? 그런 무서운 이야기는 상상도 할 수 없어요."

그리고 노부코 부인은 자신에게 들려주는 듯한 어조로 말했다.

"제가 생각하기에는…… 남편은 자살이 아닐까요. 아뇨, 남편이 자살할 만한 이유는 딱히 없지만 왠지 모르게 그런 기분이 듭니다……."

3

레이코와 가자마쓰리 경부가 사건 현장인 침실로 돌아오니, 기리야마 겐사쿠의 시신은 이미 운반되어 나간 뒤였다. 시체 곁에 퍼져 있는 토사물도 감식과에서 전부 수거해 갔는지 바닥은 깨끗해져 있었다. 페트병과 컵도 이미 감식과에 회수되었다.

가자마쓰리 경부는 침대 가장자리에 앉아서 마치 곰곰이 생각하는 듯한 포즈를 취했다.

"오늘 아침에 겐사쿠 씨는 감기 기운이 있어서 침실에 들어갔어. 하지만 본심은 자살할 생각이었지. 혼자가 된 그 남자는 페트병의 물을 컵에 따르고, 그런 뒤에 미리 준비해둔 독을 입에 넣고 컵의 물과 함께 삼켜서 바라던 대로 죽음에 이르렀다…….."

경부는 자신의 가설에 만족한 눈치로 고개를 크게 끄덕였다.

"흠, 이렇게 생각하면 확실히 겐사쿠 씨의 죽음이 자살로 보이지 않는 것도 아니군. 유서는 보이지 않지만 유서가 없는 자살도 드물지는 않지. 안 그런가, 호쇼 형사?"

"네, 그렇지요." 레이코는 일단 찬성의 뜻을 표하면서도 한 가지 의문을 품었다. 독을 넣었던 용기가 보이지 않는 것이다. 그 물건은 어디로 사라진 것일까. "저기, 경부님…….."

경부가 문제 제기를 하려는 레이코의 말을 가로막으며, "문제는 용기야!" 하고 외쳤다. "청산가리는 스스로 돌아다닐 수 있는 물체가 아니야. 겐사쿠 씨가 직접 준비한 청산가리를 이 침실에서 마셨다면, 시체 주변에는 그걸 담은 용기가 있어야만 해. 어떤가, 호쇼 형사!"

"……." 어떤가, 라고 우쭐하고 있다. 그렇지만 레이코도 완전히 같은 생각이었으므로 딱히 감탄은 하지 않았다. 다만 무표정인 채로 "말씀대로입니다, 경부님"이라고 대답했다.

그리고 경부는 천천히 침대에서 내려오더니 바닥 위나 침대 아래를 부지런히 탐색하기 시작했다. 사라진 용기를 찾고 있는 것이겠지. 어쩔 수 없이 레이코도 상사를 따랐다.

그러나 아무리 들여다보아도 침대 아래에서는 아무것도 발견되지 않았다. 그 대신 벽 쪽의 바닥 위에 가늘고 긴 갈색 고무줄이 보였다.

"경부님, 이런 것이……."

"응?!" 경부는 레이코가 집은 물체에 얼굴을 가까이 가져가더니 자신이 본 것을 있는 그대로 말했다. "뭐야. 끊어진 고무줄 아닌가. 이런 게 사건하고 무슨 관계가 있지? 그냥 쓰레기잖아."

확실히 쓰레기로밖에 보이지 않는다. 레이코는 주위 든 고무줄을 테이블 위에 내려놓고 바닥으로 시선을 떨어뜨린다.

그리고 몇 분 후, 바닥을 기어 다니던 형사들의 집념은 끝내 결실을 거두었다.

"찾았어, 호쇼 형사!"

침대 곁에 놓인 소형 LCD 텔레비전 받침대 아래를 들여다보던 경부가 외쳤다.

그가 전리품처럼 높이 치켜든 것, 그것은 길쭉하고 투명한 병 형태의 용기. 약통이었다. 원래는 알약 같은 것을 넣는 용기이지만, 독약을 보관하는 데 쓸 수도 있는 물건이다. 안은 비어 있지만 약간의 미립자가 용기 바닥에 남아 있는 것을 알 수 있다.

경부는 본체와 이어진 뚜껑을 손끝으로 튕겨서 열더니 용기에 코를 가까이 가져갔다.

"틀림없어. 이것이 청산가리 용기야. 겐사쿠 씨는 이 용기에 들어간 청산가리를 스스로 마셨어. 그러고 나서 용기를 내던지고 컵의 물을 마신 거지. 내던져진 용기는 바닥을 굴러서 이 텔레비전 받침대 아래로 들어갔어. 이것으로 앞뒤는 맞아. 안 그런가, 호쇼 형사?"

"……." 확실히 이야기의 앞뒤는 맞는다. 하지만 레이코는 어째서인지 갑자기 불안해졌다. 생각해보면 과거에 가자마쓰리 경부가 앞뒤가 맞는 가설을 선보였을 때, 대개 그것은 잘못되어 있었다. 그 경험을 근거로 말하자면 기리야마 겐사쿠의 죽음은 자살이 아니다. 그렇다면 이것은 자살로 보이게 만든 살인이란 이야기가 되는데……. 아니, 그것은 지나친 생각일까. 경부도 가끔씩은 정확히 맞추는 일도……. 하지만 지금까지 참패만 계속해왔으니 이번에도…….

레이코는 생각하면 생각할수록 기리야마 겐사쿠의 죽음이 난해하게 생각되기 시작했다.

그 뒤로 잠시 시간이 흐르고…….

레이코와 가자마쓰리 경부는 살짝 열린 장지문 뒤에서 기리야마 저택 응접실의 눈치를 엿보고 있었다. 휑뎅그렇게 넓은 일본 전통식 방에는 다섯 명의 남녀가 제각각 다른 자세로 앉아 있었다. 레이코는 이제까지 수집한 정보를 경부에게 작은 목소리로 설명했다.

"겐사쿠의 아내인 노리코는 알고 계시겠죠. 그 옆에 있는 중년 남자가 아들인 가즈아키입니다. 저 사람은 고쿠분지에서 무농약 채소가 특징인 유기농 레스토랑을 운영하고 있습니다. 요컨대 요식업 경영자죠. 참고로 가즈아키는 노리코 쪽에서 데려온 자식으로, 겐사쿠와는 혈연관계가 없다고 합니다."

"호오, 그건 그냥 지나칠 수 없는 정보로군."

"가즈아키 옆에 있는 화장이 짙은 여자가 가즈아키의 아내인 다카코입니다. 전업주부이지만 가사 대부분은 노리코 부인에게 맡기고 자기는 취미 생활이나 예스러운 교양을 쌓는 데 열중하고 있다더군요. 그 뒤에서 따분하다는 듯 머리카락을 매만지는 젊은 여자가 외동딸인 미호입니다. 올해 여대에 들어가서 지금은 동아리 활동과 미팅으로 날을 지새우고 있다고 합니다."

"한 명 더 있잖아." 경부는 장지문 틈으로 얼굴을 가까이 가져가며 물었다.

"앞치마 차림의 젊은 여자 말이군요. 저 사람은 아이카와 사나에라고 하는데, 보시는 대로 가정부입니다."

"그렇군. 잘 알았어." 경부는 장지문의 틈새에서 얼굴을 떼고서

재미없다는 듯 중얼거렸다. "하지만 말이지, 겐사쿠 씨는 십중팔구 청산가리로 자살한 것이 뻔해. 관계자를 조사하는 것도 이제는 시간 낭비라는 기분이 드는데 말이야."

"속단은 금물입니다, 경부님. 게다가 경부님은 이런 시추에이션을 좋아하지 않으셨던가요?"

빈정거림이 담긴 레이코의 말에, 가자마쓰리 경부는 느끼한 미남 스타일의 미소를 지으며 말했다.

"물론이지, 아주 좋아하고말고. 그러면 가자고, 호쇼 형사."

경부는 나란히 자리 잡은 문손잡이에 두 손을 대고, 두 개의 장지문을 좌우로 확 힘차게 열어젖혔다. 자신이 등장하는 장면을 그렇게까지 화려하게 연출하는 이유를, 레이코는 전혀 이해할 수 없었다.

그러나 관계자 일동의 주목을 한몸에 받으며 응접실 중앙으로 나아가는 가자마쓰리 경부는 몹시 기분이 좋아 보였다. 가부키 배우처럼 일동을 노려보더니, 그는 이렇게 말문을 열었다.

"기리야마 겐사쿠 씨가 돌아가셨습니다. 청산성 독약을 먹은 것으로 생각됩니다."

경부의 이 발언에 재빨리 반응한 것은 가즈아키였다.

"청산가리라. 아버지는 청산가리를 먹고 자살한 거군요."

"어라, 잠시만요." 경부는 과장스럽게 고개를 갸웃거리며 되물었다. "저는 겐사쿠 씨가 스스로 독을 먹었다고는 한마디도 하지 않았습니다. 살인의 가능성은 충분히 생각할 수 있습니다. 게다가 엄밀히 따지면 청산성의 독이 곧 청산가리를 뜻하는 것은 아니라는 점을 만일을 대비해 말씀드리지요."

우와, 역시 프로 형사다! 실력파다! 라고 말하는 듯한 엉뚱한 분위기가 단숨에 응접실에 퍼졌다. 조금 전에 장지문 너머에서 '십중팔구는 청산가리 자살'이라고 단언했던 것은 어디 사는 누구였지? 레이코는 남몰래 한숨을 내쉬었다.

"차, 참고로." 그렇게 가즈아키가 목소리를 떨었다. "아버지가 돌아가신 건 몇 시쯤입니까?"

"감식의의 소견에 따르면 사망 추정 시각은 오전 10시로 나왔습니다. 마침 오전 10시쯤에 노부코 부인께서 생전의 겐사쿠 씨와 대화를 나누었으니, 실제로 겐사쿠 씨가 사망한 것은 10시를 조금 지났을 무렵이라고 봐도 좋지 않을까 합니다……."

"오전 10시!" 경부의 말을 다 듣지도 않고 가즈아키가 안도하는 목소리를 냈다. "다행이군요. 그렇다면 저는 관계없습니다. 저는 오전 9시에 고쿠분지에 있는 가게에 나가서 일을 하고 있었습니다. 그 이후에도 계속 가게에 있었죠. 종업원들이 그렇게 증언해줄 겁니다."

"잠깐, 뭐야, 여보." 불만스러운 듯한 목소리를 낸 것은 아내인 다카코였다. "자기만 알리바이를 주장하고 용의선상에서 빠져나가겠다는 거야?! 그건 너무해. 그렇다면 나도 오전 10시 조금 넘었을 무렵에는 이웃집 부인들이 데리러 와서, 같이 다도 수련을 하러 외출했었어. 그 뒤에는 계속 그분들과 다도 선생님하고 같이 있었어."

"엄마, 그게 무슨 알리바이가 된다는 거야?" 딸인 미호가 지적했다. "할아버지가 돌아가신 건 오전 10시 지나서야. 엄마가 할아버지에게 독을 먹이고 그 뒤에 다도 수련을 하러 나갔다고 해도 전혀 이상하지 않아."

이 노골적인 발언에 다카코는 도끼눈을 하며 날카로운 목소리를 냈다.

"미호, 무슨 말을 그렇게 하니! 엄마가 할아버지에게 독을 먹일 리가 없잖아!"

"그래, 미호. 아무렇게나 가족을 의심하는 게 아니야." 가즈아키도 딸을 나무랐다. "그런데 미호는 오전 10시쯤에 어디서 뭘 하고 있었지?"

"완전 의심하고 있잖아!" 미호는 정말로 요즘 여대생 같은 말투로 아버지를 매도했다. "난 알리바이 같은 거 없다니깐. 오전 10시쯤이라면 계속 내 방에 혼자 있었어. 친구가 끌고 온 자동차를 타고 같이 학교에 간 것이 확실히 10시 반쯤이었고, 그 이후로는 계속 학교에서 누군가하고 같이 있었지만."

그리고 미호는 난잡한 말투를 바꾸면서 경부 쪽을 보았다. "하지만 믿어주세요, 경부님. 저는 할아버지를 죽이지 않았습니다."

"아니, 믿고 뭐고······."

가자마쓰리 경부는 곤혹스런 표정을 지으면서 가즈아키, 다카코, 미호 세 사람의 얼굴을 보았다.

"여러분, 뭔가 착각하고 계신 것 같군요. 이번 사건에서 아무리 알리바이를 주장하셔도 아무런 의미가 없습니다. 왜냐하면 겐사쿠 씨는 독을 마시고 죽었기 때문입니다. 가령 이것이 살인일 경우, 범인은 사망 추정 시각인 오전 10시 무렵에 현장에 있을 필요는 전혀 없습니다. 겐사쿠 씨가 입을 댈 만한 것에 미리 독을 넣어두면 되니까요. 그렇게 가정할 경우, 범행 시각은 오늘 오전 7시여도, 8시여도 되고, 전날 밤이어도 상관없습니다. 아니, 어쩌면 독은 일주일 전부터 준비되어 있었는지도 모릅니다. 예를 들면 겐사쿠 씨가 일상적으로 먹는 약이나 영양제, 혹은 감기약 같은 것에…….”

가자마쓰리 경부의 말을 듣자, 기리야마 가 사람들 사이에 긴장감이 퍼졌다. 한편 경부는 조금 전까지의 '자살설'에서 간단히 전향해서, 이것이 독살 사건이라고 결정짓기로 한 눈치다. 아마도 그쪽이 재미있다고 판단한 것이리라.

그러자 조금 전까지 알리바이를 문제시하던 세 사람이 태도를 싹 바꿨다.

“새, 생각해보면 알리바이 같은 건 상관없잖아. 왜냐하면 아버지는 자살이니까.”

“그, 그래요. 시아버님은 최근에 건강이 좋지 않다고 불평하셨어요.”

“그리고 보니 고령자의 자살은 드물지 않다고 신문에도 실려 있었어요.”

살인 용의라는 거센 파도를 앞에 두자, 뿔뿔이 흩어졌던 가족들은 갑작스럽게 결속을 강화한 듯했다.

일련의 상황을 잠자코 지켜보던 노부코 부인은 “정말 한심해……"라며 고개를 절레절레 저었다.

그러자 그때, 노부코 부인의 등 뒤에 있던 가정부 아이카와 사나에 씨가 작은 소리로 외쳤다.

"어머, 시로잖아? 어디 갔었던 거니!"

아이카와 사나에의 시선은, 조금 전에 경부가 열어둔 장지문 쪽을 향하고 있다. 레이코가 그쪽으로 고개를 돌리자, 어느새 나타난 것인지, 그곳에는 새하얀 고양이가 있었다. 하얀 고양이라서 시로(白)겠지. 레이코는 그러고 보니 기리야마 가의 가족 구성원 중에 애완동물인 고양이 한 마리가 포함되어 있었던 것을 떠올렸다. 하지만 지금까지 모습을 보지 못했었는데…….

"이야, 돌아왔구나. 시로." 가즈아키가 하얀 고양이를 안아 들면서 형사들에게 설명했다. "실은 시로 녀석이 일주일 정도 전부터 모습을 감추고 있었습니다. 그래서 아버지가 상당히 열심히 시로를 찾아다니셨는데, 어디에도 보이지 않아서 말이죠……. 안 그래, 다카코?"

"그랬지. 아버지는 시로를 매일 밤 안고 주무실 정도로 귀여워하셨어요. 그래서 없어졌을 때, 아주 외로워하셨던 것 같아요. 안 그러니, 미호?"

"응. 할아버지는 이제 시로가 돌아오지 않는다며 포기하신 것 같았어. 아, 혹시 시로가 없어진 것도 할아버지의 자살의 원인일지도 모르겠네."

"음, 그건 생각해볼 수 있겠군." 가즈아키가 고양이의 머리를 쓰다듬으며 끄덕였다. "애완동물을 잃어서 기력을 잃은 고령자가 문득 자살을 시도한다. 그런 이야기는 흔히 있죠, 형사님?"

"흐음, 자살의 원인은 없어진 애완동물입니까."

가자마쓰리 경부는 오른손으로 머리카락을 쓸어 올리면서 혼잣말처럼 말했다.

"뭐, 확실히 있을 수 없는 일만은 아니겠군……."

4

응접실에서 참고인 조사를 마치고 두 형사는 서로의 인상을 솔직하게 이야기했다.

"기르던 고양이가 없어진 노인이 의기소침해져서 자살할 가능성은 확실히 있을 수 있지. 역시 자살인가……."

"처음부터 경부님은 자살이라고 말씀하셨죠. 독약을 담았던 용기도 현장에 있었고요."

"하지만 가즈아키와 다카코 부부, 그리고 딸인 미호. 그 세 사람의 눈치를 보라고. 기리야마 겐사쿠 씨의 죽음을 추도하기는 고사하고 자신의 무죄를 호소하는 데 필사적이잖아. 오히려 수상해."

"확실히 그 사람들은 묻지도 않은 알리바이를 주장하고 있었죠. 그러면 그 사람들 중에 진범이 있는 걸까요?"

레이코의 이 별 생각 없는 물음에, 가자마쓰리 경부는 그대로 편승하며 말을 이었다.

"음, 그래. 자네가 말한 대로 겐사쿠 씨에게 독을 먹인 진범은 그 사람들 중에 있어. 십중팔구, 그런 게 틀림없어. 나도 자네와 완전히 같은 생각이야, 호쇼 형사."

"……." 레이코는 무임승차하려는 손님을 만난 택시 운전수 같은 기분이었다. 그러나 부하의 발언에 무임승차하는 상사를 단속하는 법률은 이 나라에 없다. 레이코는 쓴웃음을 지을 수밖에 없었다.

참고로 레이코 자신은 기리야마 겐사쿠의 죽음을 자살로도 타살로도 판단하지 못하고 있다. 망자에 대해 냉담한 아들 내외의 행동은 분명 칭찬받을 수 있는 것은 아니지만, 단순히 이기적인 것뿐이라고 생각할 수도 있다. 그렇다고 해서 자살이라고 단정하는 것도 너무 섣부른 판단이라는 기분도 들고…….

하지만 딱 한 가지, 참고인 조사 결과 확실해진 것이 있다. 요컨대 가자마쓰리 경부는 이번 사건에 대해서 명확한 견해가 있는 것이 아니라 그냥 그때그때 상황에 따라 생각을 바꾸고 있는 것에 불과하다는 점이다. 뭐, 평소대로지만.

그런 가자마쓰리 경부는, 이것 역시 단순한 착상의 일환일지도 모르겠지만 레이코를 데리고 기리야마 저택의 부엌으로 향했다. 마침 가정부인 아이카와 사나에 씨가 하얀 고양이에게 캔 사료를 주고 있던 참이었다. 시로는 배가 고팠는지 정신없이 캔 사료를 먹고 있다.

"아, 아이카와 씨. 마침 잘됐습니다. 어라, 시로도 같이 있군요."

34

경부는 아마도 '동물을 좋아하는 친근한 형사'를 연기하고 싶은 충동에 사로잡힌 것이겠지. 딱히 좋아하지도 않으면서, "이야, 귀여운 고양이네"라고 말하면서 하얀 고양이 앞에 쪼그려 앉더니 장난치듯이 손가락을 내밀었다.

하얀 고양이는 "야옹!" 하고 한 번 울더니 손가락을 덥석 깨물었다. 경부의 손가락을 비엔나소시지 같은 것으로 착각한 듯하다. 경부의 얼굴은 단숨에 붉어졌다.

"그러면 안 돼, 시로!" 아이카와 사나에가 하얀 고양이를 나무랐다. "그런 건 먹어도 맛있지 않아."

실제로 맛은 없었던 것 같다. 시로는 "우엑" 하고 토하듯 경부의 손가락을 뱉었다.

경부는 자신의 손가락 끝이 사라지지 않은 것을 확인하고, "……벼, 별로 귀엽지 않은 고양이군요, 하하하" 하고 어색한 웃음을 지으면서 고양이를 노려보았다.

"네, 형사님의 말씀대로 시로는 그렇게 귀여운 고양이는 아니죠."

그렇게 말하는 아이카와 사나에도 그리 귀여운 가정부는 아닌 듯했다. 말투가 너무 신랄하다.

"호오, 그렇습니까. 그렇지만 조금 전의 응접실에서 나눈 대화로 보면 겐사쿠 씨는 이 하얀 고양이를 몹시 귀여워하셨던 것 같더군요. 매일 밤에 같이 잘 정도였다고 했던가요."

"글쎄요, 정말 그랬을까요." 의외로 아이카와 사나에는 납득이 가지 않는다는 표정이다. "저는 출퇴근하는 가정부라서 저녁 이후에 어떤지는 잘 모릅니다. 하지만 제가 보기에 주인 어르신은 시로를 그 정도로 귀여워하시지는 않았던 것 같아요. 같이 사는 고양이니까 나름대로 애정은 있겠지만, 각별히 좋아한다는 느낌은 받지 못했습니다."

"흠, 즉 고양이에 대한 애정은 보통이었다. 고양이 애호가는 아니었다는 거군요."

"아뇨, 고양이를 귀여워하긴 하셨어요." "그러면 고양이 애호가였나요?" "아뇨, 고양이를 귀여워하셨던 것뿐입니다." "즉, 고양이 애호가군요." "아뇨, 고양이 애호가는 아닙니다." "고양이를 귀여워하지 않았다는 겁니까?" "아뇨, 고양이는 귀여워하셨습니다." "거 보십시오, 고양이 애호가잖습니까." "그게 아니라, 고양이는……."

"경부님!" 참다못한 레이코가 끼어들었다. "고양이 애호가라는 말에 너무 구애되시는 거 아닌가요? 괜히 시간만 낭비할 뿐입니다."

그런 뒤 레이코는 경부 대신에 눈앞의 가정부에게 물었다.

"겐사쿠 씨는 시로에 대해서 그리 애정을 쏟지는 않았다. 그렇다는 것은 일주일쯤 전에 시로가 행방불명이 되었던 것과 겐사쿠 씨의 죽음은 관계가 없다는 말씀인가요?"

"그렇다고 생각합니다. 가즈아키 님 내외는 자살이라고 말씀하셨지만 시로가 없어진 정도로 주인 어르신에게 그 정도의 정신적 충격이 있었을 거라고는 생각되지 않아요. 다소 낙심할 수는 있다고 해도 그것 때문에 자살한다는 것은 말도 안 된다고 봅니다."

"그러면 당신은 이번 사건은 자살이 아니라 살인이라고 보십니까?"

"그건……."

아이카와 사나에는 한순간 입을 다물었다가, "아니요, 저는 모르겠습니다"라고 말하며 고개를 좌우로 저었다.

레이코는 더 이상 추궁하는 것은 무의미하다고 판단하고 질문을 마쳤다.

대신 가자마쓰리 경부가 다른 방향에서 접근을 시도했다.

"당신이 생전의 겐사쿠 씨를 마지막으로 본 것은 언제입니까?"

"어르신이 침실에 들어가시기 조금 전, 이 부엌에 계신 모습을 본 것이 마지막이었습니다. 어르신은 약을 드시고 계셨죠."

"약?!" 경부의 눈이 번쩍하고 빛을 발했다. "그건 어떤 약이죠? 감기약입니까, 혹은 다른 상비약? 아니면 청산가리?"

"……." 그런 걸 먹으면 그 자리에서 죽는다구요, 경부님.

레이코는 마음속으로 경부의 발언에 딴죽을 걸었지만…… 아니, 잠깐. 청산가리를 먹어도 그 자리에서 죽지 않는 수단도 있었지, 라고 레이코는 조용히 생각을 고쳤다.

"어르신이 드신 것은 감기약과 혈압을 낮추는 약입니다. 감기약은 시판하는 가루약, 혈압 약은 의사 선생님이 처방해주신 캡슐 약이었죠."

그 말을 들은 순간, 경부는 몹시 흥분을 하며 눈앞의 가정부를 붙들었다.

"캐캐캐, 캡슐 약! 그그그, 그 약, 어어어, 어디에 있습니까!"

경부의 너무나 강렬한 기세에 아이카와 사나에의 얼굴이 바짝 굳었고, 발치의 고양이는 하얀 털을 곤두세웠다.

"혈압 약은 그 냉장고 안에 있습니다. 네, 어르신은 매일 먹는 약을 냉장고에 보관하는 습관이 있었죠. 보실래요?"

그렇게 말하고 그녀는 부엌 구석에 놓인 냉장고 문을 열었다. 꺼낸 것은 플라스틱으로 된, 약 용기였고, 그 반투명 용기에 들어 있는 것은 노란색 캡슐 약이었다.

"겐사쿠 씨는 처방받은 캡슐 약을 이런 형태로 보관하며 매일 먹었던 거군요. 하지만 이건 아주 경솔한 보관법입니다. 반대로 범인에게는 안성맞춤이라고도 할 수 있는……."

가자마쓰리 경부는 깊이 생각에 잠기듯이 턱에 손을 대더니, "호쇼 형사!" 하고 옆에 있는 레이코에게 갑자기 말을 걸었다. "자네는 이 캡슐 약이 갖는 의미를 알고 있나?"

캡슐 약은 약의 효과의 발현을 늦추는 역할을 한다. 귀이개 하나 분량만 먹어도 즉사라고 하는 청산가리라도, 캡슐로 감싸면 먹었다고 즉시 죽지는 않는다. 겐사쿠 씨가 오전 10시 전에 부엌에서 먹은 약의 효과가 10시를 지났을 무렵에 침실의 침대 위에서 나타났다고 해도 이상하지 않다. 이 캡슐 약을 이용하면 범인은 어렵지 않게 겐사쿠 씨에게 맹독을 먹일 수 있는 것이다. 생각지도 못한 전개에 레이코도 흥분해서 입을 열었다.

"경부님! 범인은 이 캡슈……."

"모르겠다면 알려주지, 호쇼 형사! 범인은 이 캡슐에 독을 집어 넣은 거야. 그 사실을 모르는 겐사쿠 씨는 평소대로 혈압을 낮추는 약이라고 생각한 채로 그걸 먹고서 침실에 들어갔어. 이윽고 위장 속에서 캡슐이 녹아서 겐사쿠 씨의 몸에 독이 퍼졌다는 얘기지. 어 떤가, 호쇼 형사? 내 추리에 뭔가 개운치 않은 점이라도 있나?"

"…… 아뇨, 경부님께서 말씀하신 대로입니다."

레이코는 감정이 없는 목소리로 찬성의 뜻을 표했다. 누구라도 생각해낼 만한 추리를 마치 자신만의 특별한 명추리라는 듯이 의기 양양하게 말하는 것은 가자마쓰리 경부의 특기 같은 것이다.

레이코의 반응에 기분이 좋아진 경부는 다시 아이카와 사나에를 보았다.

"약을 먹고 난 겐사쿠 씨는 그 뒤에 어떻게 했습니까?"

"그게 어디 보자……. 그렇죠, 작은 페트병을 들고 부엌을 나가 셨습니다."

"페트병이라는 것은 침실 테이블에 있던 것이군요."

"네. 같은 것일 거라고 생각합니다. 어르신은 그걸 손에 들고서 일단 거실로 가다가 정원에 있는 부인께 창문 너머로 두세 마디 하 시는 듯했습니다."

"'감기 기운이 있으니까 잔다. 깨우지 마라'라는 내용이군요. 노 부코 부인의 증언이 있었습니다. 그러면 그 뒤군요, 겐사쿠 씨가 침 실에 들어간 것은."

"네……." 그렇게 일단 고개를 끄덕였던 가정부는, 이내 취소하듯이 고개를 좌우로 저었다. "아니요, 어르신은 침실에 들어가기 전에 다시 부엌에 돌아오셨습니다."

"호오, 그건 어째서일까요?"

"그건 저기, 사건과는 관계가 없을 것 같은데요…….."

"관계가 있고 없고는 저희가 판단합니다. 뭐든 말씀해보세요."

"네, 그렇다면." 아이카와 사나에는 마음을 정한 듯 고개를 들었다. "어르신은 저에게 '고무줄 같은 건 없나'라고 물어보시더군요. 그래서 저는 앞치마 주머니에 있었던 고무줄 하나를 어르신께 드렸죠. 어르신은 '응, 이거면 됐어'라며 그대로 고무줄과 페트병을 들고 침실 쪽으로 가셨습니다."

"뭐, 뭐라고요, 고무줄이라고요!" 경부의 목소리가 높아졌다. "그러고 보니 확실히 현장 바닥에는 끊어진 고무줄이 떨어져 있었습니다……. 그렇지만 대체 무엇을 위해서? 물이 들어간 페트병은 음료수라고 해도, 침실에 왜 고무줄을 가지고 들어간 거지?"

"글쎄요. 저도 이상하게 생각했지만 굳이 물어볼 일은 아니라고 생각해서……."

결국 고무줄의 사용처는 알지 못한 채로 아이카와 사나에는 겐사쿠 씨를 떠나보냈다고 한다. 그것이 그녀에게 생전의 겐사쿠 씨를 본 최후의 순간이 된 것이다.

다시 수수께끼의 존재로 떠오른 '고무줄'. 그 의미를 파악하지 못한 레이코와 가자마쓰리 경부는 난처한 얼굴로 서로를 바라볼 수밖에 없었다.

그 뒤로도 레이코는 가자마쓰리 경부와 함께 조사를 계속했다. 진저리를 낼 정도로 관계자들에게 몇 번이나 이야기를 듣고, 기억에 새겨질 정도로 현장을 끈기 있게 살펴보았다. 그리고 경부와 마냥 반복되는 토론을 이어갔다. 기리야마 겐사쿠는 살해된 것인가 자살인가? 그가 죽기 직전에 고무줄을 찾은 의미는 무엇인가? 답이 나오지 않은 채로 수사는 심야에 이르렀다. 그 결과……

오늘 하루 종일 전력을 다해 일한 레이코는, 호쇼 저택에 돌아오자마자 고열로 쓰러졌다.

5

"이거 보라고, 가게야마아~. 전부 당신 탓이야~."

레이코는 '공주님 침대' 위에서 이불을 턱까지 덮고서, 힘없는 목소리로 말했다.

그런 그녀는 오늘 저녁에 호화로운 식사 대신에 감기약, 와인 대신에 갈근탕을 마셨다. 그리고 봉제 인형 대신 탕파(뜨거운 물을 넣어서 그 열기로 몸을 따뜻하게 하는 기구. 쇠나 함석, 자기로 만들며, 이불 속에 넣고 잔다._옮긴이)를 안고 이불 속에 들어가서는 고열이 난 책임을 곁에 있는 집사에게 떠넘기는 것이었다.

"당신이 세금 도둑이란 소릴 하니까 이런 꼴이~."

"허어, 37도 2분이 37도 4분이 된 것이 제 탓이란 말씀이십니까?"

가게야마는 손에 든 체온계의 눈금을 보면서 새침한 얼굴로 말했다. 조금도 걱정하는 기색이 없다.

그리고 가게야마는 은테 안경을 손끝으로 가볍게 밀어 올리더니, 레이코에게 제안을 하듯이 말했다.

"생각하건대 아가씨의 몸 상태가 악화된 것은 오늘의 사건 탓이 겠지요. 그렇다면 그 사건에 대해 이 가게야마에게 말씀해주시는 것은 어떻겠습니까? 아가씨에게는 사건 해결이 무엇보다 좋은 묘약이 될 거라 생각됩니다."

"그렇지 않아. 사건이 해결되더라도 내 감기는 낫지 않아. 왜냐하면 감기와 사건은 관계가 없으니까. 내 몸은 구니타치에 있고, 사건은 고쿠분지에서 일어났으니까."

"호오, 무대는 고쿠분지입니까. 그러면 고쿠분지의 어디쯤……."

"고이가쿠보야. 주택지 한구석에. 맞아, 밭이 있었어. 피해자도 예전에는 농업을 하고 있었어. 하지만 아직 피해자라고 부를 수 있을지는 미정이야. 자살의 가능성도 있으니……."

흠흠, 그렇군요, 라며 가게야마는 타이밍 좋게 맞장구를 쳤다.

그런 집사의 페이스에 말려서 결국 레이코는 오늘 사건에 대해 자세히 이야기했다. 가게야마는 옆에 있는 의자에 앉아서 그녀의 이야기를 열심히 들었다.

그러나 레이코 자신도 아직 사건의 전모를 이야기할 수 있는 단계가 아니다. 애초에 기리야마 겐사쿠의 죽음이 살인 사건이라고 확정된 것도 아니다. 이 상황에서는 아무리 탁월한 추리력을 자랑하는 가게야마라도 사건 전체를 조망하는 것은 불가능하다. 그렇다면 하다못해 자살인가 타살인가의 판단만이라도 그의 생각을 듣고 싶다. 그것이 레이코의 거짓 없는 본심이었다.

"그래서 어떻게 생각해, 가게야마?" 레이코는 사건에 대한 전체적인 이야기를 마치고, 침대 위에서 가게야마의 견해를 물었다. "기리야마 겐사쿠는 자살? 아니면 살해된 거야?"

"그 물음에 대답하기 전에 몇 가지 여쭙고 싶은 게 있습니다."

가게야마는 침착한 태도를 무너뜨리지 않고 질문으로 옮겨갔다.

"아가씨의 말씀을 들어보니 겐사쿠 씨와 아들 부부 사이는 양호하지 않았던 눈치입니다. 그 원인은 무엇인지요? 가즈아키 씨가 노부코 부인이 데려온 자식이기 때문입니까?"

"그것도 있겠지. 하지만 더 큰 원인은 가즈아키가 기리야마 가문의 농업을 잇지 않았던 것에 있는 것 같아. 겐사쿠는 가즈아키가 자기 뒤를 이어서 기리야마 가에 대대로 전해지는 밭을 지켜줄 것을 바라고 있었어. 그런데 가즈아키는 레스토랑 경영자가 되었지. 가즈아키와 다카코 사이에는 아들이 없어. 미호도 후계자가 되어줄 것 같지 않았고."

"그래서 끝내 겐사쿠 씨는 대대로 이어지는 밭을 포기하게……."

"아니. 확실히 겐사쿠는 농업에서 은퇴했지만 그래도 밭을 포기할 생각은 없었던 것 같아. 겐사쿠의 먼 친척 중에 올해 농업대학을 졸업하는 남자가 있대. 겐사쿠는 그 사람에게 자기 밭을 물려주고 싶다고 생각했던 모양이야. 예를 들면 양자를 들인다는 방법으로."

"그건 아들 부부에게는 큰 문제였겠군요. 물려받을 유산의 몫이 크게 줄어버릴 가능성이 있습니다. 그렇군요. 참고로 가즈아키 씨의 레스토랑 경영 상황은?"

가게야마의 물음에 레이코는 목소리를 낮추듯이 대답했다. "몹시 쪼들리고 있대."

요컨대 지금 이 타이밍에 가즈아키나 다카코가 겐사쿠를 살해할 가능성은 충분히 생각해볼 수 있다는 뜻이다. 레이코의 이야기를 듣고 가게야마는 만족스러운 듯 끄덕였다.

"그러면 다른 질문을 드리죠. 독의 종류입니다만, 역시 청산가리가 틀림없었습니까? 청산성 독극물은 그 밖에도 여러 종류가 있습니다만."

"응, 청산가리야. 그 점은 가자마쓰리 경부의 판단이 적중한 모양이야. 결과적으로."

"그렇군요. 그러면 다음 질문을 드리죠. 현장의 테이블 위에 있던 페트병과 컵입니다만, 들어 있던 것은 물이 틀림없었습니까? 겉으로 보기에는 투명해도, 반드시 물이라고만 할 수 없으니까요."

"물론 그건 감식과에서 조사했어. 페트병의 내용물과 컵에 남아 있던 투명한 액체, 둘 다 물이야. 틀림없어."

"그러면 다음 질문. 페트병의 종류는 무엇이었습니까?"

"뭐?! 페트병의 종류라니, 무슨 소리야?!"

"페트병은 라벨이 벗겨져 있었다고 들었습니다. 그렇다면 내용물은 물이라도, 페트병 자체는 다른 음료일 가능성이 있습니다. 예를 들면, 다 마시고 난 우롱차 페트병에 수돗물을 담아서 다시 사용하는 분들도 많이 계시지요. 기리야마 겐사쿠 씨도 그런 타입이 아니었나 하고 짐작됩니다만."

"아, 그거 말이구나. 확실히 그 페트병은 원래 물이 들어가 있던 것은 아닌 모양이야. 물이 든 페트병은 부드러운 재질로 만들어진 것이 많은데 현장에 있던 것은 달랐어. 더 강한 재질의 딱딱한 페트병이었어. 그건 원래 차 같은 것이 들어가 있던 페트병이 아닐까? 저기, 이건 무슨 질문이야? 페트병의 종류 같은 거, 기리야마 겐사쿠가 죽은 것하고 관계없잖아."

"아뇨, 밀접한 관계가 있습니다. 어라, 아직 모르시겠습니까? 그렇다면 한 가지만 더, 아가씨께 제가 질문을 드리겠습니다."

가게야마는 그렇게 말하고 침대에 누워 있는 레이코에게 다가가서, 예의 바른 어조로 중대한 질문을 던졌다.

"어째서 아가씨는 수많은 사건을 경험하셨으면서도 1밀리미터도 진보하지 않으셨습니까? 혹시 일부러 그러시는 겁니까?"

"……." 레이코는 무슨 말을 들은 것인지 이해하지 못한 채 잠시 침묵했다. 이윽고 입을 다문 채로 이불 안에서 몸을 일으키고, "콜록콜록" 하고 마른기침을 하면서 "가게야마, 가운을 가져다줘"라고 집사에게 명령했다.

집사가 내민 핑크 가운을 걸친 레이코는 비틀거리면서 침대를 내려와서 천천히 손에 든 베개를 머리 위로 치켜들더니…… "가게야마아아아아!" 배신자 집사의 이름을 부르며 분노의 기합 소리와 함께 내던졌다.

"우욱!" 얼굴로 베개를 받은 가게야마는 비뚤어진 안경을 손으로 누르면서 "지, 진정하십시오, 아가씨. 이 이상 감기가 악화되었다간 내일 하실 업무에도 지장이……."

"지장 없어! 37도 남짓한 열 따윈 전혀 문제없다고!"

감기 바이러스도 도망갈 정도의 열기를 내뿜으며 레이코는 가게야마에게 다가갔다.

"1밀리미터도 진보가 없다니! 말도 안 되는 소리 하지 마. 이래봬도 이전에 비해서 5밀리미터나 10밀리미터는 확실하게 진보했다고!"

"별로 자랑이 되지 않습니다, 아가씨."

"시. 끄. 러. 워." 레이코는 가게야마를 향해 입술을 삐죽 내밀면서 말했다. "아하, 그렇구나. 그러면 당신은 이것이 자살인지 타살인지 안다는 거지? 좋아. 어디 한번 들어보도록 할까?"

레이코는 침대 위에 털썩 앉아서 다리를 꼬고는 집사를 도발하듯이 말했다.

"자, 얘기해봐. 납득이 가지 않는 추리라면 가만두지 않을 거야!"

가게야마는 기가 막힌다는 듯이 한숨을 한 번 내쉬고는, "알겠습니다"라고 선 채로 공손히 인사했다. 그리고 나서 천천히 이렇게 입을 열었다.

"아가씨 앞에서 이런 말씀을 말씀드리는 것은 번데기 앞에서 주름잡는 일입니다만, 원래 독살 사건이란 몹시 성가신 일이지요. 흉기에 의한 살인이나 교살과는 달리, 독살의 경우에는 범인이 사건 발생 순간에 현장에 있을 필요가 없습니다. 상대가 음식이나 그릇에 미리 독을 넣어두거나, 혹은 죽이고 싶은 상대에게 독을 약이라고 부르며 건네는 방법도 가능하겠지요. 실제로 그렇게 해서 누군가가 독을 먹고 죽었을 경우, 스스로 독을 먹은 것인지 타인이 먹인 것인지를 나중에 경찰이 판별하는 것은 상당히 어려운 일입니다."

"그 말대로야. 그래서 곤란해하고 있는 거잖아."

"그렇다면 대체 무엇이 사건 해명의 열쇠가 되는 걸까요." 가게야마는 씩 하고 입가에 흐릿한 미소를 짓더니 갑자기 기묘한 물음을 던졌다. "그런데 아가씨, 고양이와 페트병, 양쪽의 공통점이 무엇인지 아시겠습니까?"

"뭐어?! 고양이하고 페트병의 공통점이라니……. 양쪽 다 '페트 (pet)'라는 거?!"

레이코의 단순한 대답에 가게야마는 허를 찔린 듯이 "그렇군요"라고 감탄의 목소리를 냈다.

"멋진 대답입니다. 이 가게야마는 아가씨의 풍부한 발상에 감복했습니다."

"어, 그러면 맞춘 거야?!"

"아뇨. 제가 상정했던 답과는 다릅니다. 아, 그리고 물을 넣은 페트병이 전신 위의 고양이를 쫓는 데 쓸 수 있다든가 하는 것도 정답이 아니니, 혹시나 해서 말씀드립니다."

"아앗! 그거, 지금 말하려고 했는데!"

레이코는 진지하게 분해했다. 이런 쪽의 퀴즈에는 반드시 정답을 맞히고 싶어 하는, 지기 싫어하는 여자다.

"잠깐 기다려, 가게야마. 아직 정답을 말하지 마…….. 반드시 정답을 맞히겠어! 어디 보자, 고양이하고 페트병, 고양이하고 페트병……."

"아가씨, 유감스럽게도 타임 오버입니다."

매정하게도 가게야마는 그렇게 말하면서 이야기를 끝내고, 다시 다른 의문점을 말했다.

"이야기를 바꾸겠습니다만, 관계자의 증언에 따르면 겐사쿠 씨는 고양이인 시로를 몹시 좋아했다는 말과 그 정도는 아니었다는 말, 양쪽이 다 있었습니다. 이 미묘하게 다른 증언의 의미는 뭐라고 생각하십니까, 아가씨?"

"그건 개인이 느끼는 정도의 차이에 지나지 않는 거 아니야?"

"아뇨, 그것뿐만은 아닙니다. 포인트는 겐사쿠 씨가 시로를 '매일 밤 안고 자고 있었다'라는 부분입니다. 매일 밤 안고 자고 있었기 때문에 가족의 눈에는 겐사쿠 씨가 고양이를 몹시 사랑하는 것으로 비쳤습니다. 반대로 그것을 모르는, 출퇴근하는 가정부의 눈에는 겐사쿠 씨의 고양이에 대한 애정이 그리 대단하지 않았다고 비쳤습니다. 그런 것이겠지요."

"확실히 그럴지도 모르겠네. ……그래서 무슨 말이 하고 싶은 거야, 가게야마?"

"매일 밤 고양이를 안고 자는 이유, 그것이 중요합니다. 겐사쿠 씨의 경우, 그 이유가 고양이를 매우 사랑하기 때문은 아닙니다. 그 사람은 고양이에게 많이 집착하지는 않았습니다. 그런 겐사쿠 씨가 일부러 매일 밤 고양이를 안고 잔다. 그 행동에는 합리적이면서 현실적인 이유가 거의 한 가지밖에 없습니다. 즉……."

가게야마는 손가락을 하나 세우고, 당당하게 결론을 말했다.

"고양이를 안고 자면 따뜻해서 기분이 좋다. 전기세도 들지 않고, 따뜻하게 자면 감기도 걸리지 않는다. 겐사쿠 씨가 고양이를 안고 자는 이유는 그 정도라고 생각됩니다."

"어, 그런 이유라고?!" 그 이야기를 들은 레이코는 처음에는 어안이 벙벙해졌지만 생각할수록 점점 가게야마의 말이 진실로 여겨졌다. "확실히 고양이는 따뜻하지. 특히 추운 계절에는 꽤 유용할지도 몰라."

"하지만 유감스럽게도 기리야마 가의 시로는 일주일 전쯤부터 모습을 감추고 있었습니다."

"그렇다는 이야기는, 기리야마 겐사쿠는 최근 일주일 정도 고양이를 안고 잘 수 없었다는 거구나."

"그렇습니다. 더군다나 오늘 아침은 전에 없을 정도로 쌀쌀한 날씨였습니다. 그 탓인지 어떤지는 알 수 없습니다만, 오늘 겐사쿠 씨는 감기에 걸린 눈치였습니다. 그래서 오늘 아침 식사를 마친 후에 겐사쿠 씨는 감기약을 먹고 혼자 침실로 들어갔습니다. 그런데 항상 침대를 함께 써왔던 시로는 여전히 행방불명이었죠. 거기서 급거, 그는 어떤 물건을 이용하기로 마음먹고 그 방법을 실행했다고 생각됩니다."

"어떤 물건이라니, 뭘 말하는 거야?"

가게야마는 마치 비장의 카드처럼 그 말을 입 밖에 냈다. "페트병입니다."

"현장에 있던 그거 말이구나. 하지만 물이 들어간 페트병을 어떻게 썼다는 거야?"

레이코의 물음에 가게야마는 깊이 낙담한 표정을 지었다. "아아, 아가씨는 아직도 착각하고 계십니다. 겐사쿠 씨의 페트병의 내용물은 그냥 물이 아닙니다."

"뭐? 무슨 소리야, 가게야마? 페트병의 내용물은 그냥 물이었어. 감식과가 조사했으니까 틀림없어. 조금 전에 말했잖아."

"아뇨. 감식 결과가 어떻든, 겐사쿠 씨가 침실에 가지고 들어간 페트병의 내용물은 그냥 물이 아닙니다."

"말도 안 되는 소리 하지 마. 그냥 물이 아니라면 대체 무슨 물이라는 거야?"

레이코의 물음에 가게야마는 아주 명쾌하게 대답했다. "뜨거운 물입니다."

"뜨거운 물?!" 의외의 대답에 레이코는 한순간 아연실색했다.

그냥 물이 아니라 뜨거운 물. 과학적으로는 같은 물질이지만, 확실히 뜨거운 물은 그냥 물과는 다르다고 봐야 할지도 모른다. "하지만 왜 기리야마 겐사쿠가 페트병에 뜨거운 물을 넣고 침실에 들어간 거야? 마시려고?"

"마시기 위해서라면 냉수나 따뜻한 차로 하지 않겠습니까?"

"그렇겠지. 그렇다면 왜 뜨거운 물을?"

"뜨거운 물을 넣은 페트병 이용 방법으로 유명한 것이 하나 있습니다."

가게야마는 충분히 뜸을 들이고 나서 답을 말했다.

"탕파 대용품입니다."

"탕파?! 아, 그런 얘기구나!"

레이코는 간신히 납득했다. "기리야마 겐사쿠는 따뜻하게 자기 위해서 고양이를 안고 잤어. 그 고양이가 없어지자 이번에는 뜨거운 물을 넣은 페트병을 고양이 대신 안고 자려고 했던 거구나. 그 말을 듣고 간신히 알았어. '고양이와 페트병의 공통점은 무엇인가?'라는 조금 전의 퀴즈는 '둘 다 탕파 대용이 된다'가 답이구나."

"정답입니다, 아가씨."

가게야마는 공손히 인사하며 레이코에게 경의를 표했다.

"하지만 기본적인 것을 묻겠는데, 페트병이 정말로 탕파 대용이 되는 거야?"

"네. 실제로 페트병에 뜨거운 물을 채우고 탕파 대용으로 안고 자는 사람은 꽤 있다고 들었습니다. 부드러운 재질로 만들어진 페트병은 뜨거운 물을 넣으면 열 때문에 변형되어 물이 새거나 합니다만, 차 종류를 넣는 페트병은 내열성이 뛰어나기 때문에 뜨거운 물을 넣어도 잘 변형되지 않습니다. 하지만!"

가게야마는 레이코의 눈앞에 집게손가락을 세우며 위협하듯이 중대한 경고를 했다.

"만일을 위해 말씀드립니다만 애초에 페트병은 난방 기구가 아닙니다. 페트병 탕파는 본래의 사용법이 아니므로 결코 권하지 않습니다. 만약 아가씨께서 하신다면, 부디 자기 책임하에 시도하시길."

"안 한다고! 왜 내가 페트병을 안고 자야 하는 건데!"

레이코는 자신의 탕파를 끌어안으면서 외쳤다. 참고로 레이코의 탕파는 호쇼 가문에 선조 대대로 전해 내려오는 양철제 탕파다. 게다가 레이코가 녹색 덮개를 씌우고 머리와 다리와 꼬리를 붙여서 전체적으로 보면 녹색 거북이 형태가 되어 있다. 그것을 보는 동안 레이코는 간신히 깨달았다.

"그러고 보니 현장 침대 위에 노란색 수건이 있었지. 그건 페트병 탕파를 싸기 위한 덮개가 아니었을까."

"추측하신 대로라고 생각합니다. 거기까지 아셨다면 수수께끼 같던 고무줄의 사용처도 상상이 가시지 않습니까?"

"무, 물론이야. 당연하지."

레이코는 그렇게 말하고 나서 당황하며 생각에 잠겼다. 고무줄은, 어디 보자……. "맞아! 고무줄은 페트병을 감싼 수건을 묶기 위한 것이었어. 수건으로 싸는 것만으로는 자고 있는 동안에 수건이 풀어질 테니까. 그러니까 고무줄로 고정해둘 필요가 있었던 거구나."

"역시 아가씨이십니다. 혜안이십니다."

가게야마는 마음에도 없는 칭찬의 말을 하면서 미소 지었다.

"그러면 이만큼의 정보로, 겐사쿠 씨가 침실에 가지고 들어간 페트병이 탕파 대용이라는 것은 충분히 납득하셨다고 생각합니다."

"그렇지. 수건이나 고무줄의 의미도 이걸로 깔끔하게 설명되었어. 하지만 잠깐, 페트병 탕파하고 기리야마 겐사쿠의 죽음의 수수께끼하고 어떻게 이어지는 거야?"

"네, 바로 그 부분이 중요한 부분입니다."

가게야마의 눈동자가 은테 안경 아래에서 광채를 더했다.

"잘 생각해보십시오, 아가씨. 예를 들어 침실에 들어간 겐사쿠 씨가, 거기서 갑작스럽게 자살을 결단했다고 가정해보죠. 자살하기 위해서 청산가리도 이미 입수해둔 상태입니다. 그렇지만 만일 그런 상황이 갖춰졌다고 해도 정말로 겐사쿠 씨는 탕파의 뜨거운 물로 독을 마시는 짓을 할까요?"

"으음……그건……."

"자신의 생명을 끊는다는 행위는 본인에게는 신성한 의식입니다. 한편 탕파의 뜨거운 물이란 대개 다음 날 아침에 세수할 때에 쓰는 것이 보통입니다. 그런데 아무리 가까이에 있었다고 해서 탕파의 물을 컵에 따라서 독을 마시다니! 아니죠, 자살자의 심리로서 있을 수 없는 일입니다."

가게야마는 천천히 고개를 좌우로 젓고서 조용한 목소리로 결론을 말했다.

"겐사쿠 씨는 자살하지 않았습니다. 누군가가 독을 먹여서 살해한 것입니다."

6

숨을 삼킨 레이코를 앞에 두고, 가게야마는 설명을 이었다.

"범인은 가자마쓰리 경부님이 간파한 대로 캡슐 약에 청산가리를 집어넣은 것이겠지요. 겐사쿠 씨는 그것을 부엌에서 감기약 등과 함께 먹었습니다. 그러고 나서 뜨거운 물이 든 페트병과 고무줄을 가지고 침실로 향했습니다. 수건은 원래 침실에 있었겠지요. 겐사쿠 씨는 페트병을 수건으로 싸고 그것을 고무줄로 고정했습니다. 그렇게 페트병 탕파가 완성된 것입니다. 겐사쿠 씨는 그것을 안고 이불 속에 들어갑니다. 그렇지만 얼마 뒤 위장 속에서 캡슐이 녹아서 독이 퍼지고 겐사쿠 씨는 죽음에 이르렀습니다. 그 단말마의 괴로움 속에서 겐사쿠 씨는 가까이에 있던 페트병이나 그것을 감싼 수건을 강하게 움켜쥐거나 잡아당기거나 했겠지요. 그것 때문에 고무줄이 끊어져서 벽까지 날아갔고 수건과 페트병은 따로따로 떨어져버렸던 것입니다."

"그것이 오전 10시를 지났을 무렵에 벌어진 일이구나. 그러고 나서 범인은 어떻게 했지?"

"겐사쿠 씨가 사망한 뒤에 범인은 겐사쿠 씨 시체를 발견하고, 그것을 자살로 보이게 만들려고 했을 겁니다. 그렇다고 해도 아주 약간의 손을 댔을 뿐입니다. 청산가리 용기를 현장에 버려두고, 그런 뒤에 침대 곁에 굴러다니던 페트병을 주워 들고 그 내용물을 컵에 따랐습니다. 그것만으로 마치 겐사쿠 씨가 침실에서 스스로 독을 먹은 것처럼 보이게 만든 것입니다. 여기까지 말하면 이미 깨달으셨겠죠? 범인의 행동에 커다란 실수가 있는 것을."

가게야마의 물음에 레이코는 곧바로 대답했다.

"범인은 현장에 굴러다니던 페트병을 음료용이라고 착각한 거구나. 그래서 그 안에 든 물을 컵에 따르고 말았어. 그것이 범인의 실수야."

"말씀하신 대로입니다." 가게야마는 강하게 끄덕이고는 "그리고 그 사실에서 겐사쿠 씨를 살해한 범인의 정체를 좁힐 수 있습니다"라고 대담하게 선언했다. "주목해야 할 것은 용의자의 알리바이입니다."

"알리바이?"

레이코는 의아하다는 얼굴로 되물었다.

"잠깐 기다려. 독살 사건에 알리바이는 상관없잖아. 왜냐하면 범인은 미리 캡슐에 독약을 넣은 것이……."

"아뇨, 알리바이라고 해도 독살에 관한 알리바이가 아닙니다. 중요한 것은 범인이 페트병의 내용물을 컵에 따랐을 때의 알리바이입니다. 잘 생각해보십시오, 아가씨. 범인이 현장에서 페트병을 들었을 때, 내용물이 뜨거운 물이었다면 범인은 그것을 마실 물이라고 착각할까요?"

"그렇구나. 뜨거운 차라면 몰라도 뜨거운 물이면 마실 물이라고 생각하지 않겠지. 그걸 탕파라고 알아차릴지는 미지수지만."

"말씀대로입니다. 그렇지만 이 범인은 음료용이라고 착각하고 있습니다. 즉 범인이 페트병을 건드렸을 때, 내용물은 이미 뜨거운 물이 아니었습니다. 완전히 식어서 상온의 물로 변해 있었다고 생각됩니다."

레이코는 묵묵히 고개를 끄덕였다. 가게야마의 이야기는 드디어 가경(佳境)에 들어간 것 같다.

"그러면 이 착각을 한 범인은 누구인가. 거기서 용의자들의 알리바이를 보시면, 우선 기리야마 가즈아키는 오전 9시에는 고쿠분지의 레스토랑에 출근해서 일을 하고 있었습니다. 그 뒤에도 계속 가게에 있었다고 하면 애초에 현장에서 조작을 하는 것 자체가 불가능하다고 할 수 있습니다. 그 남자는 범인이 아닙니다."

"그렇구나. 그러면 그 아내인 다카코는?"

"기리야마 다카코는 오전 10시 지나서 이웃 부인들과 함께 다도 수련을 하러 갔습니다. 그 여자가 현장에서 조작을 한다면 겐사쿠씨가 죽은 직후, 그야말로 10시를 지난 지 얼마 되지 않아 근처의 부인들이 데리러 오기 직전에 이루어졌겠지요. 그렇지만 그때 페트병의 내용물은 뜨거운 물이었을 겁니다. 다카코는 범인이 아닙니다."

"그러면 딸인 미호도 마찬가지네. 그 여자는 오전 10시 반에 친구들과 함께 학교에 갔어. 그때까지는 집에 있었으니까 그때에 현장에서 조작을 할 수는 있었을 거야. 하지만 10시 반 시점에서 페트병의 내용물이 상온의 물 정도로 식었을 거라고는 생각할 수 없지."

"동감입니다. 그렇게 생각하면 결국 이러한 착각을 할 가능성이 있는 사람은 겐사쿠 씨가 사망한 몇 시간 뒤에 기리야마 저택에 있던 두 여성이죠. 즉 기리야마 노부코 부인과 가정부인 아이카와 사나에 중 한 사람이라는 이야기가 됩니다."

"용의자는 두 사람으로 좁혀진 거구나. 그래서 진범은 어느 쪽이야?"

"그것을 분별하는 포인트는, 없어졌던 하얀 고양이겠지요. 이미 이번 사건이 살인 사건이라는 것은 명백한 사실입니다. 그렇다면 일주일쯤 전부터 행방불명된 하얀 고양이는 요컨대 범인이 미리 준비한 '자살의 구실'로 여겨집니다. 소중한 고양이가 없어져서 의기소침한 노인이 갑자기 자살을 꾀한다. 그런 흔한 스토리를 믿게 만들기 위해서 범인이 고양이를 감춘 것입니다. 그리고 사건이 발각된 뒤에는 감추고 있던 고양이를 즉시 풀어주었습니다. 즉 행방불명되었다고 여겨지던 고양이는 실은 기리야마 저택 부지 어딘가에 있었던 것입니다. 그렇다면 저택 안에서 고양이를 감출 수 있는 인물은 누구인가."

"출퇴근하는 가정부에게는 어렵겠네."

"그렇다기보다 출퇴근하는 가정부라면 고양이는 자택으로 데리고 가거나 먼 곳에 갖다 버리거나 했을 겁니다. 범인은 그러지 않았습니다. 어쩌면 범인 자신이 나름대로 시로를 아끼고 있었던 것은 아닐까요. 그러니까 일주일 정도 숨기는 선에 그친 것이죠."

"그러네. 확실히 당신 말대로야."

확신을 얻은 레이코는 자신이 최후의 결론을 말했다. "범인은 노부코 부인이었구나."

"아마도 그렇다고 생각됩니다. 노부코 부인은 농지를 포기하려 하지 않는 남편을 살해하고, 그 유산으로 아들의 레스토랑 경영을 회복시키려고 생각했던 것이겠지요."

가게야마는 이렇게 사건의 수수께끼 풀이를 마치고 조용히 인사했다.

레이코는 늘 변함없는 가게야마의 명민함에 내심 혀를 내둘렀다. 그 뒤 내일 아침에는 다시 기리야마 노부코를 참고인으로 조사해야겠다고 생각했다.

그런 레이코의 기분을 살피듯이 가게야마는 물었다.

"어떠십니까, 아가씨. 이제 푹 쉬셨으면 좋겠습니다만."

"푹 쉬라고? 말도 안 되는 소리."

가운을 걸친 레이코는 침대 가장자리에서 힘차게 일어나서 집사에게 명령했다. "가게야마, 야식을 준비해. 오늘 밤은 저녁 식사를 하지 못해서 몹시 배가 고파. 그렇지, 호쇼 가 특제 소스 볶음밥 같은 것은 어떨까."

"밤늦은 시간입니다만……. 저기, 몸은 어떠십니까? 감기에 걸리지 않으셨던가요."

"감기?!" 레이코는 기억났다는 듯이 자신의 손바닥을 이마에 댔다. "그러고 보니, 나은 것 같아!"

과연 가게야마가 말한 대로 사건의 해결이 무엇보다 좋은 묘약이었던 것 같다.

그런 레이코에게 가게야마는 빈정거리는 듯한 미소를 지으며 인
사했다.

"그거 정말 다행입니다, 아가씨."

두 번째 이야기
⋮
이 강에 빠지지 마십시오

1

때는 다이가쿠 길에 벚꽃이 만개했을 무렵. 바람에 흩날리는 꽃잎이 눈처럼 지상에 쏟아지고, 시커먼 아스팔트조차 아름다운 분홍빛으로 물드는 그런 우아한 풍경 속……

아름다운 꽃잎을 짓밟을 기세로 구니타치 시가지를 질주하는 한 대의 자동차가 있었다. 전장 7미터의 리무진. 이 거리에서 가장 격조 높고 화려하고 우아하며, 그리고 가장 길쭉한 자가용일 것이다. 그것은 구니타치가 세계에 자랑하는 대부호, 호쇼 가문이 소유한 캐딜락이다. 구니타치에서 캐딜락 리무진을 발견한다면 일단 호쇼가의 것이라고 보면 틀림없다.

그런 리무진의 운전석에서 핸들을 쥔 것은 호쇼 가를 섬기는 운전사 겸 집사인 가게야마. 그는 거리 도처에 보이는 벚나무를 곁눈으로 보면서 진지한 어조로 자신의 등 뒤를 향해 말했다.

"아가씨, 보십시오. 벚꽃이 흐드러지게 피어서 눈보라처럼 흩날리고 있습니다."

그러나 대답은 없다. 룸미러 너머로 뒷좌석의 눈치를 엿보는 가게야마. 뒷좌석에 앉아 있는 호쇼 가문의 외동딸 호쇼 레이코는 지끈거리는 관자놀이를 손가락으로 누르면서 고개를 숙인 채로 짧게 대답했다. "됐어. 벚꽃 같은 건 더 이상 보고 싶지 않아."

토라진 듯이 고개를 좌우로 젓는 레이코는 검은 팬츠 슈트 차림에 도수 없는 안경, 긴 머리카락을 뒤로 묶은 수수한 스타일이다. 레이코가 업무를 할 때에 늘 입는 복장이다. 레이코의 직업은 경찰관. 부호의 딸이면서도 구니타치 경찰서에 근무하는 현직 형사다. 즉 공무원이다.

"아아, 그런데도…… 나는 대체……."

레이코는 뒷좌석에서 머리를 끌어안고 어젯밤의 추태를 떠올렸다.

장소는 기치조지의 이노카시라 공원. 도쿄 동쪽에 우에노 공원이 있다면 도쿄 서쪽에 있는 이노카시라 공원은 학생이나 회사원, 노동자, 공무원, 이매망량이 뒤섞이며 술잔을 주거니 받거니 하는 이 계절 꽃놀이의 성지다.

다들 그러하듯 레이코도 대학 시절의 동아리 친구들과 함께 꽃놀이 참가자로 붐비는 공원에 나갔다.

활짝 핀 벚나무 아래서 옛 친구들과 둘러앉아 맥주로 "건배!", 그리고 소주로 "건배애!", 또 일본주로 "건배애에~!" 할 무렵에는 이미 레이코의 발음은 수상쩍게 변해 있었다. 마음은 이미 두려울 것 없던 학생 시절로 돌아가 있었다. 현재의 직업은 잊은 채.

한편 꽃놀이 참가자로 넘치는 공원 안은, 취객이나 흥에 겨운 젊은이들이 술김에 야단법석을 떠는 카오스 상태이기도 하다. 젊은 여자에게 점잖지 못한 행동을 하는 남자들이 수두룩하다.

레이코 앞에 건들거리며 나타난 것은 대학생으로 보이는, 술 냄새를 풍기는 남자였다.

"같이 마셔요, 누나~." 그렇게 뻔뻔스럽게 들이대는 그의 손을 두세 번 쳐낸 레이코는, 네 번째로 뻗어 온 그의 오른손을 꽉 쥐고 걸레라도 짜는 것처럼 꾹 비틀어 올리더니, "에잇!" 하고 기합과 함께 뒤쪽으로 내던졌다. 남자는 한순간 공중을 날며 멋진 포물선을 그리더니 머리부터 이노카시라 호수로 처박혔다.

한순간의 정적. 이윽고 끓어오르는 환성과 박수. 무슨 착각을 했는지 브이 사인으로 응하는 레이코. 당황한 친구들은 그녀를 끌어안고서 황급히 그 자리를 떴다.

그 뒤의 기억은 레이코에게 없다. 눈을 떴을 때 레이코는 호쇼 저택 안 침대 위에 있었다. 연못에 빠진 건달이 그 뒤에 어떻게 되었는지는 그녀도 알지 못한다.

덕분에 오늘 아침에는 텔레비전 뉴스를 보는 것이 왠지 두려웠다.

다행히 '이노카시라 공원에서 익사체 발견!' 같은 뉴스는 어디에도 보도되지 않았다. 어젯밤의 일은 레이코와 동료들의 '완전범죄'로 마무리된 듯하다. 그렇다고는 해도…….

"현직 경찰관의 행동이 아니었지, 그건…….'

안 좋은 기억과 숙취로 얼굴을 찌푸리는 레이코. 그런 그녀를 위로하듯이 운전석의 집사가 "안심하십시오, 아가씨"라고 엄숙하게 입을 열었다.

"만일 그 피해자가 자기 이름을 대며 아가씨에게 책임을 추궁하려 할 경우, 아버님이신 세이타로 님은 온 힘을 다해 아가씨의 파렴치 행위를 무마할 것입니다. 아가씨에게 불똥이 튈 우려는 없습니다."

"아, 그렇지." 레이코는 안도하며 고개를 들었다. "듣고 보니 확실히 내가 고민할 필요는 없네. 우리 아버지는 부자니까……가 아니잖아, 바보!"

그렇게 집사를 매도한 레이코는 "그런 문제가 아니야!"라고 짜증내면서 시트 위에서 다리를 꼬았다. "가게야마. 당신, 낙심한 나를 위로하려는 마음은 전혀 없는 것 같네. 불쌍한 아가씨가 자기혐오에 빠져 있는데……."

"별것 아닙니다. 술자리에서 파렴치한 행동을 한 경험쯤이야 누구에게나 한두 번 정도 있기 마련이니까요."

"그러니까 '파렴치한 행동'이라고 몇 번씩 말하지 않아도 돼! 더 상처 입으니까!"

알겠습니다, 라며 은근히 무례하게 대답하는 가게야마. 충실한 집사여야 할 이 남자가 아가씨인 레이코를 뼈 있는 말로 괴롭히는 것은 이미 호쇼 가의 일상 중 하나다.

"그런데 아가씨, 다마 강이 보이기 시작했습니다. 슬슬 현장에 다 와갑니다."

"말해주지 않아도 다마 강 정도는 보면 알아. 적당한 곳에 세워줘."

레이코는 아침 햇살을 받아 반짝이는 다마 강의 수면을 창문 너머로 바라본다. 온화하고 마음이 평화로워지는 광경이지만, 오늘 아침 들어온 연락에 따르면 이 하천 근처 부지에서 젊은 남자의 변사체가 발견되었다고 한다.

가게야마는 현장에서 조금 떨어진 강변도로에 리무진을 세웠다. 이 차를 탄 채로 현장에 바로 내렸다간 박봉에 우는 많은 수사원들의 놀라움과 질투를 사고, 현장의 사기 저하를 부를 것이기 때문이다.

가게야마는 운전석에서 내려서 레이코를 위해 뒷좌석 문을 연다. 레이코도 이때만큼은 부호 영애다운 우아한 미소를 지어 보였다. "고마워. 돌아갈 때도 부탁해."

"활약을 기원합니다." 가게야마도 공손히 고개를 숙였다. "부디 자기혐오에 빠지는 것은 나중으로 미루시고, 현장에서는 평소의 아가씨답게 밝고 당당하고 방약무인(傍若無人)한 태도가 좋지 않을까 합니다."

"그래, 그렇게 하기로……가 아니라, 뭐가 어째?" 지금 뭐라고 했지?

아연해하는 레이코를 내버려둔 채, 가게야마는 새침한 얼굴로 운전석으로 돌아갔다. 잠시 뒤 리무진은 힘차게 배기가스와 흙먼지를 흩뿌리며 레이코 곁을 도망치듯이 떠나갔다.

"방약무인? 누가 함부로 말하고 행동한다고! 내가 얼마나 현장에 신경을 쓰고 있는데!"

레이코의 비통한 외침을, 수면을 어루만지는 봄바람이 쓸고 지나갔다.

2

현장은 구니타치와 다치카와의 경계 부근이었다. 하천 부지와 주택지를 가르는 제방의 외길에 경찰차와 경관이 잔뜩 몰려 있다. 그 주변을 근처에서 달려온 구경꾼들이 이중 삼중으로 둘러싸고 있다. 레이코는 인파의 벽을 헤치면서 현장에 도달했다.

'KEEP OUT (출입 금지)'이라고 프린트된 노란 테이프를 지나자 레이코의 눈앞에 제복 경관의 모습이 보였다. 레이코는 하얀 장갑을 끼면서 경계하듯이 주위를 둘러본다.

"……가자마쓰리 경부님은?"

이쪽입니다, 라고 말하며 경관이 안내해준 곳은 제방의 도로 근처에 있는 작은 수풀이었다. 두 평 좀 못 되는 공간에 어른 허리 정도 높이의 덤불이 우거져 있다. 덤불 반대편은 급경사면인지, 덤불 너머로 넓은 하천 부지가 내려다보인다.

레이코는 덤불 안을 들여다본다. 솔직히 부서진 텔레비전을 버리는 것 말고는 딱히 이용 가치가 없는 공간이다. 그러자 아니나 다를까, 그녀의 시선 앞에 불법 투기된 텔레비전이 보였다. 그 옆에는 불법 투기된 젊은 남자의 모습이 있었다. 남자는 큰 대자를 그리듯 드러누운 자세로 미동도 하지 않는다. 죽어 있는 것이다.

레이코는 움찔했다. 시체를 봤기 때문이 아니다. 시체를 보는 일 따위는 이미 통달했다. 그녀가 놀란 것은 그 시체가 아주 산뜻한 하얀색 양복을 입고 있었기 때문이다. 레이코가 아는 한에서 이런 특이한 패션 센스의 소유자는 구니타치 부근에는 한 명밖에 없다.

유명 자동차 메이커 '가자마쓰리 모터스'의 상속자이자 구니타치 경찰서가 자랑하는 엘리트 수사관, 그리고 레이코의 직속 상사인 그 남자다.

"가가가가, 가자마쓰리 경부!" 레이코는 한순간 모든 것을 이해했다. "아아, 끝내는……."

"뭐가 '끝내는'이지, 아가씨?"

등 뒤에 누군가가 말을 걸어와서 레이코는 자기도 모르게 "우왓!" 하고 꼴사납게 외쳤다. 그리고 그녀는 또다시 한순간에 모든 것을 이해했다. 생각해보면 가자마쓰리 경부가 그리 간단하게 죽을 리가 없다.

레이코는 아무 일도 없었다는 듯이 돌아보며 최고의 영업용 미소로 상사에게 인사를 건넸다.

"이쪽에 계셨군요, 경부님. 뭐야, 실망…… 이 아니라 정말 안도했습니다."

"흠, 자네가 뭘 어떻게 착각했는지는 굳이 물어보지 않도록 하지."

경부의 깊은 배려에 레이코는 얌전히 인사했다. 그리고 그녀는 다시 한 번 시체를 바라보았다.

나이는 스물 중반쯤일까. 단정한 얼굴에 햇살에 그을린 피부. 아침 이슬 탓인지 갈색으로 물든 머리카락이 푹 젖어서 이마에 찰싹 달라붙어 있다. 보통 체구이며 몸집에 딱히 특징은 없다. 그러나 그것을 보충하고도 남을 패션 센스가 이 남자를 특징짓고 있었다. 양복의 색은 이미 설명한 대로다. 그리고 셔츠는 자주색이고 양말은 붉은색. 벨트와 신발은 뱀인지 악어인지, 어쨌든 파충류 같은 색채를 띠고 있다.

경부는 자신의 하얀 슈트와 시체의 차림새를 비교하며 문득 얼굴을 찡그렸다.

"설마 하는 생각이지만 말이야. 이 남자, 나로 착각되어서 죽은 건 아니겠지?"

"……." 날카로운 추리네요, 경부님. 그 가능성은 충분히 생각해볼 수 있어요!

레이코는 그렇게 생각하면서도 상사를 배려해서 이렇게 말했다. "그보다 이 남자는 살해당했다고 봐도 되는 걸까요? 겉으로 보기에 눈에 띄는 외상은 없는데요."

"그것도 그렇군. 목을 졸린 것도 아닌 것 같아. 혹시 또 독살인가?"

레이코는 시체에 얼굴을 가까이 가져갔다. 그 순간, 흐릿한 알코올 냄새가 그녀의 비강을 간질였다. 그 남자는 사망 직전에 어느 정도의 술을 마신 듯하다. 급성 알코올 중독이라면 살인이 아니라 단순한 병사(病死)가 된다.

"뭐, 좋아. 어쨌든 사인을 밝히는 것은 우리들이 아니라 의사가 할 일이지."

가자마쓰리 경부는 사인에 대한 생각을 중단하고, 다음 단계로 넘어가서 시체의 양복 주머니를 검사했다. 검은 가죽으로 만들어진 긴 지갑이 겉옷 안주머니에서 발견되었다. 그렇지만 현금은 전부 사라져 있다. 카드류도 빼앗긴 듯했다. 지갑 안에 남아 있던 것은 병원의 진찰권뿐이었다.

유일한 공적을 과시하듯이 경부가 그곳에 적힌 이름을 읽었다.

"이시구로 료타인가……. 어떤 녀석이지, 대체?"

그러자 그런 경부의 중얼거림을 들었는지, 레이코 일행 뒤에서 목소리가 들렸다.

"이시구로 료타라면 잘 알고 있습니다. 녀석은 보시는 대로 건달입니다."

뒤를 돌아보자, 그곳에 있던 것은 제복 순경이었다. 아직 젊다. 레이코와 비슷한 나이일 것이다. 정의감이 강해 보이는 날카로운 시선과 숱이 많은 눈썹이 성실한 인상을 준다.

"건달이라니……. 그건 무슨 뜻이지?" 경부가 경관에게 물었다.

"네, 실은 이 이시구로라는 남자는 학창 시절부터 감당이 안 되는 불량소년이어서 이 근방에서도 유명……."

"아니, 기다려. 그런 게 아니라." 경부는 젊은 순경에게 자신의 얼굴을 가까이 가져가더니, 오싹한 미소를 지었다. "자네 말이야, '보시는 대로 건달'이라니, 무슨 뜻이지? 내 이 아르마니 슈트 차림이 건달로 보인다는 소린가?"

경부의 분노가 무리도 아니다. 확실히 건달이라고 불리는 건 불쌍하다. 하다 못해 야쿠자 보스 같다고 불러줘야 할 것이다. 뭐, 어떻게 불러도 경찰관으로 보이지 않는다는 것은 틀림없지만.

경부의 노여움을 산 젊은 순경은 그 자리에서 부들부들 떨었다.

"겨겨겨, 결코 그런 의미는 아닙니다……. 보보보, 보시는 대로 이시구로는 멋진 패션을 하고 있지만, 이 남자는 다치카와 역 주변에서 흔히 볼 수 있는 난봉꾼입니다. 최근 들어 모습이 보이지 않는다고 생각했는데, 끝내 이런 모습으로 발견되어서……."

"흠, 그런가." 경부는 분노의 창끝을 일단 거두고 다시 순경에게 물었다. "그런데 이 덤불 안의 시체를 발견한 것은 누구지?"

순경은 등을 꼿꼿하게 펴면서 대답했다. "시바야마라는 젊은 남자입니다. 그게, 뭐라고 해야 할까요. 실은 이 남자도 이시구로와 비슷한 남자인데요……."

잠시 후에 레이코 일행 앞에 나타난 것은 표범 무늬 운동복에 자주색 저지 카디건, 그리고 회색……이라기보다는 쥐색이라고 부르고 싶은 색깔의 카고 팬츠를 입은 남자였다. 과연 이시구로 료타와 막상막하인 특이한 센스의 소유자임은 틀림없다.

어이없어하는 레이코 일행 앞에서 남자는 턱을 쭉 앞으로 내미는 듯한 시늉을 해 보였다. 이것이 인사인 모양이다.

"시바야마 사토루라고 합니다. 저에게 뭔가 볼일이라도 있나요, 형사님? 전 나쁜 짓은 아무것도 안 했다구요."

그렇게 말하는 시바야마 사토루는 사각형 얼굴에 빡빡머리. 마치 말썽쟁이 골목대장이 그대로 어른이 된 것 같은 풍모의 남자였다. 두 손을 바지 주머니에 찔러 넣고 양쪽 어깨를 크게 휘적거리는 모습은 마치 형사들에게 싸움을 거는 것 같다. 하지만 허세를 부리면 부릴수록 속으로 겁먹은 눈치가 전해져 온다.

"흠, 자네가 시바야마 군인가?" 경부는 깔보는 듯한 시선으로 남자를 흘끗 보았다. "그러면 우선 시체를 발견한 경위를 들려주실까. 발견한 건 몇 시쯤이었지?"

"글쎄요, 그게 오전 6시 반쯤이었던가 그랬을 거예요."

"호오, 상당히 일찍 일어났군." 경부가 미심쩍다는 듯 미간을 좁혔다.

"반대죠, 반대." 시바야마 사토루는 고개를 좌우로 저었다. "저는 심야 도로 공사 아르바이트를 마치고 집으로 돌아가서 자려던 참이었어요. 그래서 이 제방 길을 혼자 걷고 있는데, 마침 저기 덤불에……."

"시체가 굴러다니고 있었던 거군."

"아뇨, 텔레비전이 굴러다니더라구요. 하지만 요즘에 텔레비전 같은 걸 주워봤자 뭐에 써먹겠나 하는 생각을 하고 있는데, 그 옆에

아주 센스 넘치는 옷차림의 남자가 쓰러져 있더란 말이죠. 맞아요,
딱 형사님처럼 엄청 잘 차려입은……. 어라? 제가 뭔가 안 좋은 말
이라도 했나요?"

"아, 아니, 괜찮아. 아무것도 아니야. 신경 쓰지 마."

자주색 저지 카디건을 입은 시바야마 사토루에게 옷차림에 대한
칭찬을 받자 경부는 복잡한 기분을 느끼는 것 같다. 생각지도 못한
칭찬이 계속되어서 동요를 감추지 못하는 상사 대신, 레이코가 질
문을 이었다.

"덤불에 쓰러져 있는 남자를 보고, 당신은 무슨 생각을 했습니까?"

"처음에는 그냥 주정뱅이가 길바닥에 쓰러져 자고 있나 보다 했
죠. 요즘 계절에는 그런 사람이 많으니까요. 그래서 이거 정말 나이
스……가 아니라, 이거 정말 걱정이네, 하고 남자에게 가까이 가봤
는데 아무래도 눈치가 이상하더란 말이죠. 꼼짝도 안 하고 숨소리
도 안 들리는 거예요, 글쎄. 그래서 그 남자의 얼굴을 자세히 보다
가 깜짝 놀랐죠! 그 이시구로 형님이 아니겠습니까!"

"어?! 당신, 이시구로 료타 씨를 아나요?"

"알다마다요. 제 정신적 지주인 형님이시니까요. 엄청나게 신
세를 지고 있죠. 몇 번이나 술을 얻어먹었고 용돈도 받았구요. 아,
맞다! 이 표범 무늬 운동복과 자주색 저지 카디건도 형님에게서
받은 겁니다."

"아, 아아. 그런 건가……." 특이한 패션 센스는 형님에서 아우
에게 대물림된 듯하다.

"참고로 회색 바지는 제가 제 돈으로 샀습니다."

"……아, 그래요." 소용없다, 그런 정보는. "그래서 이시구로 씨가 죽어 있는 것을 깨달은 당신은 그 다음에 어떻게 했습니까?"

"물론 휴대전화로 경찰에 신고했죠. 그것뿐입니다."

"정말인가?" 가자마쓰리 경부가 옆에서 끼어들었다. "지갑에서 돈을 빼 가거나 하지는 않았겠지?"

"안 했어요! 그런 짓을 했다간 저는 형님에게 죽는다구요!"

"안심해. 죽은 형님이 죽이러 오지는 않으니까." 경부는 적절한 충고를 했다. "그런데 이시구로 씨가 누군가에게 원한을 사고 있다든가, 트러블을 일으켰다든가 하는 이야기는 모르나?"

"글쎄요. 있었는지도 모르지만, 저도 거기까지 자세히는 모르니까요. 그냥 최근 들어 형님이 돈을 시원시원하게 쓰는 게, 형편이 많이 좋아진 눈치였죠."

"호오, 복권이라도 당첨됐나?"

"아니에요. 듣기로는 먼 친척 아저씨가 있는데, 그 사람이 이것 저것 돌봐주게 되었다고 하더라구요. 아마도 그 아저씨란 사람이 부자인 거겠죠. 그러고 보니 그 사람의 집이 세이조에 있다는 얘길 했던 것 같네요. 좋은 동네에 살고 있네요, 하고 말했던 기억이 있으니까요."

세이조라고 하면 호화로운 저택이 즐비한, 부자와 상류 계층이 오가는 고급 주택가다. 다치카와 주변을 근거지로 하는 건달이 그렇게 자주 들를 수 있는 장소는 아니다.

"그런데 형사님, 이시구로 형님은 왜 죽은 건가요? 누군가에게 당한 건가요?"

그 물음에 가자마쓰리 경부는 "아직은 알 수 없어"라고 짧게 대답할 수밖에 없다.

그러자 시바야마 사토루도 마찬가지로, "그렇습니까"라며 별다른 반응을 보이지 않았다.

결국 그가 어느 정도로 형님의 죽음을 애도하는지, 레이코는 파악할 수 없었다.

이윽고 검시가 이루어져서 이시구로 료타의 죽음을 둘러싼 자세한 정보가 밝혀졌다. 검시를 담당한, 염소수염을 기른 감찰의는 우선 사망 시각에 대해서 자신 있다는 듯 이렇게 말했다.

"사후 경직이나 체온 강하의 상황 등으로 볼 때, 사망 추정 시각은 어젯밤 오후 7시에서 9시 사이의 두 시간이라고 생각됩니다. 이것은 거의 틀림없습니다."

하지만 사인에 대한 이야기로 넘어가자, 감찰의는 갑자기 말을 어물거렸다.

"사인 말입니까. 그게 저기, 해부해보지 않으면 정확히는 말할 수 없지만, 시체의 흉부를 압박했을 때 코에서 미세한 거품이 나타난 점으로 미루어 볼 때, 아마도 이 남자의 사인은…… 익사라 봐야겠지요."

"…… 익사?!" 레이코는 자기도 모르게 엉뚱한 소리를 냈다.

"육지 위에서?!" 경부도 눈을 휘둥그레 뜨며 경악하는 표정을 지었다.

두 형사는 서로의 얼굴을 본다. 그리고 마치 짠 것처럼 동시에 제방 맞은편으로 시선을 던졌다. 눈 아래로 펼쳐져 있는 것은 잡초가 우거진 광대한 하천 부지. 그리고 그 너머를 흐르는 다마 강이다.

다마 강에 빠져 죽은 사람은 많지만, 익사체가 육지 위에서 발견되는 일은 거의 없다.

3

그날 오후, 레이코와 가자마쓰리 경부는 경찰차를 타고 도쿄 세타가야 구 세이조를 방문했다.

핸들을 쥔 것은 레이코다. 구니타치의 사건 현장에서 세이조까지는 일반 도로를 이용해서 편도 40분 정도 거리였다. 목적은 물론 시바야마 사토루의 증언에서 나온 '이시구로 료타의 친척 아저씨'라는 인물에게 이야기를 듣는 것이다. 진짜 그런 인물이 존재하는지 여부조차 확실한 증거는 없지만.

세련된 거리의 모습을 곁눈으로 바라보면서, 조수석에 앉은 경부는 한숨 섞어 중얼거렸다.

"그건 그렇고 어떻게 목표 인물을 찾는가가 문제겠군. 수수한 탐문 수사는 싫은데……."

화려한 것을 좋아하는 가자마쓰리 경부는 기본적으로 발품을 파는 수수한 수사를 싫어한다. 싫은 것은 싫다고 당당하게 말할 수 있는 경부가, 레이코는 가끔씩 부럽다. 그녀 자신도 수수한 일을 좋아하는 타입은 결코 아닌 것이다. 그때, 레이코는 문득 멋진 방법이 떠올랐다.

"아, 경찰서가 있네요. 경부님, 저기에 물어보죠."

레이코는 세이조 경찰서 앞에 차를 세웠다. "아, 경부님은 이대로 잠시 차 옆에 서 계시겠어요?"

에?! 그렇게 고개를 갸웃거리는 경부를 차 옆에 남겨두고, 레이코는 혼자 위압감 있는 건물로 다가가서 현관 앞에 목검을 들고 버티고 서 있는 중년 경관에게 말을 걸었다. 레이코는 자신이 고쿠분지의 형사임을 밝히고 나서, 슬쩍 경찰차 쪽을 가리키며 물었다.

"저기요, 저기에 하얀 양복을 입은 건달이 보이시죠? 낯익지 않으신가요?"

"응?! 아니, 모르는 얼굴인데." 중년 경관은 고개를 젓고는 "하지만 저런 괴상한 차림을 한 건달이라면 요즘 이 동네에도 이따금씩 보이지. 혹시 형제인가?"

"맞아요, 바로 그 남자예요." 형제는 아니지만요, 라고 마음속으로 말하며 레이코는 혀를 내밀었다. "그 건달이 드나드는 집을 아시나요?"

"자세히는 모르지만 5초메 부근에서 자주 보이는 모양이야."

레이코는 감사를 전하고 얼굴 가득 미소를 지으며 차로 돌아왔다. "경부님! 알아냈어요!"

"그런가. 잘 모르겠지만 수확이 있었던 것 같군. 잘했어, 호쇼 형사!"

"아뇨, 그렇게 칭찬받을 만한 일은…….." 레이코는 미안한 마음으로 머리를 긁적이며 운전석에 올라탔다. "어쨌든 세이조 5초메입니다. 가보죠."

레이코가 수수하게(?) 탐문한 덕에 드디어 두 명의 형사는 찾고 있던 집을 찾아냈다.

대문에 걸려 있는 명패는 '간자키'라고 적혀 있다. 지나가던 사람에게 물어보기로는, 간자키 가는 이 지역에서 대대로 부동산업을 해온 자본가 일족인 듯했다. 과연 자산가의 집답게 중후한 대문과 높이 솟아오른 벽돌 벽으로 둘러싸인 2층 저택이었다.

"꽤 훌륭한 집이군." 가자마쓰리 경부가 건물을 올려다보며 중얼거렸다. "우리 집 정도는 아니지만."

"방도 많아 보이네요." 레이코도 그렇게 감탄하면서 마음속으로 중얼거렸다. 우리 집 정도는 아니네!

경부는 인터폰으로 방문한 이유를 전했다. 이윽고 저택 안에서 중년 부인이 나타나서 문을 열어주었다. 부인은 간자키 사와코라고 자신을 소개했다. 간자키 사와코는 두 형사에게 정중한 태도를 취했지만, 문 앞에 세워둔 경찰차의 존재만은 용납해주지 않았다. 동네에 체면이 안 선다는 것이었다.

"부탁이니 이쪽에 세워주실 수 있겠습니까."

사와코의 재촉을 받으며 레이코는 경찰차를 부지 안의 주차 공간에 세웠다.

꽃이 지기 시작한 커다란 벚나무 세 그루가 늘어서 있고, 그 아래에 두 대의 차가 주차 중이었다. 한 대는 검은색 벤츠, 다른 한 대는 국산 노란색 경차. 두 차의 지붕과 보닛에는 떨어진 벚꽃잎이 수북이 쌓여 있다. 차체의 색이 검은색인지 노란색인지, 아니면 원래부터 분홍색인지 알기 어려울 정도였다.

레이코는 두 차 옆에 경찰차를 나란히 세웠다.

사와코는 두 형사를 저택 응접실로 안내했다. 잠시 기다리자, 사와코를 대신해서 초로의 남자가 모습을 드러냈다. 사무실의 중역 의자에 앉히면 잘 어울릴 것 같은, 풍채가 좋은 남자다.

"간자키 마사오미라고 합니다." 남자는 차분한 저음으로 말하며 고개를 숙였다. "구니타치 경찰서에서 오셨다고 하더군요. 대체 저에게 무슨 볼일이십니까?"

"실은 이시구로 료타라는 남자에 대해서 여쭙고 싶습니다."

"⋯⋯." 간자키 마사오미는 경부의 말을 듣자마자 표정에 동요의 빛이 흘렀다. "이시구로 료타는 저의 먼 친척인데요, 그 사람이 무슨 일이라도? 아, 혹시 범죄를? 대체 무슨 범죄입니까?"

이시구로 료타는 이 집에서도 그런 녀석으로 여겨지고 있는 듯하다. 경부는 곧바로 손사래를 쳤다.

"아닙니다. 진정하고 들어주세요. 이시구로 료타 씨는 오늘 아침

구니타치 시의 다마 강변 제방에서 시체로 발견되었습니다. 누군가에게 살해된 것 같습니다."

경부는 담담하게 사실을 고했다. 간자키 마사오미는 경악한 표정으로 그 말을 듣고 있었다.

"이시구로 군이 죽었다고…… 살해당했다고요? 어째서, 대체 누가?"

"모릅니다. 저희들은 그 수사를 위해서 이곳에 찾아온 것입니다."

"그러십니까. 그래서 살해당했다는 말씀은 틀림없습니까?"

"네. 자연사로는 보이지 않지만 그렇다고 사고나 자살로 보기는 더 어려운, 그런 상황이었습니다. 살인 사건이라고 보는 것이 타당하다고 생각됩니다. 부디 수사에 협력을 부탁드립니다."

경부는 불문곡직하고 밀어붙이는 어조로 말한 뒤 곧바로 질문으로 넘어갔다. "당신은 최근 들어 이시구로 씨를 잘 돌봐주었다고 하더군요. 그건 무슨 이유에서입니까?"

"이, 이유고 뭐고, 친척이니까요. 그야 놀러오면 환영합니다. 밥을 사주기도 하고 재워주기도 하죠. 그 정도는 보통이잖습니까?"

"확실히 그 정도라면 그렇겠지요." 가자마쓰리 경부는 동요하는 상대를 가지고 놀듯이 히죽 웃었다. "그렇다면 돈을 주는 것도 보통 있는 일입니까?"

"무, 뭐, 돈이라고 해도 용돈 정도입니다. 그리 대단한 돈은 아닙니다."

금액의 많고 적음은 차치하더라도, 간자키 가 이시구로에게 금전을 제공했다는 점은 사실로 보인다. 그 점을 인정해버린 간자키는 후회하는 듯 약간 얼굴을 찌푸렸다.

"알겠습니다." 경부는 만족스럽게 끄덕였다. "그런데 최근 구니타치 방면에 오신 적은 없습니까?"

"없지요. 다마 강에도 가지 않았습니다. 갈 이유가 없으니까요."

"그러십니까. 그러면 어젯밤 오후 7시부터 9시까지 두 시간 동안 당신은 어디에서 무엇을 하셨습니까? 어, 알리바이 수사냐고요? 물론 이건 알리바이 수사입니다!"

가자마쓰리 경부는 도전장을 던지는 것처럼 일부러 선언했다. 그러나 그 말을 듣고 씩 웃은 것은 간자키 마사오미 쪽이었다.

"어젯밤 오후 7시에서 9시라면 손님을 불러서 홈 파티를 하던 중이었습니다. 파티라고 해도 정원의 벚나무 아래에서 벌이는 바비큐 파티죠. 요컨대 집에서 하는 꽃놀이입니다. 어젯밤은 아내의 쉰 살 생일이기도 해서, 그 축하도 겸해서 열었죠. 네, 친한 사람들을 대여섯 명 불러서 시끌벅적하게 지냈습니다. 저뿐만이 아닙니다. 우리 가족 네 명 모두가 참가했습니다. 뭣하다면 어제 왔던 손님들의 주소와 이름을 전부 알려드릴까요, 형사님?"

형세는 완전히 뒤집혔다. 간자키 마사오미는 우쭐하듯 가슴을 폈다. 한편 가자마쓰리 경부는 벌레 씹은 듯한 표정을 지으며 입을 다물 뿐이었다.

"녀석이 동요하는 눈치를 보여서, 단숨에 밀어붙이려고 했는데……."

간자키 마사오미가 떠난 응접실에서 가자마쓰리 경부는 분한 듯
말했다. "젠장, 착각이었나!"

그런 경부의 손은 어젯밤 홈 파티 참가자 명단을 쥐고 있었다. 명
단에 실린 직함은 회사 경영자나 공무원, 의사나 변호사, 혹은 미스
터리 작가 등, 누구나 신분이 확실한 인물들뿐이다. 만일을 위해 조
사해볼 필요는 있다고 해도, 일단 엉터리 명단이라고는 생각되지
않는다.

"하지만 경부님." 레이코는 무도수 안경을 밀어 올리면서 말했
다. "설령 간자키 마사오미가 범인이 아니라고 해도, 역시 그 사람
에게는 어딘가 수상한 구석이 있다고 생각합니다. 먼 친척에 지나
지 않는 이시구로에게 유흥비를 제공해준 것에는 역시 나름대로 이
유가 있다고 봐야 합니다."

"응. 나도 지금 자네와 똑같은 생각을 하고 있었네, 호쇼 형사."

"……." 경부님, '거짓말은 도둑질의 시작'이라는 일본 속담, 경
찰학교에서 안 배우셨나요?

차가운 시선을 뒤집어쓴 가자마쓰리 경부는 뭔가를 얼버무리듯
이 자세를 바로잡았다.

"혹시 간자키 마사오미는 이시구로에게 뭔가 약점을 잡혔을지도
모르겠군. 허면 이건 훌륭한 살인 동기가 돼. 다만 살해 방법이 납
득이 안 가는데……."

"육지에서 발견된 익사체니까요……."

그때, 노크 소리와 함께 응접실 문이 열리고 젊은 남녀가 얼굴을 보였다.

남자는 간자키 유지, 스물다섯 살. 여자는 간자키 시오리, 스물한 살. 두 사람은 간자키 마사오미와 사와코 사이에서 태어난 남매다. 간자키 가는 부모와 성인이 된 자식 둘이 사는 4인 가족이다.

간자키 유지는 아버지 회사에서 사장 보좌 역할을 맡고 있다고 한다. 한편 시오리는 이번 4월에 대학 4학년이 된 여대생이다. 두 사람은 낯선 형사와 갑작스레 만나게 되어 당황스러움을 감추지 못하는 눈치였다. 두 사람은 주뼛주뼛하며 형사들 맞은편 소파에 앉았다.

"이미 들었을지도 모르겠지만, 이시구로 료타 씨가 살해당했어요."

그렇게 운을 떼며 레이코가 질문을 시작했다. "당신들이 알고 있는 것을 이야기해줄 수 있을까요? 당신들이 보기에 이시구로 씨는 어떤 사람이었죠?"

"어떻다니요, 먼 친척이에요. 아버지가 그렇다고 말했으니, 그것뿐이에요."

쌀쌀맞게 대답하는 유지는 이시구로 따위는 애초에 안중에도 없다고 말하는 것 같았다. 그의 죽음을 애도하는 감정은 가지고 있지 않은 듯했다. 다치카와에 사는 난봉꾼과 세이조에 사는 자산가의 아들이 서로 어울릴 수 없는 것도 무리는 아니지만.

"이시구로 씨는 어쩐지 무서운 인상이었어요. 눈매도 안 좋고 기분 나빴어요."

시오리는 유지보다도 솔직하게 이시구로에 대한 혐오감을 드러 냈다. 다치카와에 사는 난봉꾼과 세이조에 사는 자산가의 딸이 서로 어울릴 수 없는 것도 이하 동문…….

그렇다고 해도 단순한 혐오감이 살인으로 발전할 것이라고는 생각할 수 없다. 그들을 용의자로 볼 수 있을지 없을지는 판단하기 어려운 상황이다. 우선 레이코는 그들에게 어젯밤 일들에 대해 물었다.

"어젯밤에는 홈 파티가 열렸다고 하던데, 두 사람도 그곳에 참가했나요?"

그러자 유지와 시오리 남매는 예스라고도, 노라고도 할 수 없는 모호한 태도를 보였다.

"꽃놀이 말이군요. 네, 처음에는 저도 시오리도 그 자리에 있었어요. 하지만 초대받은 손님들은 아버지나 어머니의 친구니까요. 저나 시오리하고는 나이 차이가 많이 나는 분들이라 말도 잘 안 통하고 화제도 많이 다르더라고요. 금방 지루해져서 적당히 때를 봐서 우리들만 살짝 그 자리를 빠져나왔죠. 그 다음에는 둘이 집 안으로 돌아와서 각자 자기 방에서 보냈습니다."

"호오, 그렇다는 얘기는…….." 옆에서 가자마쓰리 경부가 쓸데없는, 아니, 적절한 질문을 했다. "자네들은 오후 7시부터 9시 사이의 알리바이는 없다는 거군. 그렇지?"

"알리바이?!" 시오리가 문득 겁먹은 얼굴을 하며 옆에 있는 오빠를 보았다. "이건 알리바이 조사인가요? 그렇다는 건 우리들이 의심받고 있다는 거?"

"아무래도 그런 것 같네." 유지가 경계심을 드러냈다.

"아니, 결코 자네들을 의심하고 있는 건……." 경부의 해명은 이미 늦었다.

"뭐, 의심하셔도 상관없어요."

유지는 강경한 자세를 보였다. "하지만 형사님, 사건은 구니타치에서 일어났죠? 그렇다면 제가 살인을 저지르는 건 무리라고 생각합니다. 확실히 제가 오후 7시부터 9시까지 계속 손님 앞에 있었던 건 아닙니다. 파티 도중에 방에 들어갔으니까요. 하지만 계속 혼자 있었던 건 아니에요. 도중에 몇 번인가 꽃놀이하는 사람들과 얼굴을 마주했어요. 제가 슬쩍 바비큐 파티 중인 사람들 사이로 돌아와서 이것저것 집어 먹거나, 화장실에 가는 도중에 손님 중 한 사람과 만나기도 했고 말이죠."

"즉, 계속 이 집에 있었던 거군요."

"그런 얘기죠. 제가 다마 강의 제방에서 살인을 하다니, 불가능해요."

딱히 범행 자체가 다마 강의 제방에서 이루어진 것은 아니다. 이시구로 료타를 제방에서 익사시키는 것은 누구도 할 수 없는 일이다. 현장은 어딘가 다른 장소다. 하지만 경부는 그것을 깨닫고 있기는 한 걸까. 그것은 레이코도 전혀 판단할 수 없었다.

"흠. 그렇군요." 경부는 짧게 대답하고서 시오리 쪽으로 눈을 돌렸다. "당신은 어떻습니까?"

"저는 오빠하고 달리 계속 방에 있다가 그대로 자버렸어요. 알리바이는 없다고 생각합니다. 하지만 저는 사건하고는 관계가 없어요. 믿어주세요, 형사님. 저는 이시구로 씨를 죽이지 않았어요."

시오리의 주장에서는 필사적인 분위기와 진지함은 충분히 전해졌지만, 무혐의를 증명하기에는 구체성이 결여되어 있었다. 그녀를 용의자에서 제외할 수는 없다고 레이코는 생각했다.

가자마쓰리 경부는 팔짱을 끼고 "그렇군요, 알았습니다"라고 지당하다는 듯 끄덕이고 두 사람의 참고인 조사를 끝냈다. 경부가 무엇을 어떻게 이해했는지는 알 수 없었다.

그는 아무것도 모를 때만큼은 아는 척을 하는, 그런 남자다.

레이코와 가자마쓰리 경부는 관계자들 조사를 끝내고 간자키 가의 현관을 나섰다. 간자키 사와코가 두 사람을 배웅하기 위해 뒤를 따랐다. 차가 주차되어 있는 뒤뜰로 걸어가면서 경부는 아무렇지도 않은 어조로 사와코에게 질문했다.

"그러고 보니 뒤뜰에는 차가 두 대 세워져 있더군요. 어젯밤부터 오늘 아침까지 그 차로 외출한 사람은 없었습니까?"

경부가 질문한 의도는 명백했다. 간자키 가의 누군가가 이번 범행에 관련되어 있다면, 그 인물은 다마 강 시체 발견 현장까지 어떻게 이동했는가. 그것이 문제가 된다. 당연히 직접 차를 운전해서 다마 강으로 갔을 가능성이 가장 높은 것이다.

"어제부터 오늘 아침에 걸쳐서 말인가요?" 사와코는 경부의 질문에 고개를 갸웃거리면서 "그거라면 저는 이른 아침에 차로 외출했었는데요."

"부인께서? 다마 강에? 무슨 용무로?" 그렇게 경부는 성급히 착각을 했다.

"저기, 저는 다마 강이라고는 한마디도 하지 않았는데요……."

"아, 그랬죠." 가자마쓰리 경부는 아차, 하는 얼굴로 머리를 긁었다.

이 정도로 주의력이 부족한 인간이 어떻게 경부라는 직함을 손에 넣은 것일까. 레이코는 정말 의문이었다.

"편의점에 갔습니다." 사와코는 시원한 얼굴로 말을 이었다. "오늘 아침에 아침 식사 준비를 하고 있는데, 문득 간장이 없다는 걸 깨달았습니다. 어제 바비큐 파티 때에 다 써버린 걸 깜빡했던 거죠."

"그래서 부인께서 차를 타고 편의점에 달려가신 거군요. 참고로 이 집에서 자동차 운전면허를 가지고 있는 분은 부인 외에 어느 분이십니까?"

"면허라면 가족 모두 가지고 있습니다. 그래서 오늘 아침도 편의점에는 남편이나 시오리가 가줬으면 했는데, 두 사람 모두 텔레비전 방송을 보느라 가고 싶지 않다지 뭐예요. 그래서 결국 제가 편의점에 갔던 겁니다."

"웅?!" 레이코가 무도수 안경을 밀어 올리면서 물었다. "아드님에게는 부탁할 수 없으셨나요?"

"유지 말인가요? 아뇨, 걔는 오늘 아침에 늦잠을 자서, 그때는 아직 이불 속에 있었거든요."

사와코의 말을 들은 순간, 레이코의 머릿속에 간자키 유지에게 흐릿한 의심이 생겨났다.

유지는 심야에 가족이 잠든 사이에 다마 강변의 현장까지 차를 몰고 갔던 것은 아닐까. 그래서 오늘 아침에 유지 혼자만 잠자리에서 늦게까지 일어나지 못했다. 그렇게 생각하는 것은 발상의 비약일까.

그렇게 레이코가 거기까지 생각했을 때, 갑자기 울려 퍼지는 전자음 「마이 웨이(My Way)」. 바로 뒤에 경부가 휴대전화를 꺼냈다. 최신 스마트폰에 프랭크 시나트라라니, 과연 마이 웨이를 달리는 가자마쓰리 경부다. 감탄하는 레이코 앞에서 그는 보란 듯이 휴대전화를 귀에 댔다.

"가자마쓰리다. 응, 응…… 뭐야! 좋아, 알았다! 지금 당장 가지!"

경부는 휴대전화를 집어넣더니 눈앞의 사와코에게 인사하고, "그러면 부인, 저희는 서둘러야 해서 이만 가보겠습니다"라고 일방적으로 작별 인사를 했다. 그리고 젠체하며 레이코에게 명령했다. "가자고, 호쇼 형사!"

말하기가 무섭게 경부는 뒤뜰을 향해서 달리기 시작했다. 분홍색 꽃잎으로 뒤덮인 두 대의 자동차를 곁눈질하며 재빠르게 경찰차에 올라탄다. 레이코도 당황하며 상사의 뒤를 따랐다. 조수석에 올라탄 레이코는 안전띠를 하면서 물었다.

"무슨 일인가요, 경부님. 사건에 뭔가 새로운 전개라도?"

"응, 그래. 아무래도 이시구로 료타의 거처가 발견된 모양이야. 시체가 발견된 강둑에서 조금 떨어진 곳에 있던 연립주택이야. 좀 달려야겠어, 호쇼 형사!"

그렇게 말하고 운전석의 가자마쓰리 경부는 액셀러레이터를 밟았다. 차는 타이어를 울리면서 급발진. 보닛 위에 내린 꽃잎이 힘차게 바람을 타고 난다. 두 사람을 태운 경찰차는 사와코를 칠 뻔하면서 간자키 가의 대문을 아슬아슬하게 빠져나갔다.

4

구니타치 시의 남쪽 이즈미 단지 근처에 있는 목조 2층 건물. '이즈미 장'이라고 적힌 간판을 내건 연립주택 앞에는 많은 경관들과 몇 대의 경찰차가 집결해 있었다. 그런 가운데, 레이코와 가자마쓰리 경부를 태운 차는 뒷바퀴를 미끄러뜨리며 주차한 경찰차 대열에 합류했다. 차에서 뛰어내린 두 사람은, 곧바로 제복 순경의 안내를 받으며 목적지인 방으로 걸음을 옮겼다.

그곳은 1층 1호실이었다. 입구에 '이시구로'라고 적힌 명패가 있다.

집의 구조는 세 평 정도의 방에 욕실과 작은 부엌, 그리고 반 평 정도의 벽장이 있는 좁은 공간이었다. 며칠 동안 계속 깔려 있었던 것으로 보이는 이부자리가 독신 남자가 자취한다는 느낌을 강하게 풍기고 있었다. 그 주위에는 남성 주간지나 벗어 던져놓은 옷가지들이 널려 있다. 부엌에는 독신 남자의 건강하지 못한 식생활을 지탱하는 컵라면과 그 용기들. 전체적으로 독신 남자의 생활상이 진하게 풍기는 공간이다. 레이코는 이 방 안에서는 숨을 쉬고 싶지 않다고 진심으로 생각했다.

"분명히 이시구로는 간자키 마사오미에게 받은 돈을 식료품 구매나 유흥비에 쓰고 있었겠군요. 쾌적한 생활공간을 위해서 쓰려고는 생각하지 않았어요. 어라?! 왜 그러시나요, 경부님."

"……." 가자마쓰리 경부는 입을 누르고 있는 눈치다. 그 얼굴은 점점 붉게 물들어간다.

이윽고 한계인지, 경부는 섀시 문으로 달려가더니 단숨에 창문을 열어젖히고서 "푸하앗!" 하고 참고 있던 숨을 창밖으로 내뿜었다. 그는 아무래도 방 안에 충만해 있던 홀아비 냄새에 질려, 숨을 멈추고 있었던 것 같다. 마음은 알겠지만 정말 얼토당토않은 행동이다.

"숨을 안 쉬면 죽는다고요, 경부님."

레이코가 초등학생도 아는 진실을 고하자, "알고 있어"라며 경부도 깊은 한숨을 쉬었다.

"하지만 섬세한 나에게 이 방의 공기는 맞지 않는 것 같아. 굳이 말하자면 나는 아름다운 여성의 머리카락 안에서 심호흡하고 싶은 타입이지."

"기분 나쁜 소리 하지 마세요! 이……."

이 변태 경부! 레이코는 자기도 모르게 본심이 입 밖에 나오려는 것을 필사적으로 억눌렀다.

"어, 어쨌든 이시구로 료타 살해의 비밀이 이 방에 감춰져 있을지도 모릅니다. 찾아보자고요, 경부님."

이리하여 레이코와 가자마쓰리 경부는 이시구로 료타의 방을 열심히 살피고 다녔다. 좁은 단칸방에 가구라고 부를 수 있는 것이라고는 텔레비전과 작은 테이블뿐이고 그 외에는 컬러 박스가 전부였다.

레이코는 고개를 들이미는 듯한 자세로 그 컬러 박스 안을 조사했다.

"어머?!" 레이코는 상자 구석에서 기묘한 것을 발견하고 오른손을 뻗었다. 하지만 집어 든 그 물체를 보고 레이코는 낙담한 듯 말했다. "뭐야, 야호텐만구의 부적인가. 그리 별난 것도 아니네……."

어쨌든 야호텐만구의 부적은 구니타치 시민의 절반가량이 소유하고 있다고 알려져 있는 최강의 파워 아이템이다. 건달이라도 신에게 의지하기는 할 테니 부적도 가지고 있을 것이다. 이상할 것은 아무것도 없다고 생각하던 레이코의 귓가에, 조금 떨어진 장소에서 상사의 목소리가 들렸다.

"이봐, 호쇼 형사. 잠깐 이쪽으로 와봐! 중대한 발견이야!"

레이코는 부적을 손에 들고 움찔하고 등을 곧게 폈다. 그러나 경부의 말을 액면 그대로 받아들일 레이코가 아니다. 어쨌든 그에게 자신의 손으로 직접 한 발견은 전부 '중대한 발견'이다. 레이코는 반쯤 흘려들으면서 상사가 부르는 쪽으로 달려갔다.

그곳은 욕실이었다. 경부는 욕조 옆에 쭈그려 앉아서 배수구를 열심히 들여다보고 있다. 배수구에 달라붙은 그물 형태의 뚜껑을 가리키면서, 경부는 자랑스러운 듯한 얼굴로 레이코를 보았다.

"보라고, 호쇼 형사. 이게 무엇인지 알겠나?"

레이코는 경부의 손가락 끝을 찬찬히 응시했다. 그물 형태의 뚜껑에는 많은 머리카락이 얽혀 있다. 그중 한층 눈길을 끄는 녹색 물체가 그곳에 걸려 있었다.

"식물 같군요……. 뭘까요……. 잡초인가요?"

"아니야." 경부는 의기양양하게 고개를 들었다. "이건 수초야. 물속에 번식하는 풀이지."

"듣고 보니 그렇게도 보이는군요. 하지만 왜 이런 곳에 수초가?"

"별것 아니야, 답은 간단해. 이런 수중식물이 번성할 장소라면 이 근방에서는 다마 강의 물가밖에 없겠지. 구니타치 부근에는 바다도 호수도 없으니까. 즉 이 욕실에 다마 강의 물이 상당량 운반되었던 것을 이 수중식물이 알려주고 있는 거야. 그러면 어째서 이 물이 운반되었는가. 물론 이시구로 료타를 익사시키기 위해서지."

경부는 일어서더니 미간에 주름을 만들면서 자신의 추리를 계속 이어나갔다.

"이시구로 료타는 다마 강의 제방에서 익사해 있었다. 언뜻 보기에 강에 빠져 있는 시체를 누군가가 제방 위까지 옮겨놓은 것처럼 보이지만, 실제로는 그게 아니야. 애초에 이시구로 료타는 강에 빠져 죽은 게 아니었어. 그 남자는 자택의 욕실, 즉 이 장소에서 익사했던 거지. 물론 범인의 손에 의해 익사한 것이지만."

"즉, 범인은 범행 현장을 위장하려고 했던 거군요."

"그래. 아마도 자살이나 사고로 가장하려는 목적이었겠지. 범인은 아마도 피해자와 면식이 있는 사이일 거야. 범인은 피해자에게 술을 권해서 피해자를 취하게 만들었지. 그리고 범인은 미리 준비한 다마 강의 물을 이 욕실에 가지고 와서 이 욕조에……. 아니, 욕조면 괜히 일만 커지겠군. 욕조가 아니어도 돼. 양동이 하나 정도의 물만 있으면 충분하지. 그래, 예를 들면 거기에 있는 플라스틱 양동이에 다마 강의 물을 가득 채우는 거야. 그리고 거기에 술에 취한 이시구로 료타의 얼굴을 잠기게 해서 살해하지. 그 뒤에 그 시체를 차로 다마 강으로 운반하고, 제방의 수풀에 버렸다는 얘기야."

"제방의 덤불에 방치해서는 사고나 자살로 보이게 되지 않습니다만……."

"으, 음. 뭐 도중에 여러 가지 문제가 있었겠지. 범인에게도 계산 밖의 상황이."

경부는 자신에게 불리한 부분에 대해서는 깊이 생각하지 않는 타입이다. 그렇다고 해도 경부가 말한 추리는 큰 줄기로 봐서는 납득할 수 있는 점이 많다고 생각되었다. 이번 가자마쓰리 경부는 뭔가 다른지도 모른다.

"어쨌든 실제 범행 현장이 이 욕실인 것은 십중팔구 틀림없어. 어이, 이 플라스틱 양동이를 감식과에 넘겨줘. 묻어 있는 액체의 성분을 조사하라고 해."

경부는 수사원에게 지시를 날리고 욕실을 나가더니, 새삼스레 레이코의 손을 바라보았다.

"그런데 호쇼 형사, 자네 조금 전부터 뭘 그렇게 소중하게 쥐고 있는 거지?"

"네?! 아, 이거 말입니까." 그 말을 듣고 레이코는 자신이 조금 전에 발견한 부적을 계속 쥐고 있음을 깨달았다. "이건 컬러 박스 안에서 발견한 물건입니다만."

"야호 텐만구의 부적인가. 별난 물건은 아니군."

"그렇지요." 레이코가 부적 주머니에 적힌 글자를 아무렇지도 않게 읽었다. "이것은 아주 흔한 '순산 기원' 부적…… 어, 순산 기원?!"

"뭐라고, 순산 기원?!" 경부도 흥미롭다는 듯 부적에 얼굴을 가까이 가져갔다.

"그런 것 같습니다. 대체 누구의 순산을 기원하는 부적일까요?"

"음, 적어도 이시구로 료타를 위한 물건은 아니군."

"당연하죠. 경부님, 장난치지 마세요." 레이코가 무도수 안경 너머로 가볍게 노려보자, 경부는 "장난치려던 것은 아니야"라며 어깨를 으쓱거리는 특유의 포즈를 취한 뒤에 문제의 부적을 집어 들었다.

"어라, 안에 뭔가가 들어 있는 것 같은데?" 그렇게 말하며 기대를 품고 부적 안의 내용물에 손가락을 집어넣는 가자마쓰리 경부.

이윽고 그의 손끝이 집어낸 것은 작은 종잇조각이었다. 시간의 경과를 느끼게 하는 노란 종이. 펼쳐보자 파란 잉크로 작은 글씨가 적혀 있었다. 경부는 음식점의 메뉴를 읽듯이 그 글씨를 읽었다.

"아버지 간자키 마사오미…… 어머니 이시구로 아키코…… 장남, 료타……. 뭐, 뭐라고!"

"에엑?!" 레이코도 자기도 모르게 경부의 손을 들여다본다. "아버지, 간자키…… 장남, 료타라니……."

"으음." 가자마쓰리 경부는 신음하듯이 말했다. "이시구로 료타는 간자키 마사오미의 숨겨진 자식이었나!"

부적 주머니 안에서 튀어나온 의외의 사실. 아니, 사실인지 거짓인지 아직 확증은 없다. 하지만 만일 그렇다면 간자키 마사오미가 이시구로 료타에게 금전적인 원조를 하는 것이 충분히 설명된다. 종이에 남겨진 친자 관계는 신빙성이 상당히 높다고 생각된다.

레이코와 가자마쓰리 경부는 아연실색하며 서로의 얼굴을 마주 볼 뿐이었다.

5

그날 밤. 레이코는 하루의 격무를 마치고 호쇼 저택에 무사히 귀환해, "아아, 진짜. 이렇게 숨 막히는 차림은 못 해먹겠어"라고 혼자 불만을 토해내며 답답한 근무용 팬츠 슈트를 벗어 던졌다.

그러고 나서 무도수 안경을 벗고, 묶은 머리를 풀어 헤치고 핑크 원피스를 입자, 그 모습은 어딜 보나 부호 영애 그 자체다. 단 몇 시간 전까지 강가의 익사체에 대해서 이것저것 조사하고 다니던 호쇼 레이코와는 다른 사람이 아닐까, 하고 그 자신도 신기한 기분이 들었다.

그런 그녀는 넓은 식당에서 늦은 저녁 식사를 했다. 평소 식사인 정어리 카르파초, 강낭콩과 토마토 수프, 바닷가재 구이로 공복을 채우고 나서, 레이코는 문득 떠오른 생각에 옆에 대기하고 있는 집사에게 명령했다.

"오늘 밤은 따뜻할 것 같으니 잠깐 정원에 나가보고 싶어. 가게야마, 마실 것을 가져다줘."

가게야마는 공손히 인사로 응했다. "알겠습니다. 곧바로 준비하겠습니다."

잠시 후, 레이코는 호쇼 저택의 정원 한구석 덱체어에 앉아 화이트 와인을 기울였다.

호쇼 저택의 정원은 광대한 데다 식물의 종류도 풍부하다. 커다란 소나무와 단풍나무, 철쭉 덤불, 제철 꽃이 피어 있는 화단과 장미 정원. 연못에는 커다란 연잎이 떠 있고, 온실에는 아열대성 희귀 식물도 심어져 있다. 전날에는 정원 한쪽에서 가짓과의 신품종이 발견되었다는 얘기도 얼핏 들었다.

그렇지만 이 계절에 호쇼 저택을 가장 화려하게 채색하는 것은 뭐니 뭐니 해도 벚꽃이다. 이미 만개하는 시기를 지나서, 지금은 지기 시작할 무렵이다. 레이코는 일로 지친 머리와 몸을 쉬게 하듯이 떨어져 내리는 벚꽃잎을 온몸에 뒤집어썼다. 손에 든 와인글라스 안에도 분홍 꽃잎이 팔랑팔랑 떨어진다.

"멋지네……." 레이코는 글라스 안의 꽃잎을 바라보면서 말했다. "자기 집 정원에서 보는 벚꽃은 또 다르구나."

레이코가 말하자, 옆에 대기하고 있던 가게야마도 느긋한 미소를 지으면서 끄덕였다.

"확실히 이곳이라면 주정뱅이의 행패에 얽힐 걱정도 없습니다. 반격하는 힘이 너무 세서 상대를 연못에 던져버릴 일도 없지요. 누구에게도 방해받지 않고 벚꽃을 감상할 수 있습니다."

"……윽!" 곧바로 레이코의 마음에 작은 파도가 일고, 글라스를 든 손에 쓸데없는 힘이 실린다.

꽃놀이를 방해하고 있는 건 당신이잖아! 어젯밤의 안 좋은 기억을 다시 떠올리게 하지 마!

레이코는 매도하는 대신 집사 쪽을 가볍게 노려본다. 가게야마는 모든 것을 알아차린 듯이 움찔하고 몸을 긴장시키더니 갑자기 화제를 바꿨다.

"그런데 아가씨, 오늘 아침 사건은 어떤 상황인지요? 다마 강에서 발견된 시체는 자살, 아니면 사고? 아무리 그래도 살인은 아닐 것 같은데요……."

"살인이야, 살인." 레이코는 그렇게 단언하며 글라스의 와인을 마셨다. "다마 강의 제방에서 익사체가 발견됐어. 어차피 알고 있을 거 아냐. '와이드 쇼' 같은 것을 통해서."

"!" 가게야마는 깜짝 놀란 듯이 은테 안경을 밀어 올렸다. "과연 아가씨이십니다. 명답입니다."

뭐가 명답이야……. 레이코는 기가 막힌다는 얼굴로 자신의 충실한 하인을 바라보았다.

이 가게야마라는 남자는 집사이면서도 경찰에 관련된 어려운 사건에 비정상적인 관심을 보이는 남자다. 우수한 추리력을 가지고 있어서, 그 명민함으로 레이코와 구니타치 경찰들이 맡은 어려운 사건을 몇 번이나 해결로 이끌어왔다. 그런 의미에서는 아주 귀중한 남자이지만 레이코는 가능하면 그의 힘을 빌리지 않고 해결하고 싶다고 생각한다. 그것이 레이코가 경찰관으로서 가진 긍지이며 명문가 아가씨로서 가진 고집이다.

"뭐, 이번 수사는 순조로워. 확실히 기묘한 사건은 틀림없지만, 조금씩 알아가고 있으니까 괜찮아. 당신의 힘을 빌릴 필요는 없어. 게다가 이번에는 가자마쓰리 경부의 추리도 그럭저럭 괜찮은 것 같고……."

"가자마쓰리 경부님께서 괜찮은 추리를 하셨다고요?!"

가게야마는 험상궂은 표정을 지었다. "그건 오히려 위험한 징조가 아닌지요?"

"그런 말을 하면 실례야. 경부도 가끔씩은……." 아니 잠깐, 가자마쓰리 경부의 추리가 썩 훌륭하고, 그의 말이 진실을 척척 맞춘다. 그런 케이스가 과거에 한 번이라도 있었던가(아니, 없었다!). "저,

정말로 가게야마가 하는 말대로일지도."

곧바로 떠도는, 미궁에 빠질 듯한 위험한 향기. 불안을 부채질당한 레이코는 침착함을 잃은 동작으로 글라스에 담긴 와인을 단숨에 비웠다. 가게야마는 곧바로 병에 남은 와인을 글라스에 따랐다. 그러고 나서 안도감을 주는 낮은 목소리로 레이코의 귓가에 살짝 속삭였다.

"어떠십니까, 아가씨. 그 기묘한 사건에 대해서, 저에게 말씀해주시는 것은? 이 가게야마는 아가씨를 위해서라면 협력을 아끼지 않을 생각입니다."

"아, 알았어." 레이코는 맥없이 끄덕였다. 집사에게 고개를 숙이는 쪽이 미궁에 빠지는 것보다는 낫다고 생각했기 때문이다. "그러면 처음부터 자세히 설명할 테니까 잘 들어. 피해자의 이름은 이시구로 료타. 시체가 발견된 것은 다마 강변의 제방인데……."

레이코는 가게야마에게 사건에 대해 상세히 설명하기 시작했다. 어쩐지 일류 사기꾼에게 속고 있는 듯한 기분이 안 드는 것도 아닌걸. 문득 레이코는 그런 생각이 들었다.

이러저러해서, 시간이 잠시 흘렀다.

이시구로 료타의 집에서 가자마쓰리 경부가 나름대로 추리를 펼치고, 그리고 부적 주머니 안에서 의외의 인간관계가 밝혀진 무렵에서 레이코의 이야기는 일단락됐다. 레이코가 이야기를 하는 동안, 가게야마는 계속 그녀 곁에 서서 거의 아무 말도 없이 그 이야기를 듣고 있었다.

"어때, 가게야마? 지금까지 한 이야기 중에서 미심쩍은 점은 없어?"

가게야마는 천천히 고개를 끄덕이고, 레이코에게 몇 가지 질문을 했다.

"감식과로 보낸 플라스틱 양동이에서는 뭔가 검출되었습니까?"

"아니, 양동이는 깨끗하게 씻겨 있었던 모양이야. 아무것도 나오지 않았어. 그 대신, 배수구에 걸려 있던 수초나 젖은 머리카락, 괴어 있던 물 등을 채취해서 현재 조사하고 있어. 거기서 강에 사는 미생물의 잔해 같은 것이 발견되면 범행 현장이 그 연립주택의 욕실이란 점은 확실해지겠지."

"그렇군요." 그렇게 가게야마는 무표정하게 고개를 끄덕이고, 이어 다른 질문을 했다. "그런데 그 순산을 기원하는 부적 말입니다만, 그것은 피해자 어머니의 것으로 봐도 되겠습니까?"

"응, 틀림없어. 이시구로 아키코는 물장사로 생계를 꾸리면서 혼자서 료타를 키웠던 것 같아. 그 아키코는 반년쯤 전에 병으로 죽었어. 그리고 여기서부터는 상상인데, 이시구로 료타는 죽은 어머니의 유품을 정리하던 중에 그 부적을 발견했던 게 아닐까. 그리고 부적 주머니 안에 감춰진 종이를 본 거지."

"그렇군요. 그래서 이시구로 료타는 자신의 친아버지가 간자키 마사오미라는 인물임을 알았군요. 그 남자는 친아버지가 현재 사는 곳을 알아내고, 그 집에 드나들게 되었다. 약점이 있는 간자키 마사오미는 이시구로 료타가 요구하는 대로 금전을 줬다. 있을 수 있는 이야기입니다."

"이시구로 료타의 금전 변통이 갑자기 좋아진 원인은 그 부분에 있었겠지."

"하지만 그런 그 남자의 존재를 눈엣가시로 생각할 인물도 반드시 있을 겁니다. 아니, 간자키 가의 모든 사람에게, 그 남자의 존재는 방해가 되었을 겁니다. 친아버지인 마사오미도 포함해서."

"그렇지. 친아들이라고 해도, 이시구로 료타의 존재는 마사오미에게는 아주 성가셨을 거야. 하지만 그렇다고 해서 죽이거나 할까?"

"유감스럽게도 이 살벌한 세상에서는 자식을 죽이는 일은 결코 드물지 않습니다."

가게야마는 견딜 수 없다는 표정으로 한숨을 내쉬었다. "예를 들면 아가씨의 아버지이신 호쇼 세이타로 님도 내일은 자기 차례일지 모른다며 몰래 아가씨를 경계하고 계십니다. …… 후훗."

"뭐가 '후훗'이야, 없는 소리 갖다 붙이지 마!"

레이코는 의자에서 힘차게 일어나서 맹렬하게 항의했다. 하지만 생각해보면 아버지인 세이타로가 레이코를 기피하고 있을 가능성은 없다고도 할 수 없다. 보통 얼굴을 마주할 기회가 거의 없는 것은 서로 바쁘기 때문이라고 생각했지만, 의외로 부모와 자식 간 단절이 진행되고 있는지도…….

하지만 상관없다. 호쇼 가의 부모 자식 관계의 위기는 어제오늘 시작된 것은 아니다. 레이코는 아버지 이야기를 제쳐두고, 다시 화제를 사건으로 되돌렸다.

"하지만 안 돼, 가게야마. 아무리 간자키 마사오미에게 이시구로 료타가 성가신 존재였다고 해도, 그 남자가 범인이라고는 생각할 수 없어. 왜냐하면 그 남자에게는 범행이 있던 날 밤에 알리바이가 있는걸."

"그렇군요." 가게야마는 굵은 벚나무 옆에 멈춰 서서 천천히 끄덕였다. "범행이 있었던 오후 7시부터 9시 사이, 간자키 마사오미는 자택에서 지인들을 불러서 바비큐 파티를 하고 있었다. 이시구로 료타를 죽이러 갈 수 있을 리 없다. 그렇게 말씀하시고 싶은 거군요, 아가씨."

"그래, 잘 알고 있네, 가게야마."

그러나 가게야마는 평소의 어조로 "실례입니다만, 아가씨"라고 운을 떼고, 불쌍히 여기는 듯한 눈동자를 안경 너머로 레이코에게 향했다. "그렇게 말하는 아가씨는, 잘 알고 계시지는 못한 눈치로군요."

뭐어?! 하고 고개를 갸웃거리는 레이코에게, 집사는 안경테에 손가락을 대면서 이렇게 말했다.

"아가씨는 저에 비해서 눈만큼은 좋을 거라고 생각하고 있었습니다만, 아무래도 착각이었던 것 같습니다. 눈앞에 있는 힌트를 전혀 깨닫지 못하시다니…… 저는 아가씨에게 진심으로 실망했습니다."

꽝!

그 순간 굵은 벚나무가 큰 소리를 냈고, 레이코의 이마에 격통이 느껴졌다. 그리고 팔랑팔랑하고 떨어지는 꽃잎들. 몇 초 후, 레이코는 자신이 벚나무를 머리로 들이받았다는 것을 알았다.

왜, 이런 일이? 아니, 원인은 확실하다. 가게야마의 갑작스런 폭언 때문이다. 그 놀라움이 레이코의 발치를 휘청거리게 하고, 그녀가 벚나무의 나무줄기를 머리로 들이받게 만든 것이다. 이 책임은 충실하지 못한 집사에게 있다. 그러나 문제의 집사는 흩날리는 꽃잎을 올려다보면서 새침한 얼굴로 말했다.

"이야, 멋진 꽃 바람입니다. 아가씨도 한번 보시죠."

그에게는 벚나무 아래에서 웅크리고 있는 아가씨의 모습이 눈에 들어오지 않는 듯하다.

"가게야마아~." 레이코는 분노와 함께 일어서서 폭언 집사를 날카롭게 쏘아보았다. "당신의 소중한 아가씨가 벚나무 나무줄기에 머리를 부딪혀서 아파하고 있는데, 느긋하게 꽃구경이나 하고 있다니 배짱도 좋네. 나야말로 당신에게 실망했어."

"아, 아뇨. 저는 그저⋯⋯." 가게야마의 얼굴에 두려움의 빛이 떠오른다.

"변명은 필요 없어!" 레이코는 가게야마의 얼굴에 자신의 얼굴을 가까이 가져가더니, "애초에 '눈만은 좋다'라는 소리는 뭐야! 눈만이 아니라 얼굴도 머리도 깨끗한 마음도, 그럭저럭 괜찮단 말이야!"

"과연 그렇군요. 그렇다면 눈만 나쁘다고 말씀드렸어야 했습니다."

"눈도 안 나빠! 얼굴 중에서 제일 자신 있는 부분이란 말이야!"

"그러십니까." 가게야마는 죄송하다는 얼굴로 고개를 숙였다. "하지만 아가씨께서 자랑하시는 눈에 진실은 비치지 않았던 눈치로군요. 힌트가 눈앞에 있는데도."

"눈앞이라니, 무슨 소리야?!" 레이코는 기계적으로 눈앞을 가리켰다. "…… 당신을 말하는 거야?"

"아뇨, 저는 힌트가 아닙니다. 유감스럽게도."

"딱히 유감은 아니야."

레이코는 픽 하고 고개를 옆으로 돌리고, 옆에 서 있는 벚나무를 보았다. 그녀의 박치기로 인해 불었던 꽃 바람은 이미 잦아들어서 주변은 고요함을 되찾고 있다.

레이코는 문득 깨달았다. 자신의 눈앞에 있는 것은 벚나무. 그러고 보니 간자키 저택에도 벚나무가 있었다.

"힌트는 벚나무야?! 확실히 범행이 있었던 날 밤에 간자키 가에서는 꽃놀이를 겸한 바비큐 파티가 열렸어. 하지만 그것하고 사건하고 어떻게 관계가 있다는 거야?"

"아뇨, 사건과 관계가 있는 벚나무는 그쪽의 벚나무가 아닙니다. 그게 아니라 간자키 가의 뒤뜰, 아가씨가 경찰차를 세워둔 주차 공간에 있던 벚나무입니다."

"그러고 보니 뒤뜰에도 벚나무가 있었지. 하지만 그게 어쨌는데? 사건하고는 더욱 관계가 없는 것처럼 생각되는데."

"아뇨, 밀접한 관계가 있습니다."

가게야마는 자신 있다는 듯 단언했다. "애초에 아가씨의 말씀을 듣고서, 저는 한 가지 납득이 안 가는 점이 있었습니다. 그것은 아가씨 일행이 경찰차를 뒤뜰에 세울 때의 상황입니다. 그곳에는 세 그루의 커다란 벚나무가 있고 그 아래에 검은색 벤츠와 노란색 경차가 세워져 있었습니다. 틀림없지요?"

"응, 그 말대로야."

"그리고 그 차들의 지붕과 보닛에는 벚꽃잎이 수북이 쌓여 있었죠."

"그래. 그게 어쨌다는 거야?"

"딱히 어쨌다는 것은 아닙니다. 그저 아주 기묘한 일이라고 생각됩니다."

그런가? 하고 고개를 갸웃거리는 레이코에게 가게야마는 진지한 시선을 보냈다.

"아가씨, 잘 생각해주십시오. 간자키 사와코의 증언을. 그 여자는 오늘 아침에 간장이 다 떨어졌다는 걸 깨닫고 황급히 차를 몰아 편의점에 다녀왔습니다. 이때 그 여자가 이용한 차가 검은색 벤츠인지 노란색 경차인지는 저도 알 수 없습니다만……."

"알 수 있어! 당연히 노란색 경차겠지. 주부는 검은색 벤츠를 몰고 편의점에 가지 않는다고!"

"뭐, 저도 대충 그럴 거라고는 생각했습니다."

가게야마는 여전히 사람을 깔보는 태도였다. "그러면 노란색 경차라고 가정하고 이야기를 진행하죠. 간자키 사와코는 오늘 아침에 경차를 타고 편의점까지 다녀왔습니다. 이 시점에서 차 위에 쌓여 있던 벚꽃잎들은 전부 바람에 휘날려서 지붕이나 보닛은 깨끗한 상태가 되어 있었을 겁니다."

"그, 그렇지. 확실히 그랬을 거야……."

"그런데 같은 날 오후. 아가씨 일행이 간자키 저택의 뒤뜰에 갔을 때, 그곳에는 다시 분홍색 꽃잎에 뒤덮인 경차의 모습이 있었습니다. 이것은 부자연스럽지 않습니까? 아무리 벚꽃이 지는 계절이라고 해도 고작 몇 시간 만에 벚꽃잎이 수북하게 쌓일 리는 없지 않을까요."

"가, 가능할지도 몰라. 누군가가 나처럼 벚나무 줄기에 머리를 들이받아서 벚꽃잎이 한꺼번에 쏟아졌다든가……."

"그렇군요. 있을 수 있는 일입니다."

농담인지 진담인지, 가게야마는 그렇게 말하며 씩 웃었다. "그렇습니다만 만약 가령 단시간에 대량의 꽃잎이 흩날렸다면 같은 장소에 좀 더 오랜 시간 동안, 아마도 전날 밤부터 계속 그곳에 정차해 있었을 검은색 벤츠 쪽에 더욱 많은 꽃잎이 쌓여 있어야만 합니다. 하지만 아가씨의 말씀을 듣기로는 두 대의 차에 그 정도의 차이는 없었다고 생각됩니다."

"확실히 그렇지. 노란색 경차와 검은색 벤츠, 꽃잎이 쌓인 정도는 비슷했어. 그렇다는 이야기는, 무슨 뜻이야?"

레이코는 팔짱을 끼고 생각했다. 한 가지 생각할 수 있는 가능성으로는 '사와코가 거짓말을 했다'라는 점이다. 그녀는 차를 타고 편의점에 갔다고 말했지만 실제로는 차를 타고 가지 않았던 것은 아닐까. 그렇다면 경차 위의 꽃잎이 날려 떨어질 일은 없다. 옆에 있는 벤츠와 조건은 같아지니까 꽃잎은 비슷하게 쌓여 있을 것이다. 그러나…….

"사와코가 거짓말을 했다는 가능성은 고려할 가치가 없습니다."

가게야마는 한발 앞서 레이코의 사고를 부정했다. "왜냐하면 사와코가 차를 타고 편의점에 물건을 사러 갔는지 여부는 편의점 직원의 증언이나 방범 카메라의 영상으로 확인할 수 있는 일입니다. 사와코가 그렇게 간단히 들킬 거짓말을 할 리도 없고, 또한 그 여자가 거짓말을 할 이유도 찾아볼 수 없습니다."

"그러네. 나도 지금 그 말을 하려고 했어."

응?! 남의 추리에 편승하는 이 느낌, 누군가와 닮았다……. 설마 가자마쓰리 경부?! 어머나, 내가 가자마쓰리 경부와 같은 짓을 하고 있어!? 레이코는 자신이 무의식중에 보인 행동에 공포를 느끼면서 어떻게든 평정을 가장하며 말을 계속했다.

"사와코가 거짓말을 하지 않고 있다면, 어떻게 되는 거야? 두 대의 차에 쌓인 꽃잎의 모순은 해소되지 않아."

"아뇨, 모순을 해소하는 합리적인 설명은, 또 한 가지 있습니다."

가게야마는 레이코 앞에 손가락을 하나 세웠다. "즉 사와코가 차를 본 뒤에, 누군가가 그 차에 몰래 다가가서 깨끗해진 차 지붕과 보닛에 일부러 벚꽃잎을 뿌렸다. 그런 공작을 폈을 가능성입니다."

"일부러 꽃잎을 뿌렸다고?! 대체 무엇을 위해서 그런 짓을 한다는 거야."

"모르시겠습니까? 이것은 일종의 카무플라주(불리하거나 부끄러운 것을 드러나지 않도록 의도적으로 꾸미는 일. 위장_옮긴이)입니다."

"아, 알고 있어, 그 정도는." 그렇구나, 카무플라주인가. 레이코는 집사 앞에서 자기도 모르게 아는 체를 했다. "그러니까 무슨 카무플라주냐고 그렇게 묻고 있는 거잖아."

가게야마는 "그건 제가 실례했군요"라고 실례를 사죄하고, 히죽 미소 지었다.

"차가 한 번 달리면 차체 위에 있는 꽃잎은 전부 휘날려버립니다. 반대로 차가 그 장소에 정차해 있으면 꽃잎은 점점 쌓이죠. 이 점으로 미루어 생각하면 이 카무플라주는 '차가 달리지 않은 것'처럼 위장하기 위함이라고 생각됩니다."

"차가 달리지 않은 것처럼 위장…….. 무슨 소리야?"

"알기 쉽게 말하면, 지붕 위에 산더미만큼의 꽃잎이 쌓여 있는 차를 보면 대부분의 사람은 '아, 이 차는 계속 벚나무 아래에 서 있었구나'라고 생각하겠지요. 반대로 지붕 위에 꽃잎이 떨어져 있지 않으면 '최근에 누군가가 이 차를 타고 외출했구나'라고 생각합니다. 그렇지만 범인으로서는 그래서는 곤란합니다. 범인은 자신이 그 경차로 몰래 외출했다는 사실을 누구에게도 들키고 싶지 않습니다. 하물며 경찰에게는 절대 알리고 싶지 않았죠. 그래서 경찰이 오기 전에 경차의 지붕에 일부러 직접 꽃잎을 뿌렸다…….."

"자, 잠깐 기다려!" 레이코는 자기도 모르게 가게야마의 추리를 막았다. "어쩐지…… 의미를 모르겠어……. 범인이라니, 무슨 범인을 말하는 거야?"

"물론 이시구로 료타를 살해한 범인입니다."

"그래, 그렇지. 그건 알아. 그 범인이 간자키 가 사람이라는 것도 충분히 생각해볼 수 있어. 그 범인이 차를 몰래 사용한 사실을 감추려고 하는 것도 알아. ……하지만 모르겠어. 그 범인은 어째서 그런 카무플라주가 필요한 거야? 차 위에 꽃잎이 없었다고 해도 문제될 것 없잖아. 오늘 아침에 사와코가 차를 사용했으니까. ……아, 그런가!"

자기도 모르게 레이코는 외쳤다. 그 눈치를 보고 가게야마는 만족스러운 듯 끄덕였다.

"아셨군요, 아가씨. 확실히 아가씨가 말씀하신 대로 이 카무플라주는 의미가 없습니다. 차 위에 꽃잎이 없더라도 '그것은 사와코가 오늘 아침에 차를 썼으니까'라는 것으로 완벽하게 설명되니까요. 그렇지만 이 범인은 그걸 알 수가 없습니다. 왜냐하면 이 범인은 오늘 아침에 사와코가 급히 편의점까지 차를 몰고 갔었다는 사실을 모르니까요. 그리고 그러한 인물은 간자키 가에 단 한 명……."

그렇게 말하고 가게야마는 조용한 목소리로 단 한 명의 이름을 고했다.

"장남인 유지입니다. 아침에 늦잠을 잔 그 남자만은, 오늘 아침에 있었던 사와코의 행동을 파악하지 못했습니다. 그렇습니다. 그 남자가 바로 이시구로 료타를 살해한 진범입니다."

범인은 간자키 유지. 가게야마는 그렇게 말했다. 확실히 꽃잎을 사용한 카무플라주는 그의 조작인지도 모른다. 그렇지만 그것을 실행한 인물이 곧 이시구로 료타를 살해한 범인이라고 단언할 수 있을까. 그 부분은 논리의 비약 같다는 기분이 든다.

"애초에 간자키 유지가 이시구로 료타를 죽이는 것은 무리야. 유지가 아무리 차를 빨리 몰아도, 구니타치의 연립주택에서 이시구로 료타를 죽이고 나서 그 시체를 다마 강의 제방에 버리고 세이조의 집으로 돌아오는 데 두 시간은 족히 걸릴 거야. 하지만 같은 날 오후 7시부터 9시 사이에 유지는 세이조의 저택에 있었고 바비큐 파티에 참가한 손님들에게 가끔씩 모습을 보이고 있었어. 즉 유지에게는 알리바이가 있어. 이걸 어떻게 설명할 거야?"

"아아, 아가씨. 그거야말로 범인이 노리던 바입니다."

가게야마는 유감스럽다는 듯이 고개를 저었다. "가자마쓰리 경부님도 말씀하셨듯이, 양동이 하나를 가득 채울 정도의 물만 있으면 사람을 익사시키는 것은 가능합니다. 그렇다면 그 양동이는 이시구로의 연립주택이 아니라 세이조의 간자키 가에 있었다고 해도 이상할 것은 아무것도 없지 않습니까."

"에엣?!" 레이코는 자기도 모르게 말이 막혔다. "그렇다는 것은, 실제 범행 장소는 간자키 저택이야? 그러면 이시구로의 아파트 욕실에 있던 수초는?"

"그것도 역시 범인인 간자키 유지의 카무플라주입니다."

의외의 지적에 레이코는 침묵했다. 그런 그녀에게 가게야마는 순서대로 설명했다.

"어젯밤에 간자키 가의 정원에서 바비큐 파티가 열렸을 무렵에 간자키 유지는 그 저택에 있었습니다. 그렇지만 동시에 이시구로 료타도 그곳에 있었던 것입니다. 유지는 이시구로에게 술을 권하고 인사불성이 될 때까지 술을 먹였습니다. 그리고 이시구로의 얼굴을 양동이의 물에 잠기게 해서 익사하게 만들었던 겁니다. 즉 실제 범행 현장은 간자키 가, 아마도 유지의 방이었을 거라고 생각됩니다."

"그게 어젯밤 7시 반부터 9시 반의 일이었구나. 그러면 익사체를 다마 강의 제방에 버리고 온 것은 언제야?"

"그것은 간자키 가의 사람들이 잠든 심야였겠지요. 물론 시체를 운반하려면 차가 반드시 필요합니다. 그 노란색 경차였을 겁니다. 유지는 시체를 차에 싣고 간자키 가에서 몰래 출발했습니다. 이윽고 그 남자는 다마 강의 제방에 도착하고, 그곳에 시체를 버렸을 거라고 생각됩니다."

"잠깐만 있어봐. 왜 제방에 시체를 버리는 어중간한 선택을 한 거야? 이왕 거기까지 갔으니까 강에 버리면 되잖아. 그러면 자살이나 사고로 보이게 만들 수도 있었을 텐데."

"아마도 당초에는 그렇게 계획했겠지요. 그러나 유지는 그 계획을 포기했다고 생각됩니다. 어째서일까요? 아가씨도 경찰이라면 아시겠지요. 시체란 것은 상상하는 것보다 훨씬 무거워서 옮기기 힘든 물체라는 것을."

"아아, 그런 건가……." 레이코는 한순간에 범인의 심정을 이해했다.

확실히 시체는 무겁고 옮기기 힘들다. 드라마 같은 것에서 보면 살인범은 쉽게 시체를 안고 이동하지만, 현실에서는 어지간히 힘이 세지 않고서는 그런 짓은 할 수 없다.

"간자키 유지도 시체를 차에 실을 때까지는 어떻게든 노력했겠죠. 그렇지만 다마 강의 넓은 하천 부지를 본 순간, 유지는 당초의 계획을 포기했습니다. 도저히 저기까지는 운반할 수 없다고 생각했던 거겠죠. 거기서 그 남자는 차선책을 썼던 것입니다."

"차선책?"

"네. 이 방법은 지극히 단순합니다. 유지는 페트병이나 뭔가로 다마 강의 물을 길어서 그것을 가지고 구니타치에 있는 이시구로의 집을 찾아갔습니다. 그리고 유지는 그 페트병의 물을 욕실에 뿌렸습니다. 그러는 것으로 마치 그 욕실이 진짜 살해 현장인 것처럼 보이게 만들었던 것입니다."

"그렇구나. 구니타치의 연립주택과 다마 강 근방에서 모든 범행이 이루어졌다. 경찰에게 그렇게 생각하게 만들면 유지에게 수사의 손길이 미칠 일은 없어. 왜냐하면 자기는 범행 시각에 멀리 떨어진 세이조의 저택에 있었다는 알리바이가 성립하니까. 유지는 그렇게 생각했던 거구나."

"그렇습니다."

가게야마는 느긋한 동작으로 인사했다. "다소의 계획 변경은 있었지만, 간자키 유지는 어떻게든 범행을 끝마쳤습니다. 그 남자는 차로 간자키 가로 돌아와서 자신의 침대에 누워 잠들었습니다. 심야에 중노동을 했으니 다음 날 아침에 늦잠을 잔 것도 무리는 아니겠지요. 그렇지만 이것이 생각지도 못한 실책으로 이어진 것은 참으로 얄궂은 일입니다."

"유지가 자는 동안에 사와코가 경차로 물건을 사러 나갔던 거구나."

"그렇습니다. 하지만 그 사실을 모르는 유지는 지붕도 보닛도 깨끗해진 경차를 보고 질겁했겠지요. 그 남자는 심야에 자신이 그 차를 몰았기 때문에 쌓였던 벚꽃이 깨끗이 날아가버렸다고 성급하게 결론을 내렸습니다. 이 차를 이 상태로 경찰에게 보여서는 안 된다. 그렇게 생각한 그 남자는 일부러 직접 벚꽃잎을 차 위에 뿌리는, 쓸데없는 카무플라주를 해버렸던 것입니다."

"덕분에 벤츠와 경차의 모습에 이상한 모순이 생겨버렸지. 유지에게는 그야말로 사족이었구나."

"말씀대로입니다, 아가씨."

사건의 진상 이야기를 끝마친 가게야마는 레이코 앞에 공손히 고개를 숙였다.

레이코는 호쇼 가의 아가씨답게 냉정하게 행동하면서도, 집사의 혜안에 다시 한 번 놀라고 있었다.

물론 이것으로 사건이 전부 해결된 것은 아니다. 간자키 유지를 체포하려면 옴짝달싹 못하게 할 증거가 필요하다. 아니, 그 전에 우

114

선 이해력이 결여된 상사를 이론으로 납득시켜야 한다는 난관이 기다리고 있다. 신참 형사로서 레이코의 일은 이제부터 본격적으로 시작되는 것이다.

하지만 그것들은 전부 내일 일이다. 지금은 그저 지는 벚꽃잎을 마음껏 감상하고 싶은 기분이다. 레이코는 다시 의자에 앉더니 테이블에 글라스를 내려놓았다.

"또 한 잔, 따라줄 수 있을까?"

거드름 피우는 어조로 말하는 레이코 앞에, 가게야마는 물 흐르는 듯한 동작으로 병에 담긴 화이트 와인을 따랐다.

"부디 취기 탓에 저를 연못에 던지지는 마시길……."

충실한 집사는 그렇게 말하며 레이코에게 부드러운 미소를 보냈다.

세 번째 이야기

⋮

괴도의 도전장입니다

1

호쇼 레이코가 하루의 격무를 마치고 무사히 호쇼 저택으로 귀환하고 난 밤의 일이다.

업무용 팬츠 슈트를 벗어 던진 레이코는 부잣집 아가씨 느낌이 풀풀 나는 하늘하늘하고 팔랑팔랑한 원피스를 입고 재빨리 저녁 식사 자리로 향했다. 오늘 저녁 테이블을 장식하는 것은 겉보기에도 화려한 최고급 프랑스 요리다. 급사를 맡은 턱시도 차림의 집사 가게야마는 은테 안경 아래로 기대에 찬 시선을 레이코에게 보내면서 글라스에 와인을 따랐다.

"어떠십니까, 아가씨? 최근에 뭔가 재미있는 사건은…….."

하지만 가게야마의 마음을 따돌리듯이 레이코는 "딱히 없어"라고 차갑게 대답했다.

"5월 들어서 사건다운 사건은 일어나지 않았어. 그러고 보니 최근에 구니타치 경찰서 관내에서는 한 달에 한 건 비율로 난해한 사건이 발생하고 있었지만, 아쉽게도 이번 달은 아무것도 없는 것 같아."

아쉽게도, 라는 표현은 부적절했을까. 마치 사건이 일어나길 바라는 것 같다. 그런 생각을 하면서 레이코는 글라스의 와인을 기울이며 한마디한다. "…… 뭔가 불만이라도 있어?"

"아니요, 당치도 않습니다. 사건이 없는 것은 무엇보다 다행스런 일입니다."

그렇게 가게야마는 실수 없는 대답을 하면서도 어딘지 모르게 아쉬운 듯한 표정이다. 왜냐하면 사실 이 가게야마라는 남자는 경찰이 골머리를 앓는 난해한 사건들을 몹시 좋아하기 때문이다. 과거에도 몇 번이나 그런 류의 정보를 레이코에게서 입수해서는 자신이 자랑해 마지않는 추리력으로 사건을 멋지게 해결로 이끌고서 아가씨의 체면을 짓밟아온 실적을 지니고 있다. 정말 악질적인 집사지만, 정작 중요한 사건이 없으면 자랑해 마지않는 추리력도 그냥 썩히게 된다. 가게야마의 표정이 썩 개운치 않은 이유다.

"그건 그렇고, 아가씨 앞으로 몇 개의 우편물이 도착해 있습니다. 대부분은 아가씨를 봉으로 삼은 명품 브랜드의 광고물이나 청구서류입니다만."

"그래. 그건 당신 선에서 적당히 처리를……."

그렇게 말하다가 레이코는 식사하던 손을 멈추고 집사를 곁눈으로 노려봤다. "그런데 지금 새 이름이 나오지 않았어?! 봉이라든가?"

"아뇨, 아가씨. 오늘 밤의 메인 디시는 새 요리가 아니라, 사슴 고기구이입니다. 바질 소스를 곁들였습니다."

곧바로 테이블 위에 메인 디시 접시가 놓인다. 레이코는 노릇노릇하게 구워진 고기의 향기에 매료되어 잠시 봉에 대한 얘기는 잊고, 사슴 고기 요리에 입맛을 다신다. 이윽고 디저트가 나올 무렵, 가게야마가 기억났다는 듯이 다시 우편물 이야기를 꺼냈다.

"그러고 보니 아가씨 앞으로 발신인 불명의 봉투가 두 통 와 있었습니다. 보시겠습니까?"

"허어, 발신인 불명?! 신경 쓰이네. 보여줘."

레이코가 내민 오른손에, 가게야마는 두 통의 봉투를 건넸다. 그것은 엷은 파란색 서양식 봉투였다. 수신인은 두 통 모두 '호쇼 레이코 님'으로 적혀 있지만, 확실히 발신인의 이름은 없었다. 우표는 제대로 붙어 있고, 다치카와 우체국 소인이 찍혀 있었다.

"흐음, 꽤 멋들어진 봉투네. 혹시 내 앞으로 온 팬레터 아니야?"

"아가씨, 어디에서 그런 발상이 솟아나시는 겁니까?"

"시끄럽네~." 레이코는 실망하는 표정으로 말했다. "알고 있어. 어차피 나 같은 건 아버지가 거대 복합기업 '호쇼 그룹'의 총수인 것 외엔 아무것도 없는 평범한 부호 영애에 지나지 않는 존재야."

"그렇게 자신을 비하하시는 것은 그만두십시오, 아가씨. 아가씨는 단순한 부호 영애가 아닙니다. 구니타치 경찰서 형사과에 근무하는 번듯한 지방공무원이지 않습니까."

가게야마의 기묘한 설득을 받아들여서 레이코는 "그것도 그러네"라며 자신감을 회복했다.

"어쨌든 내 앞으로 온 것이니까 열어봐도 되겠지? 가게야마, 개봉해봐."

"알겠습니다." 공손하게 인사한 가게야마는 건네받은 봉투 하나를 신중하게 개봉했다.

거기엔 하얀 편지지 한 장뿐. 가게야마는 텅 빈 봉투를 거꾸로 뒤집어 보이면서 레이코에게 자상하게 미소를 지었다. "안심하십시오, 아가씨. 면도칼 같은 것은 들어 있지 않은 듯합니다."

"그런 게 들어 있을 리 없잖아! 됐으니까, 이리 줘봐, 그 편지지!"

레이코는 집사의 손에서 편지지를 낚아채고는 그곳에 인쇄된 짧은 문장을 소리 내서 읽었다.

"어디 보자…… '내일 오전 0시, 호쇼 가에 숨겨져 있는 보물 〈금의 돼지〉를 가지러 가겠다. 부디 주의하도록. 괴도 레전드로부터' …… 뭐야, 이건!"

레이코는 의자에서 미끄러져 떨어졌다가 재빨리 일어나서 편지지를 테이블 위에 철썩 내리쳤다.

"잠깐, 가게야마! 이게 어디가 팬레터야!"

"저는 팬레터라고는 한마디도 하지 않았습니다만……."

가게야마는 무표정인 채로 편지지를 집어 들고서 그 내용을 훑어보았다.

"흠, 아무래도 이것은 범행 예고장이군요. 괴도 레전드 님은 〈금의 돼지〉를 훔치러 오실 생각이신 것 같습니다."

"도둑에게 경어를 쓰지 않아도 돼!"

레이코는 매몰차게 말하고, 다시 한 번 굴욕과 공포에 입술을 떨었다.

"괴…… 괴도 레전드……."

"아십니까? 아가씨."

"아니, 처음 들어!" 레이코는 고개를 휘휘 저었다. "너무나 그럴싸한 이름이지만, 가만히 생각해보면 전혀 들은 적이 없는 이름이야. 루팡이라든가 루비(1988년 일본에서 개봉한 코미디 영화 〈괴도 루비〉의 주인공_옮긴이)라든가 키드키드(일본 만화 〈매직 카이토〉와 〈명탐정 코난〉에 등장하는 괴도_옮긴이) 같은 것은 아는데……. 누구지, 괴도 레전드는?"

"글쎄요, 저에게 물어보셔도……."

가게야마는 어깨를 으쓱거려 보였다. "분명히 최근에 활동을 개시한 신참 도둑이겠지요. 호쇼 가의 보물을 훔쳐내면 도둑 세계에서는 실력자로 대접해줄 것은 확실합니다. 그래서 〈금의 돼지〉를 점찍었다……. 그런 것이 아닐까요?"

"그렇겠네. 〈금의 돼지〉라면 아버님이 소유한 컬렉션 중에 그런 물건이 있었어. 다카모리 뎃사이라는 유명 조각가의 작품이야. 다카모리 뎃사이의 작품은 그 사람의 사후에 갑자기 평가가 높아져서, 〈금의 돼지〉도 지금은 수백만 엔의 가치를 지닌다고 들었어."

"수백만입니까." 가게야마는 의외라는 듯 고개를 갸웃거렸다. "확실히 고액임은 틀림없습니다만 호쇼 가에 도전장을 던지기에는 목표가 너무 작은 것으로 생각됩니다. 혹시 괴도의 이름을 본뜬 장난이 아닐까요?"

"그럴 가능성은 부정할 수 없지. 하지만 무시할 수도 없잖아. 내일 오전 0시에 도둑이 든다고 저쪽이 예고해왔으니까. 으음, 잠깐 기다려."

문득 레이코는 벽시계를 올려다보았다. 시각은 오후 8시. 레이코는 소박한 질문을 했다.

"내일 오전 0시라는 건 지금부터 네 시간 뒤일까? 네 시간 뒤의 오전 0시는 이미 내일이잖아."

"아뇨, 아무리 그래도 네 시간 뒤라고는……. 이 경우에는 하룻밤 뒤인 내일의, 그날 밤 오전 0시라는 의미. 즉 지금으로부터 28시간 뒤를 말하는 것이겠지요."

"하지만 당신이 말하는 오전 0시는 엄밀히는 이미 모레 아니야?"

"그건 그렇습니다만." 가게야마는 곤혹스러운 듯 이맛살을 찌푸리며 예고장을 보았다. 그러고 나서 그는 잊고 있던 사실을 고했다.

"그러고 보니 편지는 한 통 더 있었습니다."

가게야마는 테이블 위에 있는 또 하나의 편지를 개봉하고 그 편지지를 자기 손으로 펼쳤다.

"읽겠습니다. '만일을 위해서 말해두는데, 조금 전의 예고장에 쓴 '내일 오전 0시'라는 것은 오늘 밤이 아니라 내일 밤 0시라는 의미다. 즉 엄밀히는 모레가 되지만, 그냥 상식적으로 생각하면 착각할 일 없을 것이다. 괴도 레전드로부터.'"

가게야마는 다 읽은 편지지를 레이코에게 넘기면서 말했다. "꽤 나 정중한 괴도입니다."

"정중하다기보다 그냥 조금 머리가 나쁜 거 아니야? 처음부터 오후 11시나 오전 1시로 정하면 헷갈리지도 않을 텐데……."

"괴도라는 것은 대개 오전 0시에 나타나고 싶어 하는 법입니다."

가게야마는 그렇게 단언하며 은테 안경에 손끝을 댔다. "어쨌든 이렇게까지 공들여 예고한 이상, 어린애 장난은 아닐 것입니다. 내일 오전 0시, 괴도 레전드는 이 저택에 나타난다고 생각해야만 합니다. 어떻게 하시겠습니까, 아가씨?"

"어떻게 하시겠느냐니, 뭐가?"

"경찰에 신고하지 않으시겠습니까?"

"경찰이라고!" 레이코는 엉뚱한 소리를 냈다. "안 돼, 안 돼, 안 돼, 안 돼! 경찰 따윌 불렀다간 내가 호쇼 가문의 외동딸이라는 걸 들켜버리잖아. 구니타치 경찰서에 있기 힘들어져."

"흠, 앞으로도 이제까지 해오던 대로 가자마쓰리 경부의 부하로서 일하고 싶다……. 아가씨의 그 마음은 저도 잘 이해합니다."

"전혀 이해를 못하잖아, 얼간이!" 레이코는 손에 든 편지지를 집사의 얼굴을 향해 내던졌다. "어쨌든 경찰에 의지해서는 안 돼. 특히 구니타치 경찰서의 경찰 같은 건 불러봤자 세금만 낭비하게 돼!"

가게야마는 얼굴에 달라붙은 편지지를 두 손으로 떼어내면서, "아가씨가 그렇게 말씀하신다면 그런 것이 틀림없겠지요"라고 말하며 시원스런 표정을 했다. "그렇습니다만, 아가씨. 경찰에 의지하지 않으면 괴도 레전드에게는 어떻게 대처하실 생각이십니까?"

"그렇지. 우선은 아버지의 생각을 들어봐야겠어. 지금은 출장지인 파리에 계실 거야."

가게야마는 재빨리 자신의 휴대전화로 파리에 국제전화를 걸었다. 이윽고 전화 너머에서는 레이코의 아버지, 호쇼 세이타로가 딸을 부르는 목소리가 들린다. 레이코는 가게야마의 휴대전화를 받고 조심조심 귀를 가져갔다.

"아, 아버지, 실은 잠깐 상의할 것이 있어서 전화드렸는데요……. 아뇨, 좋아하는 사람이 생겼다든가 하는 게 아니라, 그렇다기보다 지구 반대편에 있는 아버지에게 일부러 국제전화로 그런 연애 상담을 하는 딸이 있을 리가……. 그런 게 아니라, 실은 도둑한테서 범행 예고장이 왔어요……. 네, 〈금의 돼지〉를 노리는 것 같아요……. 네? 가지고 싶다고 하면 그냥 주라고요? 아니, 그럴 수도 없잖아요……. 네, 뭐라고요? 누구라고요…… 엑?! 단골…… 아니, 모르는데요……. 네, 알았어요, 그렇게 할게요……."

레이코가 통화를 끝내자마자 가게야마가 물었다. "어르신께서는 뭐라고 하시던가요?"

"아버지는 '그럴 때는 그 남자를 불러라'라고 하셨어."

"그 남자?!" 가게야마는 미심쩍은 얼굴로 고개를 갸웃거렸다. "'그 남자'라는 것은 즉 가자마쓰……."

"아니야!" 레이코는 집사의 착각을 재빨리 정정했다. "가자마쓰리 경부가 아니라 미카모토 고이치란 사람이야. 이럴 때에는 딱 맞는 인물이라고, 아버지가 그렇게 말씀하셨어."

"미카모토 고이치?! 모르는 이름입니다. 누구입니까, 그 인물은?"

레이코는 "나도 모르지만"이라고 운을 떼고서 조금 전에 아버지에게서 들은 말을 그대로 전했다. "미카모토 고이치란 사람은 말이지, 호쇼 가의 '단골 사립 탐정'이래."

2

부잣집에 단골 의사나 고문 변호사가 있는 것처럼, 호쇼 가에는 '단골 사립 탐정'이 있는 듯하다. 이것은 레이코조차 이번에 처음 안 사실이다.

그 사립 탐정 미카모토 고이치가 젊은 여자를 데리고 호쇼 저택에 나타난 것은 다음 날 정오, 즉 범행이 예고된 오전 0시까지 앞으로 열두 시간을 남겨두었을 무렵이었다.

레이코와 가게야마가 맞이하는 가운데 현관홀에 등장한 미카모토는 30대로 보이는 젊은 남자였다. 몸에 꼭 맞는 바지에 흑백 도트 무늬 재킷 차림. 머리에 쓴 헌팅캡에서는 조금 긴 갈색 머리가 엿보인다. 그을린 얼굴은 단정하지만 어딘가 난봉꾼 같은 냄새가 풍긴다. 피어싱은 하지 않았지만, 자세히 보면 귓불에 두 개의 구멍이 뚫려 있었다.

그런 미카모토는 호쇼 가의 영애를 앞에 두고, 가슴에 손을 대면서 우아하게 고개를 숙였다.

"야아, 이게 누구십니까. 아가씨께서 일부러 마중을 나와주시다니 영광입니다. 처음 뵙겠습니다. '미카모토 탐정 사무소'의 3대 소장, 미카모토 고이치입니다. 잘 부탁드립니다."

탐정은 그렇게 말하며 서양 신사처럼 레이코 앞에 무릎을 꿇고, 갑자기 그녀의 오른쪽 손등에 키스하려는 몸짓을 했다. 그러나 레이코는 재빨리 오른손을 꾹 쥐고 앞으로 내밀어서 첫 인사를 했다. 결국 탐정의 콧등과 아가씨의 주먹이 불꽃 튀기는 뜨거운 키스를 나누었다.

집사가 레이코의 등 뒤에서 "아아, 아가씨……" 하고 한숨을 쉬며 눈을 내리깐다.

탐정은 흐르는 코피를 훌쩍거리면서, 아무 일도 없었다는 듯이 일어섰다.

"바로 본론으로 들어가겠습니다. 그런데 아가씨, 괴도 레전드라고 자칭한 인물로부터 범행 예고장이 도착했다고 들었습니다. 거참, 정말로 불쾌한 이야기더군요. 세상에 이름이 널리 알려진 호쇼 가의 보물을 노리다니, 세상에는 정말 자기 분수를 모르는 사람이 있네요. 하지만 아마도 괴도 레전드는 모르나 봅니다. 호쇼 가에 도전장을 던지는 것은 곧 이 호쇼 가를 3대째 섬기는 저희 '미카모토 탐정 사무소'에 도전하는 것과 같은 뜻임을. 뭐, 별일 아닙니다. 안심하십시오, 아가씨. 이 미카모토 고이치가 나섰으니 괴도든 괴수든, 호쇼 가의 보물에 손가락 하나 대지 못할 겁니다……. 그런데…… 저기, 왜 그러십니까, 아가씨?! 저의 재킷이 신기하십니까? 휴대폰 사진 같은 걸 찍으시다니……."

"……." 어라, 내가 착각했나? 한쪽 손에 휴대전화를 든 레이코는 고개를 갸웃거리며 가게야마를 보았다.

집사는 '아닙니다'라고 말하듯이 천천히 고개를 젓는 포즈를 취하고 있다. 그러자 탐정의 등 뒤에 대기하고 있던 젊은 여자가 "어흠" 하고 헛기침을 했다. 그리고 레이코의 착각을 부드럽게 지적했다.

"저기, 레이코 님. 미카모토 소장의 재킷 무늬는 조금 특이한 도트 무늬에 지나지 않습니다. 큐알(QR)코드가 아니니까 아무리 휴대폰으로 찍어도 어느 웹사이트에도 연결되지 않습니다."

"뭐야, 아니었구나." 레이코는 납득하고 휴대전화를 집어넣었다. 홈페이지에는 갈 수 없었지만 탐정이 걸친 재킷의 센스를 빈정거릴 수는 있었을 것이다. "그런데 당신은?"

그 질문을 받은 그녀는 검고 윤기 있는 머리카락을 흔들면서 레이코에게 인사했다.

"소개가 늦었습니다. 저는 '미카모토 탐정 사무소'의 아사쿠라 미와라고 합니다."

잘 부탁드립니다, 라고 고개를 숙이는 아사쿠라 미와는 수수한 회색 팬츠 슈트에 굽이 낮은 펌프스를 신고 있다. 그래도 충분히 여성적인 매력을 발하는 그녀는 그야말로 탐정의 비서, 혹은 애인 같은 분위기다. 미카모토가 너무나 경박해 보이는 인물이라서 그렇게 비치는 것뿐인지도 모르지만.

"그런 것보다, 아가씨." 그렇게 탐정은 하던 이야기로 돌아갔다. "어서 괴도 레전드가 노리는 〈금돼지〉를 보여주셨으면 합니다만. 어디 있습니까, 〈금돼지〉는?"

"⋯⋯." 알고 있다고는 생각하지만, 일단 〈금의 돼지〉로 정정해야 할까?

그런 생각을 하면서 레이코는 곁에 있는 집사에게 명령했다.

"가게야마, 두 분을 〈금의 돼지〉가 있는 서재로 안내해드려."

광대한 호쇼 저택은 "셀 때마다 방의 숫자가 달라진다"라는 소문이 있을 정도로 많은 방이 있다.

호쇼 세이타로의 서재는 3층 한쪽에 있다. 서재치고는 넓은 방이다. 안에 들어가면 중앙에 커다란 책상이, 벽 쪽에는 장식장과 책장이, 그리고 모든 공간에는 추상화나 정교한 디자인의 꽃병, 의미를 알 수 없는 오브제 등이 배치되어 있다. 인상으로 보자면 예술에 대해 잘 모르는 교장 선생님이 아주 열심히 장식한 교장실 같은 느낌이라고 할까. 방의 주인이 가진 고약한 취향을 엿볼 수 있는 거북한 분위기의 서재다.

"어머, 이 방에는 창문이 없군요." 방을 보더니 아사쿠라 미와가 의외라는 듯 말했다.

"네, 아버지는 일부러 창문이 없는 방을 서재로 삼으셨어요. 이유는 모르겠어요. 서재의 책이 햇볕에 손상되는 것이 싫었기 때문일까요?"

"아뇨, 아가씨. 그건 아닙니다."

가게야마가 레이코의 착각을 곧바로 정정했다. "대부호인 어르신께서는 창밖의 누군가에게 저격당하는 것을 늘 경계하고 계십니다. 주인 어르신의 서재에 창문이 없는 것은 그것 때문입니다."

"……." 아버지인 세이타로가 지닌 의외의 일면에 레이코는 얼굴을 붉혔다.

"『고르고13』(일본의 만화가 사이토 타카오의 만화로, 전 세계를 무대로 활약하는 저격수를 그린 성인 취향 액션 만화_옮긴이)을 너무 많이 읽었어!"

"그건 저도 같은 생각입니다. 그건 그렇고 〈금의 돼지〉는 저곳에 있습니다."

가게야마는 중앙 책상에서 봐서 오른편 벽 쪽을 가리켰다. 그곳에는 허리 높이 정도의 장식대가 있고, 그 위에 놓인 유리 케이스 안에 〈금의 돼지〉가 네 다리로 서 있었다. 크기는 전장 30센티미터에 높이 20센티미터 정도의 18금 제품. 말하자면 새끼 돼지 사이즈다.

"오오, 훌륭하군요. 마치 지금 당장이라도 뛰어나올 것 같은 돼지군요."

유리 케이스를 응시하면서 미카모토는 칭찬을 줄줄이 늘어놓았다.

"과연 일본을 대표하는 조각가, 다카모리 뎃사이의 걸작입니다. 호쇼 세이타로 씨의 서재를 장식하는 데 어울리는 작품입니다."

"……." 서재 장식으로 어울리는 돼지 같은 것이 이 세상에 존재할까, 라고 레이코는 생각했다.

"어라, 소장님, 저쪽에도 돼지상이……." 아사쿠라 미와가 반대쪽 벽면을 가리켰다.

조수의 말에 이끌려 미카모토는 그쪽 벽으로 걸어갔다. 〈금의 돼지〉와는 책상을 사이에 두고 정반대 위치. 그곳에도 같은 장식대에 유리 케이스가 있고, 그 안에 돼지상이 있었다. 은색으로 빛나는 돼지다. 저쪽이 〈금의 돼지〉라면 이쪽은 당연히 〈은의 돼지〉라고 불러야 할 것이다.

"호오, 이 〈은의 돼지〉도 역시 다카모리 뎃사이의 작품인가?" 미카모토는 유리 케이스 안을 들여다보면서 중얼거렸다. "그것치고는 완성도가 좀 떨어지는군. 뭐랄까, 가토리부타(모기향을 걸어두는, 도자기로 만든 돼지)같은 조형이야."

다카모리 뎃사이가 들으면 격노할 만한 신랄한 평가였다. 그렇지만 레이코의 눈에도 〈금의 돼지〉에 비해서 〈은의 돼지〉가 몇 단계 뒤떨어져 보이는 것은 마찬가지였다. 이것은 소재가 아니라 세공의 문제다. 〈은의 돼지〉도 표면은 매끄러워서 확실히 아름답다. 그러나 돼지의 세부가 잘 표현되어 있는 것 같지는 않았다. 〈금의 돼지〉

가 지금이라도 뛰어나올 것 같은 역동감을 주는 것에 비해서 〈은의 돼지〉는 요컨대 단순한 은색 장식품에 지나지 않는 인상이다. 그렇다고 해도 모기향을 피우는 용기에 빗대는 것은 너무 실례라고 생각하지만.

미카모토는 〈은의 돼지〉의 케이스에서 떨어져서 다시 〈금의 돼지〉 쪽으로 걸어가면서 말했다.

"뭐, 지금은 〈은의 돼지〉에 대한 것은 어떻게 되든 상관없습니다. 괴도 레전드가 노리는 것은 〈금의 돼지〉 하나뿐인 듯하니까요. 우리도 그곳에 집중해야 합니다. 그런데 아가씨, 이 유리 케이스를 열어봐도 되겠습니까? 만일을 위해서 내용물을 확인해두고 싶습니다."

"설마, 이미 가짜로 바꿔치기되어 있을지도 모른다는 건가요?"

"뭐, 있을 수 없는 일이겠지만 확인은 필요하다고 생각하니까요."

"알았어요." 레이코는 수긍하고 곁에 있는 집사에게 명령했다. "가게야마, 케이스를 열어줘."

가게야마는 "알았습니다"라고 말하고 주머니에서 열쇠 다발을 꺼내더니, 그중 하나를 사용해서 케이스의 자물쇠를 열었다. 케이스가 열리자마자, 미카모토는 아무렇게나 두 손을 집어넣고 〈금의 돼지〉를 꺼냈다. 애완동물 미니 돼지를 안아 드는 듯한 자세로 미카모토는 〈금의 돼지〉를 안았다.

"호오, 확실히 18금이군. 아기 돼지 크기인데도 아주 묵직하군요. 이런 물건을 안고 어떻게 도망칠 생각일까요, 괴도 레전드는."

미카모토는 잠시 고개를 갸웃거리고 나서 〈금의 돼지〉를 다시 케이스 안에 집어넣었다. 가게야마가 곧바로 케이스에 자물쇠를 채웠다. 레이코는 그것을 기다렸다가 새삼스럽게 탐정에게 물었다.

"그런데 미카모토 씨. 어떤 수단으로 괴도 레전드의 침입을 저지할 생각이죠?"

"뭐, 호들갑스런 짓을 할 생각은 없습니다."

미카모토는 방 한가운데서 두 팔을 크게 벌렸다. "어쨌든 오늘 하룻밤 동안 우리가 이 서재에 계속 머물러 있으면서 계속 〈금의 돼지〉를 감시하기만 하면 됩니다."

"그것뿐인가요?!" 부족하다는 얼굴로 레이코가 물었다. "저택 안에 경비원을 배치하지 않나요? 헬리콥터를 띄워서 상공에서 감시하거나, 정원에 수십 마리의 셰퍼드를 풀어놓거나 하지는 않는 건가요? 아니면 이 서재에 적외선 경보 장치를 둘러쳐서, 침입자를 감지했을 경우에는 자동적으로 기관총이 적을 벌집으로 만든다든가⋯⋯."

레이코의 지나친 망상을 가로막듯이 가게야마가 "어흠" 하고 작게 헛기침을 했다. "아가씨, 기껏해야 수백만 엔의 예술품을 지키기 위해 이 저택에서 사망자를 낼 생각이십니까?"

그렇지, 확실히 비현실적인가. 비용 대비 효과로 봐도 낭비가 많다.

"집사님이 말씀하신 대롭니다, 아가씨. 이러한 경우에 많은 사람들은 도둑을 경계한 나머지 저택의 모든 곳에 경비원을 배치합니다. 확실히 그러는 편이 안심이 되겠죠. 하지만 그것은 커다란 착각입니다. 그야말로 도둑이 바라던 바입니다. 저택 안에 흩뿌려진 인원은 도둑에게 절호의 은신처입니다. 도둑은 사람들 속에 쉽게 섞여 들어가서 간단히 보물을 손에 넣고, 그런 뒤에 유유히 모습을 감춘다는 것이 빤한 패턴입니다."

"흐음, 정말 당신의 말이 맞을지도 모르겠네요."

"네, 그렇고말고요. 필요한 것은 저택 안에 많은 사람을 배치하는 것이 아니라 한정된 인원을 한 곳에 집약하는 것입니다. 물론 그것은 절대적으로 신뢰할 수 있는 정예들이어야만 하죠. 그렇습니다, 이 넓이의 방이라면 다섯 명만 있으면 충분하죠."

"다섯 명이라는 것은……." 레이코는 서재에 있는 사람들을 눈으로 세었다. "저, 탐정, 조수, 집사, 거기에 또 한 명이군요."

"기다려주십시오, 아가씨. 한 가지 여쭙겠습니다."

그렇게 말하며 탐정은 레이코의 등 뒤를 똑바로 가리켰다. "저 남자는 정말로 신뢰할 수 있는 인물입니까?"

미카모토가 가리킨 인물. 그 사람은 레이코 옆에 대기한 집사였다. 물론 레이코는 곧바로 반론했다.

"가게야마를 의심하는 건가요?! 바보군요, 가게야마는 괜찮아요……. 이 사람은 절대적으로 믿을 수 있는 집사……. 아니, 절대적으로는 아니지만 그럭저럭……. 그야 수상한 구석도 없지는 않지만……. 그렇다기보다 수상함이 가득하지만……. 이, 일단은 믿어줘야…… 그렇지, 가게야마?"

어색하게 미소를 지어 보이는 레이코를 보며, 집사는 깊이 낙담하며 한숨을 쉬었다.

"실망입니다, 아가씨. 저, 가게야마는 성심성의껏 호쇼 가를 모셔왔습니다만……. 의외라고 생각될 정도로 낮은 평가로군요."

"어, 어쩔 수 없잖아! 그도 그럴 것이, 당신은 가끔씩 배신하잖아. 게다가 때때로 속이고, 언제나 나를 바보 취급하고. 애초에 평소 충실하지 못한 당신이 잘못이야."

레이코와 가게야마의 헛된 대화를 듣고 미카모토가 결단을 내렸다.

"알겠습니다. 집사인 당신께서는, 이번에는 양해해주시기 바랍니다. 앞으로 두 사람 더, 절대적으로 신뢰할 수 있는 부하를 제가 수배하겠습니다. 저와 아사쿠라 양에 부하 두 사람, 그리고 아가씨. 이 다섯 명이 오늘 밤 〈금의 돼지〉를 감시합니다. 괜찮으시겠죠?"

레이코는 탐정의 제안에 순순히 끄덕였다. "네, 그러면 돼요."

가게야마는 불만스러운 듯한 표정을 하면서도 "어쩔 수 없지요. 모든 것은 제 잘못이니 포기하고, 오늘 밤 저는 아가씨를 후방 지원하기로 하겠습니다."

그러고서 집사는 유리 케이스의 열쇠 다발을 레이코에게 내밀며 공손히 인사했다.

"그러면 아가씨, 부디 다른 분들의 발목을 잡지 마시고, 마음껏 활약하시길."

"……." 누가 다른 사람들의 발목을 잡는다는 거야!

3

미카모토 탐정은 슈트 차림의 두 남자를 호쇼 저택으로 불러들였다.

한 명은 오오마쓰라는 남자로, 완력이 있어 보이는, 근골이 우람한 거한이었다. 다른 한 명은 근면 성실한 분위기가 풍겨나는 보통 체구의 남자로, 이름은 나카조노라고 했다. 오오마쓰와 나카조노는 '미카모토 탐정 사무소'에 소속된 탐정 중에서도 특히나 성적이 우수한 두 명이라고 소개하며, 소장인 미카모토는 자랑스러운 듯 가슴을 폈다. 레이코는 사립 탐정의 우열이 무엇을 기준으로 판단되는지 모르므로 고개를 끄덕일 수밖에 없다.

레이코와 미카모토 탐정 사무소의 네 사람은 저녁 식사를 마친 뒤, 오후 9시에 서재로 향했다.

"다섯 명 전원이 서재에 틀어박혀 있는 것보다, 누군가 한 명이 문 밖에 서 있는 편이 낫지 않을까요?"

레이코의 제안에 미카모토는 "멋진 아이디어입니다"라며 과장스럽게 팔을 벌렸다.

"하지만 제가 괴도 레전드라면 문 밖에 서 있는 그 인물을 가장 먼저 노릴 겁니다. 그리고 그 사람의 옷을 빼앗아 입고 그 인물로 변장해서 이렇게 외치겠죠. '괴도 레전드가 나타났다!' 그러면 방 안에 있는 우리들은 당황하며 문을 열고 복도를 두리번거리면서 '괴도 레전드는 어디 있냐!'라고 하겠죠. 그 무렵에는 이미 도둑은 서재의 유리 케이스를 깨고 보물에 손을 뻗고 있습니다. 훗, 있을 법한 패턴이지요, 아가씨."

"……." 이 자식, 어쩐지 엄청 짜증나! 레이코는 속으로 살의에 가까운 분노를 느꼈지만, 탐정의 생각 자체는 앞뒤가 맞으므로 대놓고 반론하지는 않았다.

이리하여 다섯 명 전원이 서재 안에서 감시를 하게 되었다.

우선은 유리 케이스를 열고, 안에 들어 있는 〈금의 돼지〉에 이상이 없는 것을 다시 한 번 확인한다. 그 직후, 서재의 문은 안에서 잠기고, 거기에 커다란 빗장이 걸렸다.

이렇게 서재는 밀실로 변하고, 다섯 명의 정예와 〈금의 돼지〉는 통조림처럼 완전히 갇혔다. 이 통조림의 유통기한…… 아니, 통조림의 지속 기한은 다음 날 해가 뜰 때까지로 설정되었다. 괴도 레전드의 예고장에 의하면, 범행은 오전 0시일 것이다. 그렇지만 그 점에 대해서 미카모토는 회의적이었다.

"19세기 파리라면 몰라도, 이곳은 21세기 구니타치입니다. '괴도'가 반드시 '신사'라고만은 할 수 없죠. 레전드가 약속을 멋대로 파기하는 비신사적인 도둑일 가능성은 충분합니다. 완전히 날이 밝을 때까지는 경계를 늦추면 안 되겠죠."

그것은 확실히 미카모토의 말대로였다. 괴도 레전드가 어느 시각에 이 서재에 나타날지 알 수 없다. 다섯 명은 각각의 자세로 문제의 오전 0시를 기다렸다.

오오마쓰와 나카조노 두 사람은 슈트 차림으로 벽에 기대고 있

다. 아사쿠라 미와는 가지고 온 파이프 의자에 앉아 있다. 미카모토
는 도트 무늬 재킷 옷자락을 펄럭이면서 서재 안을 어슬렁거린다.
그것을 바라보는 레이코는 점차 눈이 따끔따끔해지는 것을 느꼈다.

그러자 오후 11시경, 문 너머에서 갑자기 인기척이 느껴진다. 괴
도 레전드인가! 긴장하는 다섯 명. 그러나 문 너머에서 들려온 것은
낯익은 가게야마의 목소리였다.

"아가씨, 슬슬 잠이 오지 않으실까 해서 커피를 가져왔습니다."

어머, 센스 있네, 라며 레이코는 문의 빗장에 손을 댔다. 하지만
그 순간,

"안 됩니다, 아가씨!" 미카모토의 날카로운 질책이 레이코의 행
동을 가로막았다. "문 너머에 있는 것이 진짜 집사라고만은 할 수
없습니다. 괴도 레전드가 성대모사를 했을지도 모릅니다."

"엑?! 아, 그런가." 레이코는 뻗은 손을 일단 멈췄다. "그러면 어
떡하지?"

그러자 미카모토는 문에 얼굴을 붙이고, 복도에 있는 남자에게
갑작스럽게 물었다. "암호는?"

"……." 멀뚱하게 서 있는 가게야마의 모습이 눈에 선했다. 몇
초의 공백이 흐르고, 가게야마는 미카모토의 물음에 이렇게 대답했
다. "암호 같은 건 처음부터 존재하지 않았을 텐데요."

미카모토는 그 질문을 곱씹듯이 고개를 끄덕였다. "좋아, 정답!"

기운 빠지는 응답 끝에 미카모토는 문 너머에 있는 것이 진짜 집
사라고 간신히 인정한 듯했다. 하지만 그럼에도 불구하고 그는 문

을 열려고 하지 않았다.

"나쁘게 생각하지 말아주게. 가져다준 커피를 마셨는데 알고 보니 수면제가 섞인 커피라서 어느새 모두 잠들어 크게 코를 골고 있다……. 이것도 흔히 있는 패턴이거든."

"그렇군요. 과연 빈틈없는 배려입니다." 문 너머에서 가게야마의 감정 없는 목소리. "하지만 마실 것 정도는 있어야 하지 않겠습니까? 아직 밤은 깁니다만."

"물론 그 점에 빈틈은 없어. 자네의 도움을 빌리지 않아도 커피 정도는 이쪽에서 다 준비하고 있어. 절대적인 안전이 보장된 커피로 말이지. 자, 알아들었으면 얼른 돌아가주겠나? 자네가 거기 있으면 괴도 레전드가 서재에 숨어들 수 없잖아."

"……?" 숨어들 수 없다면 그것보다 더 좋은 것은 없지 않나? 레이코는 솔직히 그렇게 생각했다.

가게야마도 같은 생각을 했을 터이지만, 그는 순순한 태도로 미카모토에게 "그러면 저는 이만"이라고 말했다. 그리고 문 너머에서 여유 있는 충고를 날렸다. "아가씨, 부디 졸지 말도록 하십시오."

누가 존다는 거야! 그러나 레이코의 중얼거림은 집사의 귀에 전해지지 않은 듯했다.

멀어져가는 가게야마의 발소리를 들으면서, 미카모토는 자신의 손목시계를 확인했다.

"확실히 저 집사가 말한 대로 밤은 아직 길어. 너무 바짝 긴장하는 것도 좋지 않겠지. 커피라도 마시면서 오전 0시를 기다리도록 할까. 아사쿠라 양, 모두에게 커피를."

아사쿠라 미와가 네, 하고 말하며 책상 위에 있는 커피포트에서 다섯 개의 종이컵에 커피를 따랐다. 곧바로 다섯 명이 커피로 손을 뻗고, 각각 입가로 커피를 옮긴다. 그러나 레이코는 자신의 컵에 입을 대려고 한 순간, 문득 막연한 불안을 느꼈다.

이런 식으로 다섯 명 전원이 같은 커피포트 안에 든 커피를 동시에 마시는 것은 위험한 일이 아닐까. 만약 이 커피 안에 수면제라도 섞여 있으면 어떻게 되지? 미카모토가 주의하고 있던 '모두가 크게 코를 고는 상황'이 현실이 되지 않을까?

거기까지 생각하던 레이코는 고개를 저었다. 아니, 그건 있을 수 없다. 어쨌든 이 커피는 레이코와 아사쿠라 미와 두 사람이 호쇼 가의 부엌에서 끓인 커피다. 두 사람이 작업하는 곁에는 미카모토의 모습도 있었다. 즉 커피포트의 내용물은 미카모토가 말한 대로 절대적으로 안전하고 확실한 커피가 틀림없다. 혼자서 마시든 다섯 명이 마시든 문제는 없을 것이다.

그렇게 자신을 납득시킨 레이코는 천천히 종이컵의 커피를 입에 댔다.

그윽한 향기가 감도는 고급스러운 맛, 그 최고의 커피는 레이코의 긴장된 몸과 마음을 풀어주었고, 이후 약 한 시간 정도의 기억을 그녀에게서 앗아갔다.

격렬한 노크 소리에 눈을 떴을 때, 레이코의 눈앞에는 바닥에 엎어진 종이컵이 있었다. 레이코는 자신이 서재 바닥에 쓰러져 있음을 깨달았다. 잠이 덜 깬 눈으로 손목시계 바늘을 확인한다.

시침과 분침이 문자판의 '12'를 가리키고 있었다. 12시……. 아니, 그게 아니다. 오전 0시다!

깜짝 놀라며 레이코는 상체를 일으켰다. 그때, 단속적으로 이어지는 노크와 함께 남자의 긴박한 목소리가 문 너머에서 들려왔다.

"아가씨! 대답해주세요!"

가게야마다. 레이코는 비틀거리며 일어나서 주위를 둘러본다. 그곳에는 미카모토를 필두로 하는 탐정 사무소 사람들의 시체, 아니, 시체인지 아닌지는 잘 모르겠다. 아마도 레이코와 마찬가지로 잠들어 있는 것뿐이라고 생각하지만, 어쨌든 네 명의 남녀가 죽은 듯이 바닥에 쓰러져 있었다.

격렬한 노크는 지금도 이어진다. 문은 안쪽에서 이중으로 잠겨 있기 때문에 복도에서는 열 수 없다. 문을 열어야 해……. 레이코는 필사적으로 문으로 기어갔다.

"아가씨, 아가씨!" 문 너머에서 가게야마의 짜증내는 목소리. "에잇, 정말 잔손이 많이 간다니까…….'

"누가 잔손이 많이 가는 여자라는 거야!"

"아! 아가씨, 거기 계셨군요! 기, 기쁩니다!"

"정말로~?" 레이코는 지금 당장 문을 열고 그의 안색을 확인해주고 싶었다. "잠깐 기다려, 가게야마. 지금 문을 열게."

레이코는 빗장을 풀고 문손잡이의 잠금 장치를 돌렸다. 두 개의 잠금 장치가 해제되어 문이 열렸다. 가게야마는 재빨리 방 안으로 뛰어들어 레이코가 여전히 평소와 같은 모습임을 확인하고, "걱정했습니다만, 무사하셔서 다행입니다." 이렇게 말하며 진심으로 안도한 표정을 지었다. 뭐, 집사로서는 일단 합격할 만한 반응이다.

"문제의 오전 0시가 되어서 눈치를 살피려고 했습니다만……."

가게야마는 서재의 눈치를 한눈에 보자마자 사태를 파악한 듯했다. "흠, 커피에 수면제가 들어가 있었군요. 그것을 마시고 다섯 명 모두가 잠에 빠졌다……. 그래서 〈금의 돼지〉는 어떻게 되었습니까?"

"아, 그렇지." 중요한 건 그 점이다. 레이코는 당황하며 유리 케이스로 달려갔다.

하지만 케이스에는 아무런 문제도 없었다. 유리 표면에는 상처하나 없고, 안에 들어간 〈금의 돼지〉도 이전과 마찬가지로 그곳에 있었다. 레이코는 안도의 한숨을 흘렸다.

"다행이야. 〈금의 돼지〉는 무사한 것 같아."

"으음, 확실히 〈금의 돼지〉는 무사한지도 모르겠습니다만……."

그렇게 말하며 가게야마는 반대쪽 벽을 향해 날카로운 시선을 던졌다. 그곳에 있는 것은 또 하나의 유리 케이스. 그쪽에 눈길을 준 순간, 레이코도 이변을 알아차렸다. 유리 케이스가 열려 있다. 그리고 투명한 유리 케이스 안에 있어야 할 것이 없다. 레이코는 자기도 모르게 비명을 질렀다.

"아앗, 〈은의 돼지〉가 없어졌어! 괴도 레전드, 이 거짓말쟁이!"

텅 빈 유리 케이스를 들여다보면서 레이코는 굴욕과 분노에 발을 동동 굴렀다.

한편, 가게야마는 바닥에 쓰러진 네 명의 남녀를 깨우고 다녔다. 이미 약 효과는 다한 것 같다. 미카모토를 비롯한 네 사람은 벌떡 일어나서는 잠이 덜 깬 얼굴로 서로를 보았다.

"어라······." "어떻게 된 일인가요······." "자고 있었나, 우리들······." "어쩐지 다리가 후들후들한데······."

이윽고 네 사람의 의식이 평소 상태로 돌아와서 현재 상황을 간신히 파악했을 무렵······.

"하, 하하, 하하하, 하하하하, 하하하하하······."

셀 수 없이 많은 '하'를 늘어놓는 기분 나쁜 웃음소리가 서재에 울려 퍼졌다. 대체 누가 어디에서 웃고 있는 것일까. 그것은 깊은 동굴 속에서 들려오는 듯한 기묘한 목소리였다.

"〈은의 돼지〉는 나, 괴도 레전드 님이 받았다. 유감스럽게 됐군, 제군."

"무슨 소릴 지껄이는 거냐, 이 좀도둑놈!" 보이지 않는 적을 향해서 미카모토가 외친다. "유감스러운 것은 네놈 쪽이야. 네가 노리던 〈금의 돼지〉는 멀쩡히 여기에 있다고. 꼴좋다!"

아무런 의심도 갖지 않고 우쭐대는 미카모토에게, 아사쿠라 미와가 가만히 귓속말을 했다.

"아니에요, 소장님. 괴도 레전드가 노리던 것은 처음부터 〈은의 돼지〉였던 거겠죠. 저희들은 그 남자에게 한 방 먹은 거예요."

"어, 그런가? 젠장!" 미카모토는 이제 와서 새삼스레 굴욕감을 드러내더니, "이봐, 괴도 레전드! 네놈, 하는 짓이 예고장하고 다르잖아. 거짓말은 도둑질의 시작이란 말도 모르냐!"

어린이 탐정 같은 발언에 괴도는 진지하게 반론했다.

"그건 도둑이 할 대사가 아니지. 도둑은 원래부터 거짓말을 하는 법이다."

"그렇군. 역시 신사는 아니었다는 건가." 미카모토는 납득한 얼굴로 끄덕였다.

레이코는 위화감을 느끼며 옆에 있는 집사에게 작은 소리로 말했다. "신기하네. 두 사람 사이에서 대화가 성립하고 있어. 어떻게 된 거지?"

"환기구입니다. 두 사람은 천장 뒤편에 설치된 덕트를 통해서 대화를 하고 있는 겁니다."

"그러면 덕트 끝은 어디로 통하고 있어?"

"아마도 옥상이 아닐까 합……."

가게야마의 말이 채 끝나기도 전에 레이코는 "가자, 가게야마!"라며 한마디 외치고서 뛰어나갔다. "괴도 레전드는 옥상에 있어!"

레이코와 가게야마는 함께 서재를 뛰어나갔다. 그런 두 사람을 뒤쫓듯이 탐정 사무소의 네 사람도 뒤를 따랐다. 합해서 여섯 명의 남녀는 계단을 뛰어오르며, 그 끝에 있는 옥상으로 향했다.

호쇼 가의 옥상은 평탄한 직사각형이다. 테니스 코트가 몇 개나

들어갈 정도의 광대함을 자랑하지만, 평소에는 전혀 쓰이지 않는다. 긴급 시에는 헬리포트로 쓸 수 있는 구조이지만, 지금까지 이 옥상에 헬리콥터를 부를 정도의 긴급사태가 발생한 예는 없다.

그런 옥상에 여섯 명의 남녀가 잇따라 도착했다. 레이코와 가게야마, 미카모토 탐정과 그 조수인 아사쿠라 미와, 그리고 탐정이 신뢰하는 부하인 오오마쓰와 나카조노다. 그들은 보름달 빛과 회중전등의 조명을 의지해서 괴도 레전드의 모습을 찾는다. 그러다가 미카모토가 날카롭게 외치며 옥상 한구석에 빛을 비췄다.

"……있다, 녀석이다!"

탐정이 가리키는 저 멀리에 사람의 형체가 있었다. 옥상 가장자리. 허리에 손을 댄 포즈로 멈춰 서 있는 시커먼 그림자. 얼굴은 하얀 가면에 덮여 있어서 표정을 엿볼 수는 없지만, 몸집으로 봐서 남자임을 알 수 있다. 등에 뭔가 기묘한 것을 메고 있다. 배낭일까? 응시하는 레이코의 시선 앞에서 그 남자는 독특한 웃음을 터트렸다.

"하, 하하, 하하하, 하하하하, 하하하하하……."

조금 전에 서재에서 들었던 것과 같은 웃음소리에 레이코는 자기도 모르게 긴장했다. 옆에서 가게야마도 경계의 자세를 취한다. 그러자 가면 사나이는 자랑스럽게 오른손을 높이 들어 올렸다. 남자의 손에 단단히 쥐고 있는 것은 돼지 장식품. 그 표면이 달빛을 반사해서 은색으로 반짝인다. 남자는 비웃는 듯한 어조로 새삼스럽게 선언했다.

"보는 대로 〈은의 돼지〉는 이 괴도 레전드 님이 받았다. 〈금의 돼지〉쪽은 다음 기회에 받아가도록 하겠어. 그때까지 잠시 자네들에게 맡겨두도록 하지."

"바보 같은 소리! 다음 기회가 있겠냐!"

미카모토는 강경한 태도로 말했다. "괴도 레전드, 너에겐 더 이상 도망칠 곳은 없다. 얌전히 명탐정 미카모토 고이치에게 항복해라!"

"흥, 명탐정이라니 건방진 소릴 하는군. 그렇다면 그 손으로 나를 잡아보시지."

탐정은 그의 뒤편에 대기한 두 명의 부하에게 외쳤다. "오오마쓰 군, 나카조노 군, 준비는 됐겠지?"

두 부하는 이미 슈트 재킷을 벗어던지고 와이셔츠 차림으로 전투 태세를 갖추고 있었다.

"간다!" 미카모토는 두 부하를 데리고 맹렬하게 달려갔다. "이야아아아아아압!"

재킷 차림의 미카모토와 와이셔츠 차림의 두 부하. 세 남자는 정삼각형 대열을 짜고 저 멀리 위치한 적을 향해 돌진했다.

그 순간, 갑자기 탐정의 외침을 지워버리듯이 모터 소리가 요란하게 울려 퍼진다. 이어서 가면 도둑도 함성과 함께 미카모토를 향해 달려간다. "으라아아아!"

순식간에 좁혀지는 양자의 거리. 그때, 도둑의 등 뒤에서 거대한 흰 물체가 벽처럼 펴졌다. 설마, 이 자리에서 '요괴 누리카베(밤에 행인의 앞길을 가로막는다는 요괴_옮긴이)'의 등장인가?! 레이코는 자기도 모르게 눈을 크게 떴다. 그러나 요괴로 보였던 거대한 하얀 벽의 정체는 어둠을 배경으로 펼쳐진 낙하산이었다. 모터 소리는 남자가 등에 진 커다란 프로펠러가 발하는 회전음인 듯했다. 그렇다는 것은 저 남자는 모터 패러글라이더를 타고 있나! 레이코가 그렇게 깨달았을 때에는 도둑의 두 발은 이미 지상을 차고 있었다.

의외의 도주 수단을 취한 상대에게 탐정은 마지막 저항을 하듯이, "젠장, 놓치지 않겠다, 괴도 레전드!"라고 외치며 필사의 점프. "〈은의 돼지〉를 내놔!"

그러나 가면 사나이는 그런 탐정을 놀리듯이 오른팔을 가볍게 휘둘렀다. 그러자 사나이의 신발 끝은 노린 것처럼 탐정의 얼굴을 때렸다. "크억!" 탐정의 입에서 기성이 흘러나오고, 등부터 옥상에 나동그라졌다. "크억!" 신음하는 미카모토. 너무나 꼴사나운 그 모습에 조수인 아사쿠라 미와가 "아아, 선생님……" 하고 낙담한 채 한숨을 내쉬며 시선을 내리깔았다.

오오마쓰와 나카조노 두 사람은 미카모토에게는 눈길도 주지 않고 적의 모습을 쫓았다. 그러나 가면 사나이는 그들의 노력을 비웃듯이 등에 달린 모터의 회전 속도를 한층 높였다. "그러면 잘 있으시게나, 제군!"

작별을 고한 다음 순간, 남자의 몸은 단숨에 달이 뜬 밤하늘로 높이 날아올랐다.

레이코는 근처에 대기한 충실한 집사에게 명령을 내렸다. "가게야마, 녀석을 뒤쫓아!"

레이코의 무리한 요구에 천하의 가게야마도 고개를 저었다. "불가능합니다, 아가씨."

옥상에서 하릴없이 지켜보는 두 사람을 놀리듯, 가면 사나이는 호쇼 저택 상공을 두어 번 선회하더니, 이윽고 밤하늘의 반짝이는 보름달을 배경으로 어둠 속으로 날아갔다.

레이코는 사라져가는 괴도의 모습을 입술을 깨물면서 지켜볼 수밖에 없었다.

가게야마는 쓰러진 탐정 곁으로 달려가서 그의 등을 두드리며 "괜찮으십니까, 미카모토 님" 하며 그 안색을 살폈다.

등을 세게 부딪친 미카모토는 두세 번 기침을 하더니 "괜찮소"라며 가게야마의 손을 뿌리치고 코를 누르면서 일어섰다.

"젠장, 저 자식! 내 얼굴을 축구공처럼 찼겠다!"

그리고 그는 주먹을 휘두르며 어둠을 향해 외쳤다. "절대 용서 못해, 괴도 레전드! 반드시 찾아내서 〈은의 돼지〉를 되찾겠다!"

탐정으로서 최대한의 허세를 부리는 미카모토. 그것을 바라보는 레이코의 뇌리에는 '패배자의 허세'라는 익숙한 단어가 떠오르고 있었다.

4

옥상에서 체포에 실패한 레이코 일행은 무거운 발걸음으로 서재로 돌아왔다. 그러나 서재에 발을 한 걸음 들인 순간, 레이코의 머리에 하나의 소박한 의문이 솟아났다.

"괴도 레전드는 어떻게 〈은의 돼지〉를 훔쳐낸 걸까?"

"그야 간단합니다, 아가씨." 미카모토가 곧바로 대답했다. "녀석은 수면제를 넣은 커피로 우리들을 재우고 그 틈에 서재로 침입했습니다. 자고 있는 아가씨에게서 열쇠 다발을 빼앗아서 유리 케이스를 열고, 〈은의 돼지〉를 꺼내서 서재에서 떠났다. 이런 것이겠죠."

"하지만 그랬다면 서재의 문은 열려 있었겠죠. 하지만 제가 눈을 떴을 때, 문은 안에서 빗장이 채워져 있었어요. 그렇지, 가게야마?"

"네. 확실히 아가씨의 말씀대로입니다. 문은 안에서 잠겨 있었습니다. 저는 아가씨께서 빗장을 푼 뒤에야 비로소 방에 들어올 수 있었습니다."

어, 그런가?! 라고 말하듯이 미카모토가 눈을 휘둥그레 떴다. 그는 괴도가 서재의 잠금 장치를 부수고 침입했다고 철썩같이 믿고 있었던 듯했다. 미카모토는 당황하며 서재의 문을 조사했다. 이렇다 할 이상은 없는 빗장을 보고 미카모토는 고개를 갸웃거렸다. 그런 그에게 아사쿠라 미와가 물었다.

"어떻게 된 일일까요, 선생님? 괴도 레전드는 서재에서 도주할 때 안에서 문을 잠그고 도망친 걸까요? 하지만 그것은 불가능해 보이는데요."

"그래, 절대 불가능해. 문손잡이의 실린더 열쇠는 복제해둔 열쇠가 있으면 어떻게든 되겠지. 하지만 빗장을 문 밖에서 조작할 방법은 없어. 괴도 레전드는 빗장이 걸린 이 서재에 드나들 수는 없었을 거야. 그렇다는 것은…… 아아, 그런가!"

미카모토는 손가락을 딱 올리더니 "이 상황에서 도출되는 결론은 하나야!"라고 말하며 그 손으로 눈앞에 있는 조수와 두 부하, 레이코의 얼굴을 순서대로 가리켰다.

"즉, 서재에 있던 이 네 명 중에 괴도 레전드의 침입과 도망을 도운 녀석이 있다는 얘기지. 그 인물은 모두가 잠든 사이에 안에서 문을 열어줘서 도둑을 서재에 들어오게 했어. 그리고 도둑이 〈은의 돼지〉를 가지고 떠난 뒤에는 다시 문을 안에서 잠그고서 자기도 수면제로 잠든 것처럼 연기를 했다……. 틀림없어. 공범자는 이 네 명 중에 있다!"

그렇군, 확실히 미카모토가 말한 대로일지도 모른다. 레이코도 그렇게 생각했다. 다만 그가 말하는 '네 명' 중에 미카모토 본인이 포함되지 않았다는 점은 납득할 수 없는 이야기다. 탐정이 도둑의 공범자였다고 해도 결코 이상하지는 않다.

그렇게 생각하는 레이코 옆에서, 가게야마가 탐정의 추리에 대해 정면으로 반론했다.

"아뇨, 그건 아닙니다. 미카모토 님. 괴도 레전드는 이 서재에 일체 접근하지 않았습니다. 왜냐하면 이 문 밖에는 계속 목격자가 있었으니까요."

"목격자라고?! 누구야, 그건."

"저입니다." 집사는 가슴에 손을 대는 포즈로 공손히 고개를 숙였다. "저는 오후 11시에 커피를 가지고 왔다가 미카모토 님에게 거절당한 이후, 그대로 계속 복도에 서서 서재의 문을 감시하고 있었습니다. 그렇지만 괴도 레전드는 고사하고 고양이 한 마리조차 이 문에 얼쩡거리는 장면은 없었습니다. 어떻게 생각하십니까, 미카모토 님?"

"어떠시냐고 물어도……. 믿을 수 없는 이야기야. 자네가 하는 말이 사실이라면 괴도 레전드는 이 서재에 출입하지 않고 〈은의 돼지〉를 손에 넣었다는 이야기가 돼."

레이코도 고개를 저으면서 끼어들었다. "그런 일은 절대 불가능해. 있을 수 없어."

"네. 그야말로 기적 같은 일입니다. 후세에 전해져야 할 멋진 범행입니다. 아니 정말, 역시 괴도 레전드 님. 이 가게야마도 감복할 수밖에 없습니다."

"뭘 감탄하고 있는 거야! 그리고 도둑에게 '님' 자는 붙이면 안 돼!"

레이코는 집사에게 질책의 말을 퍼붓고서 서재를 우왕좌왕하면서 짜증스러운 듯 말했다.

"이 서재에 아무도 출입하지 않았다고? 아니, 그럴 리가 없어. 누군가가 출입하지 않는 한, 저 크기의 장식품을 가지고 나가는 건 절대 불가능하니까. 뭔가 간과한 부분이 있을 거야. 가게야마, 당신 졸거나 하진 않았겠지?"

"저는 선 채로 복도에서 졸 정도로 재주가 좋지는 않습니다."

"하긴." 레이코는 허탈하게 팔짱을 끼었다. "그러면 어떻게 된 거지?"

레이코는 텅 빈 유리 케이스에 시선을 보냈다. 〈은의 돼지〉는 확실히 케이스에서 사라져 있다. 이것은 사실이다. 그렇지만 설령 괴도 레전드가 아무리 마술적인 수법을 구사했다고 해도, 서재에 발을 들이지 않은 채 그것을 빼앗는 것은 불가능하다. 그렇다면 결국 미카모토가 처음에 제시했던 생각이 옳은 것이 아닐까. 즉⋯⋯.

"유리 케이스에서 〈은의 돼지〉를 빼돌린 인물은 처음부터 이 서재 안에 있던 인물. 다만 그 인물이 문 밖에 있는 괴도 레전드에게 〈은의 돼지〉를 건넬 기회는 없었을 거야. 그럼에도 불구하고 괴도 레전드는 우리들 앞에서 이거 보란 듯이 〈은의 돼지〉를 들어 보였어. ⋯⋯어, 이거 보란 듯이?!"

순간, 레이코는 뭔가를 알아낸 듯한 기분이 들었다. "어쩌면 〈은의 돼지〉는 가지고 나간 게 아니라 아직 이 서재 어딘가에 있는 것 아닐까?"

"가지고 나가지 않았다?!" 미카모토가 미간을 좁히며 반응했다. "그렇다면 괴도 레전드가 손에 들고 있던 은색 돼지는 대체⋯⋯. 아, 그런가! 사실 그 돼지상은 미리 준비해둔 눈속임용 가짜였다.

그럴 가능성도 충분히 생각해볼 수 있겠지."

탐정의 발언을 뒷받침하듯이 아사쿠라 미와가 "그렇군요"라며 고개를 크게 끄덕였다.

"이미 훔쳐서 달아났다고 생각하게 만들고, 실은 단순히 서재 안의 다른 장소에 놓아둔 것뿐. 이것은 그런 트릭인 거군요, 선생님."

"그런 거야, 아사쿠라 양. 좋았어, 그렇다면 다 같이 흩어져서 찾아보자고. 돼지 모양 장식품 하나를 감출 수 있을 정도의 공간은 이 서재에 그리 많지는 않을 거야."

탐정들은 멋대로 수색을 개시했다. 그렇지만 레이코는 날카롭게 울리는 목소리로 그들의 행동을 제지했다.

"잠깐 기다려요! 용의자들에게 소중한 현장을 어지럽히게 할 수는 없습니다."

"용의자?! 아, 그것도 그렇군요."

미카모토는 모든 것을 완벽하게 이해한 듯한 표정으로 자신의 부하에게 명령했다. "그렇다면 오오마쓰 군과 나카조노 군, 그리고 아사쿠라 양도 일단 복도로 나가서 대기해주겠나? 자네들은 일단 용의자니까."

레이코는 "당신도예요, 탐정 씨!" 매몰차게 말하고, 미카모토를 노려보며 문밖을 손가락으로 가리켰다. "당신도 이 방에서 나가주세요. 서재 수색은 제가 하겠습니다."

아니, 나도 용의자 중 한 명이란 거야? 라는 듯이 탐정은 어깨를 한 번 으쓱거리는 몸짓을 했다. 레이코는 큰 동작으로 끄덕이고는,

용의 대상에 포함되지 않은 유일한 남자에게 명령했다.

"가게야마는 나를 돕도록 해. 알겠지?"

알겠습니다, 라고 말하며 집사는 공손히 고개를 숙였다.

5

그렇지만 레이코와 가게야마의 서재 수색은 곧바로 막다른 골목에 부딪혔다. 미카모토도 말했듯이 애초에 이 서재에는 돼지 모양 장식품을 숨길 만한 공간은 별로 없다. 물론 책상 서랍이나 캐비닛 안을 가장 먼저 뒤져보았지만 그곳에 〈은의 돼지〉는 없었다. 컴퓨터나 프린터, 복사기 뒤편에도 없다. 남은 공간은 벽에 있는 책장 정도다.

"혹시 책장 뒤편에 비밀 공간이 있다든가……."

레이코는 엷은 기대를 품으면서 책장의 책을 몇 권씩 빼내기 시작했다. 그러고 나서 책장 선반에 고개를 들이밀듯이 안쪽의 상태를 확인한다. 그 옆에서 가게야마도 같은 작업을 반복한다.

"그런데 아가씨, 한 가지 여쭙고 싶은 게 있습니다."

가게야마는 작업하는 손을 쉬지 않은 채 질문을 던졌다. "아가씨는 〈은의 돼지〉에 대해서 어느 정도 알고 계십니까?"

"다카모리 뎃사이의 작품이라는 것 말고는 거의 몰라. 정신이 들고 보니 어느샌가 〈금의 돼지〉와 〈은의 돼지〉가 둘 다 우리 집 서재의 유리 케이스에 진열되어 있었어. 듣기로는 다카모리 뎃사이가 만년에 큰 병을 앓았을 때, 아버지가 그 사람 병원비를 대신 내주셨대. 그래서…….”

“알겠습니다.”

“응, 뭘 알았다는 거야? 이야기는 아직 하던 중인데.”

“다카모리 뎃사이가 높은 평가를 받은 것은 그 사람이 죽은 뒤입니다. 생전에 다카모리 뎃사이는 어르신이 대신 내준 의료비를 갚을 수 없었던 거겠죠. 거기서 어르신은 아마도 그 사람에게 이렇게 말씀하셨을 겁니다. '빌린 돈 대신 이 〈금의 돼지〉와 〈은의 돼지〉를 가져가겠다! 원망스럽거든 그 전에 너의 무능함을 원망해라!' 같은 말을 하며…….”

“남의 아버지를 악덕 사채업자처럼 말하지 마!”

그렇다고 해도 사실은 아마 가게야마의 상상과 큰 차이 없을 것이다. 두 개의 돼지상이 빚 담보로서 다카모리 뎃사이에게서 호쇼 세이타로에게 넘어간 것은 틀림없다. 그때 세이타로가 야쿠자 같은 말투로 예술가를 매도했는지 여부는 확실치 않지만.

“……그래서. 그게 뭐, 어쨌는데?”

“조금 신경이 쓰인 것뿐입니다.”

가게야마는 말끝을 흐리며 손에 든 책을 책장에 돌려놓았다.

“그런데 아가씨, 책장에도 돼지 장식품이 감춰져 있는 눈치는 없습니다. 책장에 꽂혀 있는 것은 책들뿐입니다.”

“그런 것 같네. 그렇다는 얘기는, 어떻게 된 거지?”

156

결국 서재 어디에도 〈은의 돼지〉는 존재하지 않는다. 아무래도 두 사람의 수색은 그것을 확인한 것으로 끝난 듯했다. 레이코는 서재 한가운데서 자기도 모르게 자신의 머리를 부여잡았다.

"믿을 수 없지만 인정할 수밖에 없겠네. 〈은의 돼지〉는 확실히 서재에서 사라졌어. 하지만 어떻게 된 일이지?! 서재의 문은 안에서 빗장이 채워져 있었어. 덤으로 문 밖에는 가게야마가 서 있었고. 즉, 서재는 이중의 의미로 밀실이었어. 이 상황에서 괴도 레전드는 어떻게 〈은의 돼지〉를 훔쳐냈다는 거야? 가령 탐정이나 그 부하 중 한 명이 괴도의 공범자였다고 해도, 서재에서 돼지 장식품을 가지고 나가는 건 절대 불가능해. 그런 짓을 하면 복도에 있는 가게야마에게 들킬 테니까."

"말씀대로입니다."

"그렇다는 것은……." 레이코는 패배감을 풍기면서 신음하듯 말했다. "아무래도 괴도 레전드는 그 이름대로 전설에 남을 기적의 대도둑이란 얘기겠네. 그 남자는 마치 투명 인간처럼 감시의 눈을 피해서 밀실에서 그대로 보물을 훔쳐 나간 거야."

굴욕을 느낀 나머지 입술을 깨문 레이코. 그런 그녀를 자상하게 달래듯이 집사가 입을 열었다.

"아뇨, 아가씨. 이 세상에 투명 인간도 기적의 대도둑도 존재하지 않습니다. 그런 애매모호한 결론에 달려드는 것보다……."

그렇게 말하고 가게야마는 레이코의 눈을 똑바로 응시하며 입을 열었다.

"아가씨, 조금 더 뇌를 사용해보시는 것이 어떻습니까?"

뇌를 사용하라?! 레이코는 자신이 무슨 말을 들은 건지 곧바로 이해할 수 없었다. 혹시 격려받은 것인가, 하고도 생각했지만, 아무래도 아닌 것 같다.

"뇌, 사용…… 뇌, 사용, 쓴다…… 아아, 그렇구나, 그래!"

레이코는 탁, 하고 손을 치고서 간신히 집사가 한 말의 진의를 정확하게 이해했다. "요컨대 '너도 조금은 머리를 써라'라고, 그렇게 말하고 싶은 거구나, 가게야마."

"그렇습니……"라고 말하려다가 가게야마는 어흠, 하고 헛기침을 한 번. 그리고 당황하며 태도를 바꾸더니, "아뇨, 저는 결코 아가씨께 그렇게 거만한 시선으로 말하지는 않았습니다"라고 이제 와서 뒤늦은 변명을 했다. 그러나 집사가 임시변통하는 태도에 레이코의 분노는 갑자기 최고조에 달했다.

"웃기는 소리 하지 마! 내가 얼마나 머리를 쓰고 있는데!"

"그렇습니다만, 그렇게는 보이지 않……."

"보일 리가 없잖아! 보이지 않더라도 머릿속에서 뇌는 완전 초고속으로 회전하고 있다고!"

자신의 머리를 손가락으로 찌르면서 레이코는 그 고속 회전을 맹렬히 어필했다. 그러나 그런 레이코를 집사는 히죽 여유 있는 미소를 지으며 내려다보았다.

"그렇군요. 그러면 아가씨도 그 초고속으로 회전하는 뇌로 같이 생각해주시겠습니까?"

"무슨 생각을 하라는 거야. 밀실의 수수께끼라면 조금 전부터 생각하고 있어."

"아뇨, 밀실에 대한 것은 아닙니다. 생각해야 할 것은 그 예고장에 대한 것입니다."

"〈금의 돼지〉를 받으러 오겠다고 적힌 그 예고장 말이구나. 그게 어쨌는데?"

"이상하다고 생각하지 않으십니까? 괴도 레전드는 어째서 〈금의 돼지〉를 가지러 오겠다는 거짓 예고를 했을까요?"

"당연히 경비의 눈을 피하기 위해서야. 괴도 레전드가 진짜 노리던 것은 〈은의 돼지〉였어. 하지만 일부러 〈금의 돼지〉라고 예고장에 적어 보내서 우리의 주의를 〈은의 돼지〉에서 떼어놓으려고 했어. 흔한 수법이야."

"그럴까요? 괴도 레전드의 목적이 경비의 눈을 피하는 것에 있었다면, 예고장에는 '거실에 있는 유화를 가져가겠다'라고 적어놓는 것이 더 효과적이었을 겁니다. 그런데도 일부러 같은 서재에 진열된 〈금의 돼지〉라고 적어서는 아무런 눈속임도 되지 않습니다. 결국 서재의 경비가 강화되는 것에는 변함이 없으니까요."

"으……." 날카로운 곳을 찔린 기분이 들어서 레이코는 문득 생각에 잠긴다. "듣고 보니 그 말이 맞아. 왜 괴도 레전드는 그런 무의미한 거짓말을 했을까?"

"무의미할 리가 없습니다. 거기에는 자신의 범행을 유리하게 만들 어떠한 노림수가 있었을 겁니다."

"노림수라고?" 가게야마의 생각을 듣기 위해 레이코는 몸을 가까이 다가갔다.

그런데 그때 서재의 문이 갑자기 열렸다. 걱정스러운 얼굴로 들여다본 것은 미카모토였다.

"저기, 아가씨. 서재 수색은 아직 안 끝났습니까? 그리고 조금 전에 아가씨의 비명 같은 큰 소리가 들렸는데, 그건 뭡니까? 뇌가 어쩌고 하는……."

"아뇨, 아무도 뇌 이야기는 안 했어요." 레이코는 뺨을 붉게 물들이며 모르는 체했다.

그런 레이코 옆에서 "서재 수색은 끝났습니다"라고 가게야마는 멋대로 단언했다. "아무래도 서재 어디에서도 〈은의 돼지〉는 찾아볼 수 없었습니다."

"뭐야, 헛심만 썼나." 탐정은 낙담한 기색이었다. "그렇게 되면, 드디어 사건은 기괴한 양상을 띠기 시작했군. 괴도 레전드는 대체 어떤 마술을 썼지?"

"그것에 대해서는 어느 정도 짐작이 갑니다. 설명해드릴까요?"

가게야마가 꺼낸 의외의 제안에 탐정은 수상쩍은 느낌을 받은 듯했다. 그는 불쾌하다는 듯 팔짱을 끼고 가게야마의 장신을 발끝에서 머리끝까지 훑어보더니 말했다.

"뭐라고?! 자네가 괴도 레전드의 범행을 해명하겠다는 건가? 호쇼 가의 고용인에 지나지 않는 자네가?! 이보게, 제정신이야? 이건 아마추어가 감당할 수 있는 사건이 아니라고 생각하는데."

가게야마를 깔보는 미카모토의 모습에 어째서인지 레이코는 울컥했다. 어쩐지 자신이 바보 취급을 받는 기분이 든다. 이렇게 되면 가게야마가 무슨 일이 있어도 이 자기 잘난 맛에 사는 탐정의 콧대를 꺾도록 해야겠다. 그렇게 생각한 레이코는 우선 탐정 쪽에 명령했다.

"미카모토 씨, 복도에 대기하고 있는 사람들에게 서재로 돌아오도록 말해주세요."

그리고 레이코는 가게야마 쪽을 보며 그에게 다른 명령을 내렸다.

"가게야마, 괴도 레전드의 수법을 설명해줘. 이 탐정님도 알아들을 수 있도록 말이야."

이리하여 서재 안에는 다시 여섯 명의 남녀가 모였다. 미카모토 탐정과 조수인 아사쿠라 미와, 탐정의 부하인 오오마쓰와 나카조노, 그리고 레이코와 가게야마다. 그런 가운데 가장 범죄와 인연이 없다고 생각되는 일개 집사가 현직 형사나 탐정들을 앞에 두고 사건을 이야기한다. 기묘한 광경이지만 가게야마는 움츠러들지 않고 일동을 둘러보며 입을 열었다.

"우선은 미카모토 님이 오늘 한 행동을 다시 한 번 돌아보도록 하지요. 〈금의 돼지〉를 누군가가 노리고 있다고 생각한 미카모토 님은 아가씨에게 명령해서 〈금의 돼지〉의 유리 케이스를 열게 하고, 안에 든 물체를 자기 손으로 확인했습니다. 그렇지만 그때 어느 분도 〈은의 돼지〉의 유리 케이스를 열려고 하지는 않으셨습니다."

"당연하지. 예고장에는 〈은의 돼지〉에 대해서 한마디도 적혀 있지 않았으니까."

미카모토의 말에 가게야마는 말없이 고개를 끄덕이고, 이번에는 레이코 쪽을 돌아보았다.

"한편 아가씨의 말씀에 의하면, 두 개의 돼지 장식품은 빚 담보물로서 다카모리 뎃사이의 손에서 주인 어르신의 손으로 넘어갔으며, '정신이 들고 보니 둘 다 서재의 유리 케이스에 진열되어 있었다'라고 하셨습니다. 즉 아가씨가 직접 〈은의 돼지〉를 손에 들고, 그것이 어떤 작품인지를 확인한 것은 아닙니다. 그렇지요?"

"확실히 손에 든 적은 없지만, 그런 것은 보면 알잖아. 〈은의 돼지〉는 은 조각상이야. 다카모리 뎃사이치고는 조금 완성도가 떨어지지만."

"왜 그렇게 생각하셨습니까? 저것이 은제 조각상이라고."

"어째서냐니……." 레이코는 자기도 모르게 말이 막혔다.

"아가씨가 〈은의 돼지〉를 은으로 만든 조각상이라고 굳게 믿은 이유. 그것은 〈금의 돼지〉가 틀림없이 금으로 만든 조각상이었기 때문이 아닙니까?"

"듣고 보니 확실히 그럴지도 모르겠어."

"그렇지만 〈금의 돼지〉가 금 조각상이라고 해서 〈은의 돼지〉가 은 조각상이라고 단정할 수는 없는 것이 아닌지요?"

"이봐. 무슨 소릴 하는 건가, 자네는." 미카모토가 이야기에 끼어들었다. "〈은의 돼지〉가 은 조각상이 아니라면 대체 뭐라는 거야. 백금이야? 아니면 은으로 도금된 쇠? 애초에 그 돼지 장식품이 은으로 되었든 쇠로 되었든, 그런 건 상관없잖아. 새끼 돼지 정도 크기의 장식품이 밀실 상태의 서재에서 사라진 것은 변하지 않아."

"아뇨, 미카모토 님. 오히려 여기서는 반대로 생각해야 합니다. 저것이 진짜 새끼 돼지 정도 크기의 은 조각상이라면 밀실 안에서 연기처럼 사라질 리가 없다고 말이죠."

"응, 무슨 소리지?! 자네가 하는 말을 전혀 이해를 못하겠어."

과장스럽게 고개를 갸웃거리는 탐정. 그러자 가게야마는 입으로 설명하는 것이 귀찮다는 듯이 턱시도 품 안으로 오른손을 미끄러뜨렸다.

"그러면 미카모토 님도 알 수 있도록 증거를 보여드리지요."

그렇게 말하며 그가 안주머니에서 꺼낸 물체. 그것은 탁한 광채를 발하는 검은 봉이었다. 레이코는 전에 본 기억이 있다. 일동의 시선이 모인 가운데, 가게야마는 오른손을 한 번 휘둘렀다. 그러자 한 자루의 봉은 곧바로 길이 50센티미터가량 되는 강철 무기로 변했다. 특수 경봉이다. 어째서인지 가게야마는 이 살벌한 무기가 집사의 일에 필수불가결하다고 진심으로 믿고 있는 것이었다.

일동 사이에 웅성거림이 일어나고, 미카모토가 망설이듯이 한 걸음 뒤로 물러섰다.

"뭐, 뭐 하는 거야, 자네! 그런 위험한 물건을 꺼내고. 하, 한번 해보자는 거냐, 짜식아!"

미카모토는 주먹을 얼굴 앞에서 쥐며 야쿠자를 위협하는 불량배처럼 허세를 부렸다. "올 테면 와봐라! 이래 봬도 나는 부기 1급에 영어능력시험 3급의 실력이라고!"

너무 바보 같아서 위협도 되지 않는다. 이 정도의 상대를 처치하는 것에 경봉은 필요 없을 것이다, 라고 레이코는 파악했다. 그러나 가게야마는 경봉의 끝을 똑바로 미카모토에 향하더니, 다음 순간에는 눈에도 보이지 않는 재빠른 동작으로 정면에서 탐정을 공격했다.

"히에에에엑!"

거품을 물며 몸을 피하는 미카모토. 가게야마가 내리친 경봉 끝이 탐정의 몸을 스친다. 미카모토는 가게야마의 공격을 두려워하며 벌벌 떨었다. 가게야마는 헛손질한 최초의 일격에서 순식간에 자세를 바로잡더니, 경봉을 왼손으로 바꿔 쥐고서 순식간에 다음 일격을 옆으로 휘둘렀다. 그러자 경봉 끝은 보기 좋게 상대의 등을 때렸다.

"으윽······." 서재에 울려 퍼지는 신음 소리.

그러나 그것은 미카모토가 아니라 여성의 목소리였다. 가게야마의 경봉이 때린 것은 탐정 조수인 아사쿠라 미와의 등이었다. 그녀는 경련을 일으키듯이 등을 쭉 펴고서 단정한 얼굴을 일그러뜨렸다.

믿을 수 없는 광경에 레이코는 눈을 크게 뜨고, 당황하며 아사쿠라 미와와 가게야마 사이에 끼어들었다.

"무슨 생각이야, 가게야마! 연약한 여자의 등을 경봉으로 때리다니, 신사가 취할 행동이 아니야! 당신이 엄청난 사디스트인 것은 알지만 그건 말뿐이라고 생각했는데, 이 정도였어? …… 응?"

그때, 레이코는 깨달았다. 자신의 등 뒤에 아사쿠라 미와가 서 있다. 서 있다고?!

있을 수 없는 일이다. 가게야마가 전력을 다해 휘두른 경봉은 확실히 그녀의 등을 직격했다. 그 정도의 타격을 맞으면 대부분의 여성은 무릎을 꿇게 된다. 태연하게 서 있을 수가 없다.

"아, 아사쿠라 씨. 당신, 괜찮아요?!"

그러자 아사쿠라 미와는 레이코의 질문에는 대답하지 않은 채로, 재빠른 뒷걸음질로 거리를 벌렸다. 그리고 그녀는 경계하듯이 일동을 둘러보고, 갑자기 입술 가장자리에서 미친 듯한 웃음을 흘렸다.

"호, 호호, 오호호, 오호호호, 오호호호호……."

"앗!" 레이코는 순식간에 모든 것을 이해했다. "다, 당신이 괴도 레전드의 동료구나!"

"동료라고?! 아니, 그게 아니지." 아사쿠라 미와는 느긋하게 고개를 저으며 자신의 가슴에 손을 댔다. "조금 전에 옥상에서 공중을 날아간 것은, 말하자면 대역. 내가 바로 괴도 레전드야. 그 증거로 당신이 찾고 있는 〈은의 돼지〉는 여기에 있어. …… 자!"

그녀는 등 뒤로 손을 집어넣더니, 팬츠 슈트의 등 부분을 걷어 올리고 거기서 기묘한 물체를 꺼냈다. 그녀가 오른손에 든 것은 한 장의 판이었다. 그것은 서재의 조명을 받아 은색으로 반짝이고 있다.

그 순간 레이코는 간신히 이해했다. 가게야마의 일격을 받고서도 아사쿠라 미와가 멀쩡히 서 있을 수 있었던 이유. 그것은 등 뒤에 감춰둔 은색 판이 프로텍터 역할을 했기 때문이다. 하지만 그렇다고 해도 레이코는 그녀의 말을 이해할 수 없었다.

"그, 그 얇은 판이 〈은의 돼지〉라니. 그런 바보 같은 소리가!"

"아니, 사실입니다. 아가씨." 가게야마가 냉정하게 설명했다. "아가씨가 은 조각상이라고 믿고 있었던 〈은의 돼지〉. 그것은 조각상이 아니라 단금으로 만든 조형물이었습니다."

"단금? 뭐야, 그건."

"단금이란, 요컨대 망치질입니다."

"망치질?! 아, 망치질이구나." 레이코는 끄덕이고, 그리고 외쳤다. "더 모르겠어!"

"단금이란 금속 덩어리를 쇠망치나 나무망치로 두드려서 얇게 펴거나 입체로 만들어서 기물을 성형하는 금속공예의 기법입니다. 장인은 이 기법을 구사해서 금속의 혼을 판금으로 바꾸고, 그것을 원통 형태나 주머니 형태로 만든 뒤에, 거기서 주전자나 향로 같은 도구를 만들어냅니다. 예술가라면 같은 기법으로 불상이나 동물의 오브제 같은 것을 제작하기도 합니다. 이제 아시겠죠? 아가씨."

"즉 〈은의 돼지〉는 다카모리 뎃사이가 단금으로 제작한 돼지 조형물이었다는 거구나. 그렇다는 얘기는, 저 작품은 새끼돼지 정도의 크기지만 주전자와 마찬가지로 내용물은 텅 비어 있었다는 거야?"

166

"그렇습니다. 아마도 그 표면은 주전자 같은 것보다는 훨씬 얇고 섬세하게 만들어져 있었을 겁니다. 한번 손에 들어보면 그 가벼움에 아가씨는 깜짝 놀라셨겠죠. 그러면서도 눈으로 보기에는 묵직한 은 장식품으로밖에 보이지 않습니다. 게다가 그 옆에 있는 〈금의 돼지〉는 진짜 금 조각상이었으니 모두가 〈은의 돼지〉를 은 조각상이라고 믿어 의심치 않았습니다. 아사쿠라 미와, 아니, 괴도 레전드는 그런 우리들의 착각을 이용했던 것입니다."

"그렇구나. 점점 이해되기 시작했어." 레이코는 다시 눈앞의 적을 보았다. "아사쿠라 씨, 커피포트의 커피에 수면제를 탄 것도 당신 짓이었군요. 커피를 끓인 것은 나하고 당신. 그러니까 그 일을 할 기회는 당신에게 있었어요. 당신은 계획대로 우리들을 잠들게 만든 뒤에 유리 케이스에서 〈은의 돼지〉를 꺼내고, 그리고 그것을……."

"그래, 맞아. 나는 〈은의 돼지〉를 발로 밟아서 한 장의 판으로 만들고, 옷의 등 부분에 숨겼지. 그것도 모른 채 그저 돼지 장식품을 찾아 헤매는 당신들 모습은 아주 우스꽝스러웠어. 저 현명한 집사에게 간파당하고 말았지만."

"딱히 현명하지는……." 쑥스러움을 감추듯이 가게야마는 은색 안경을 밀어 올렸다. "그저 〈은의 돼지〉가 단금 공예품이라고 가정할 경우, 그것을 몰래 가지고 나가려면 납작하게 만들어서 옷의 등에 감추고 나가는 것이 최선이 아닐까 생각한 것뿐입니다. 그리고 그것이 가능한 사람은 당신 이외에는 없었습니다. 오오마쓰 님이나 나카조노 님은 옥상에서 슈트 재킷을 벗고 있었고, 미카모토 님의 재킷 안 등에 아무것도 없는 것은 제가 등을 문지를 때에 확인했으니까요."

가게야마는 아사쿠라 미와의 등에 은색 판이 감춰져 있는 것을 예상하고 그녀의 등을 때린 것이다. 그 일격은 결코 그의 사디스트 취향에서 나온 것이 아니었다. 그것을 알고 레이코는 안도하며 가슴을 쓸어내렸다.

그렇지만 그것도 잠깐, 레이코에게 새로운 의문이 솟아났다.

"아사쿠라 씨. 당신, 〈은의 돼지〉를 납작하게 만들어버렸는데 그래도 괜찮은 건가요? 그런 식으로 만들면 더 이상 예술 작품으로서는 아무런 가치도 없는데."

"응, 이걸로 만족해." 아사쿠라 미와는 은색 판을 오른손에 들었다. "왜냐하면 〈은의 돼지〉는 원래부터 예술 작품이 아니거든. 할아버지가 남긴 실패작에 불과하니까 없애도 상관없어."

"뭐, 〈은의 돼지〉가 실패작이라니!" 레이코는 자기도 모르게 외쳤다. 확실히 완성도가 떨어지기는 했고, 미카모토는 아예 '가토리부타'라고 불렀지만……. "하지만 잠깐. 당신, 지금 '할아버지'라고 말하지 않았어? 누구야, 할아버지라니? 어, 설마……."

"그래. 나는 다카모리 뎃사이의 손녀야. 그래서 〈은의 돼지〉를 되찾으러 왔어. 〈은의 돼지〉의 완성도에 만족하지 못했던 할아버지는, 그 작품을 절대 외부에 내보내지 않을 생각이었어. 그런데 할아버지의 오점이라고 할 그 실패작을, 당신의 아버지인 호쇼 세이타로가 빚 담보 삼아 강제로 가져가 버렸어. 내가 원망스럽다면 그 전에 너의 무능함을 원망해라'…… 그런 철면피 같은 말을 남기고."

"……어, 진짜?!" 레이코는 부끄러움에 귀까지 붉게 물들이면서 괴도 레전드 앞에서 고개를 숙였다. "그, 그랬다면 미안해. 우, 우선 사과할게. 아버지는 예술 같은 것을 전혀 이해를 못해서 적당히 눈에 띈 물건을 가지고 온 것뿐이야. 나쁜 마음은 없어. 그저 돈에 탐욕스러운 것뿐이야. 게, 게다가 빌린 돈을 갚지 않은 당신의 할아버지에게도 잘못은 있고, 애초에 이유야 어떻든 간에 도둑질은 좋지 않지 않을까? ……저기, 가게야마."

"말씀하신 대롭니다. 설령 주인 어르신이 과거에 악마 같은 행동을 하셨었다고 해도, 그것은 괴도 레전드의 범행을 정당화하지는 못합니다."

악마 같은 행동을 했었다는 것을 전제로 이야기를 진행시키는 것 같지만, 지금은 그것을 짚고 넘어갈 상황이 아니다. 레이코는 불리한 화제를 전환하려는 듯이 한 걸음 앞으로 나아갔다.

"어쨌든 도둑질을 용납할 수는 없어. 단념해, 괴도 레전드!"

아사쿠라 미와, 즉 괴도 레전드는 "확실히 당신이 말한 대로야"라며 레이코를 응시했다. "그렇다면 이건 돌려주겠어!"

그리고 그렇게 외치는가 싶더니, 그녀는 손에 든 〈은의 돼지〉의 잔해를 레이코를 향해 던졌다.

원반처럼 공중을 나는 은색 판. 레이코는 공포에 몸이 굳었다. 그러나 은색 흉기가 레이코의 목덜미를 덮치려는 그 찰나, 가게야마의 손에 든 경봉이 번뜩였다. 레이코의 눈앞에서 세찬 불꽃이 튀고, 다음 순간에 은색 판은 바닥에 꽂혔다.

"…… 조심하십시오, 아가씨!"

"가가, 가게야마아!" 레이코는 전신에 힘이 풀린 나머지 자기도 모르게 집사의 옷자락에 달라붙었다.

그러자 아사쿠라 미와는 갑자기 미카모토를 향해서 맹렬히 돌진했다. 갑자기 몸통 박치기로 탐정의 몸을 날려버리자, 그의 등 뒤에 있던 두 명의 부하도 도미노처럼 주르르 밀려 넘어졌다. 그 혼란을 틈타 여자 도둑은 서재의 문에서 복도로 도주했다.

"이봐, 뭘 그렇게 멍하니 있는 거야! 쫓아! 녀석을 놓치지 마!"

미카모토가 바닥에서 버둥거리면서 두 부하에게 명령했다. 오오마쓰와 나카조노, 그리고 마지막에 일어선 미카모토가 함께 방을 뛰쳐나갔다. 레이코와 가게야마도 그들의 뒤를 따랐다.

"옥상이다! 녀석은 다시 옥상으로 도망칠 생각이야!"

미카모토의 목소리와 많은 발소리가 복도를 울린다. 레이코는 가게야마와 함께 옥상으로 이어지는 계단을 뛰어오른다. 이윽고 다시 레이코가 옥상에 도착했을 때, 아사쿠라 미와의 모습은 이미 옥상 맨 끝에 있었다. 여도둑을 둘러싸듯이 미카모토 일행이 거리를 좁혀간다. 그러나 건물 가장자리에 선 그녀는 그들을 위협하듯이 날카롭게 외쳤다.

"그 이상 다가오지 말아요! 다가오면 뛰어내리겠습니다!"

"뭐, 뭐라고!" 미카모토는 토해내듯이 말했다 "뛰어내리고 싶으면 마음대로 뛰어내리리라고!"

"안 돼!" 레이코가 당황하며 자제를 촉구했다. "바보 같은 짓 하지 마! 당신이 죽으면 가자마쓰리 경부가 이곳에 달려오게 되잖아. 그건 민폐라고!"

"아가씨, 지금은 그걸 신경 쓸 장면이 아닙니다."

하지만 곤란한 걸 어떡해, 라고 레이코가 투덜거리던 그때, 갑자기 귀에 익은 소리가 접근해왔다.

상공에서 울려 퍼지는 모터의 회전음. 앗! 하고 하늘을 올려다보는 레이코. 시선 끝에는 조금 전에 밤하늘로 날아오른 모터 패러글라이더와 그것을 조종하는 가면 사나이의 모습이 보였다.

괴도 레전드, 아니, 그 대역이다. 즉 아사쿠라 미와의 공범자다.

패러글라이더에서는 밧줄 사다리가 늘어져 있었다. 레이코는 그녀의 의도를 순식간에 이해할 수 있었다. 놓칠 쏘냐 하고 레이코는 그녀 곁으로 달려갔다. 그런 레이코를 스치듯이 쫓아가는 패러글라이더의 검은 그림자. 그때, 건물 가장자리에 선 아사쿠라 미와가 갑자기 하늘로 점프! "아앗!" 하고 레이코의 입에서 자기도 모르게 비명이 흐른다. 그러나 한 번 사라졌던 그녀의 모습은, 다음 순간에 밧줄 사다리를 잡은 모습으로 레이코의 머리 위로 높이 날아올랐다.

"어때, 호쇼 레이코 씨! 잡을 수 있으면 잡아보라고!"

아사쿠라 미와, 괴도 레전드의 도발이 일방적으로 레이코의 머리 위에 쏟아졌다. 딱히 뭔가 도둑맞은 것은 아니다. 그저 실패한 예술 작품을 파괴당한 것뿐이지만, 그래도 레이코에게는 패배감이 가득했다.

괴도 레전드, 이 얼마나 밉살맞은 녀석인가!

"호, 호호, 오호호호, 오호호호호, 오옷홋홋홋!"

귀에 익은 웃음소리를 퍼뜨리며, 괴도 레전드를 태운 패러글라이더는 유유히 호쇼 저택 상공을 선회한다. 레이코는 옥상에서 손가락만 빨며 응시할 수밖에 없다. 미카모토는 약한 불량배처럼 "야, 인마! 덤벼! 이 배신자!"라며 옛 조수를 도발하지만 괴도 레전드의 안중에 그의 모습은 없을 것이다. 레이코는 이 탐정을 호쇼 저택에 부른 것이 애초의 잘못이었다고 깊이 반성했다. 앞으로 두 번 다시, 이 아무짝에도 쓸모없는 인간에게 의지하지 않겠어!

이윽고 상공에서 벌어진 이기는 게임을 즐긴 괴도 레전드와 그 공범자는, 패러글라이더의 진로를 다시 보름달 쪽으로 돌렸다. 달빛을 받으면서 멀어져가는 괴도 레전드의 실루엣. 차츰 작아지는 여도둑의 모습을 바라보면서 가게야마가 레이코에게 묻는다.

"어찌시겠습니까, 아가씨. 경찰에 신고할까요?"

"묻지 않아도 알잖아."

레이코는 망설임 없이 단언했다. "절대 안 돼!"

이리하여 괴도 레전드를 둘러싼 괴사건은 어둠 속에 묻혔다.

네 번째 이야기
⋮
살인에는 자전거를 이용하십시오

1

구니타치 모처에 세워진 호쇼 저택은 철강과 화학부터 철도, 유통, 출판에 급기야는 본격 미스터리 소설까지 마구잡이로 손을 대서 필요 이상으로 돈을 마구 벌어들이는 거대 복합기업 '호쇼 그룹'의 총수인 호쇼 세이타로의 집이다. 그 쓸데없이 광대한 거실에서는 세이타로의 외동딸, 레이코가 평소대로 저녁 식사 중이었다.

그러나 평소대로라고는 해도 그곳은 세상에 이름이 널리 알려진 명가의 식탁이다. 노릇노릇하게 구워진 붉은 피망 마리네이드를 시작으로 단호박 냉스프, 연어 뮈니에르(생선에 밀가루를 바른 뒤 버터에 굽는 프랑스 요리_옮긴이), 새끼 양 향초구이로 이어지는 메뉴는 웬만한 고급 레스토랑을 훨씬 뛰어넘는 맛과 호화로움을 자랑한다. 한편, 나오는 요리를 차례차례 입으로 옮기는 레이코의 위장도 보통

회사원을 훨씬 뛰어넘는 용량이다.

"디저트는 산딸기 무스와 망고 젤라토, 두 종류를 준비해두었습니다만."

어떠십니까? 라고 묻는 턱시도 차림의 집사에게 레이코는 당연한 선택지라는 듯이 말했다. "고마워. 둘 다 준비해줘."

이만한 양을 섭취하면서도 레이코가 살찌지 않고 날씬한 몸매를 유지할 수 있는 이유, 그것은 그녀의 직업 때문이다. 그녀의 근무지는 '호쇼 그룹' 도쿄 본사의 사장실…… 이 아니라, 경시청 구니타치 경찰서의 형사실이다. 그것도 일개 신참 형사로서 매일매일 기분 나쁜 상사에게 부려먹히고 있다. 그녀의 노동량은 아마도 평범한 직장인을 아득히 능가할 것이다. 그렇기에 먹어도 살찌지 않는다. 오히려 과도한 스트레스로 야위지 않을까 하고 진지하게 걱정하고 있다.

그런 그녀는 식탁에 늘어선 두 종류의 디저트를 순식간에 강인한 위장 안에 집어넣고, 글라스의 와인을 마시면서 옆에 대기한 집사에게 갑작스레 질문을 던졌다.

"저기, 가게야마. 이 저택에 자전거는 없어?"

그녀의 질문은 집사의 귀에는 의미 불명의 질문으로 들렸을 것이다. 그러나 가게야마는 은색 안경테에 가볍게 손끝을 대면서 차분한 표정으로 그 물음에 답했다.

"아가씨, 호쇼 가에는 자가용 제트기부터 전동식 휠체어까지 모든 탈것이 구비되어 있습니다. 자전거 정도야 물론 있고말고요. 가게를 차리고 남을 정도로 넘쳐납니다."

"그렇게나?" 가게야마의 말에 레이코는 조금 놀랐다. 레이코는 이 호화로운 저택 안에서 자전거라는 서민적인 탈것을 본 적이 없다. "어디에 있어? 보여줘, 보여줘!"

그러면 안내하겠습니다. 그렇게 말하며 공손하게 인사한 가게야마는, 밤의 정원으로 레이코를 데리고 나갔다.

정원사조차 길을 잃고 행방불명된다는 소문이 돌 정도로 광대한 호쇼 저택의 정원. 그곳을 가로지르며 가게야마는 어떤 건물로 레이코를 안내했다. 셔터가 내려진, 위압감이 느껴지는 외관은 마치 테러리스트의 아지트나 비밀 결사의 기지 같았다. "…… 뭐야, 이 건물은?"

가게야마는 입구의 숫자판에 암호 번호 같은 숫자를 입력하며 대답했다.

"주인 어르신의 비밀 차고입니다. 그것도 자전거 전용의."

대답하는 가게야마 옆에서 셔터가 위로 올라가기 시작한다. 나타난 공간은, 마치 자전거 박물관 같았다. 반짝반짝하게 빛이 날 정도로 잘 닦인 다양한 종류의 자전거가 가득 늘어서 있다.

"이런 장소가 있었다니. 그렇다면 이것도 아버지의 돈 낭비의 말로구나."

"네. '말로'라고 쓰고 '성과'라고 읽습니다. 그야말로 주인 어르신의 일시적인 자전거 수집열에 따른 성과가 이곳에 대량 방치되어 있는 것입니다. 마음에 드셨습니까?"

"응, 아주 마음에 들었어." 레이코는 한숨 섞어 말하며 고개를 끄덕일 수밖에 없다. "그런데 상당히 다양한 종류의 자전거가 있는 것 같은데, 이 중에서 가장⋯⋯."

"네, 가장 권할 만한 것은 여기 있습니다." 가게야마는 차고 한구석에 진열된, 낯선 형태의 검은 자전거로 다가갔다. "이쪽은 1970년대에 일세를 풍미했던 세미 드롭 핸들의 소년용 자전거입니다. 보십시오, 아가씨. 이 뒤편의 짐받이에 설치된 거대한 방향 지시기를! 당시의 소년들은 이 참신한 형태에 열광했습니다. 이렇게까지 보존 상태가 양호한 물건은 좀처럼 보기 힘듭니다."

어떠십니까? 라고 가게야마가 가리키는 자전거를, 레이코는 찬찬히 바라보면서 말했다.

"허어, 쇼와 시대 남자아이는 상당히 데커레이티브(decorative, 장식적인_옮긴이)한 자전거를 탔구나⋯⋯가 아니라, 가게야마! 왜 내가 추억의 자전거를 구경해야 되는 거야!"

"마음에 안 드셨습니까?" 가게야마는 웬일로 당황하는 표정이다. "그러면 아가씨는 대체 어떤 물건을 찾으십니까? 가장 비싼 자전거? 아니면 가장 아름다운 자전거? 혹은 금으로 된 자전거입니까, 아니면 은으로 된 자전거입니까."

"아니, 내가 찾는 것은 아주 평범한, 쇠로 만든 자전거⋯⋯가 아니라!"

레이코는 자기도 모르게 발을 구르면서 가게야마를 비난했다. "뭐야, 이 삼류 연극은? '금도끼 은도끼'야? 그렇다면 당연히 내가 신령님이고 당신이 나무꾼이겠네!"

"화내는 포인트는 그쪽이십니까, 아가씨?"

"아니, 그게 아니야. 어디 보자, 뭐였더라." 냉정해져야 해. 레이코는 제정신을 차리고 외쳤다. "맞아! 나는 가장 빠른 자전거를 찾고 있어. 금이든 은이든 빠르기만 하면 돼. 자, 얼른 가장 빠른 녀석을 가져와!"

레이코의 명령을 따라 가게야마는 일단 차고 구석으로 사라지더니, 한 대의 자전거를 안고 돌아왔다. 프레임과 타이어와 핸들과 안장, 그리고 페달과 체인뿐. 그렇게 말해도 과언이 아닐 정도로 단순한 구조의 자전거다. 아주 단순하고, 그렇기에 독특한 기능미를 보이는 그 차체를 바라보면서 레이코는 중얼거렸다.

"브레이크가 안 달려 있네. 혹시 이거, 경륜에서 사용하는 자전거야?"

"그렇습니다. 보통 시중 자전거 중에서 이것 이상 속도를 낼 수 있는 차종은 없습니다. 주인 어르신이 대체 어떤 생각으로 이 자전거를 구매하셨는가 하는 점은 솔직히 고개가 갸웃거려집니다만……."

"그건 나도 동감이야." 경륜 선수라도 되고 싶었던 걸까? 라며 레이코는 아버지의 진의를 추측해보려 했지만, 그것은 그렇다고 치고……. "이 자전거로는 일반 도로는 달릴 수 없지. 아무리 빨라도 브레이크가 없으면 너무 위험하니까."

"그거야 경찰에 들키지 않도록 몰래 타면 괜찮습니다, 아가씨."

"그것이 현직 형사를 향해서 할 소리야?"

레이코는 집사의 새침한 얼굴을 날카롭게 쏘아보면서 말했다. "가게야마. 당신, 뭔가 착각하는 거 아니야?"

"허어……. 착각이고 뭐고, 저는 아가씨가 무엇을 하고 싶으신 지 전혀 알지 못합니다. 속도를 낼 수 있는 자전거가, 뭔가 문제라 도 있습니까. ……그렇다면."

순간, 가게야마의 안경 아래의 눈동자가 날카롭게 지적인 빛을 발했다. "며칠 전에 다치카와에서 일어난 사건, 그 사건의 수사가 난항에 부딪힌 것이 아닌지요……?"

가게야마는 호쇼 가에 봉사하는, 겉으로 보기에는 충실한 집사 다. 하지만 그러는 한편으로 범죄 수사에 특이한 능력을 발휘하는 남자이기도 하다. 그것이 레이코에게는 고마우면서도 짜증나는 점 이기도 했다.

"뭐, 난항이라고 하자면 확실히 난항이긴 한데."

레이코는 모호하게 대답하며 고개를 끄덕였지만 곧바로 얼굴 앞 에 두 손을 내저었다. "하지만 착각하지 마. 범인은 거의 알고 있어. 해결은 시간 문제야. 다만 조금 앞뒤가 안 맞는 부분이 있는 것뿐이 야……."

"호오. 앞뒤가 안 맞는 점이라는 건 무엇인지요?"

들여다보는 듯한 가게야마의 시선에 저항하지 못하고, 레이코는 그에게 사건의 핵심을 건드리는 질문을 던졌다.

"만약 다리가 튼튼한 누군가가 이 가장 빠른 자전거를 타고 전력으로 달렸다고 가정할 때…….”

“허어, 달렸다고 가정할 때?”

“5킬로미터 거리를 15분 만에 왕복할 수 있다고 생각해?”

“5킬로미터를 15분에 왕복?!”

가게야마는 가볍게 고개를 기울인 것만으로 순식간에 그 질문의 본질을 이해했다. “즉 시속 40킬로미터군요. 흠, 도로 경기의 최고 봉인 ‘투르 드 프랑스(Tour de France)’의 평균 시속이 그 정도라고 들은 적은 있습니다만, 일반인은 좀처럼 낼 수 없는 속도라고 생각됩니다. 프로 경륜 선수라면 어쩌면 가능할지도 모르겠습니다만.”

가게야마의 날카로운 지적에 레이코는 금세 혀를 내둘렀다. 역시 이번 사건도 이 남자의 추리에 의지할 수밖에 없나. 그렇게 단념한 레이코는 사건의 자세한 내용을 가게야마에게 이야기하기 시작했다.

2

다치카와 시에서 여성의 변사체가 발견되었다. 그 소식을 듣고 호쇼 레이코가 현장으로 향한 것은 장마가 가까워진 6월 초순의 평일이었다. 시체가 발견된 곳은 다치카와 시 스나가와 초의 주택가. 이쓰카이치 가도에서 골목 하나 더 들어간 곳에 있는 단독주택이었다.

레이코는 검은 팬츠 슈트에 검은 테 무도수 안경, 긴 머리카락을 뒤로 묶은 업무 모드 패션으로 현장에 도착했다. 그러자 저택 문 앞에서 아침 햇살을 받아 은색으로 눈부시게 빛나는 메탈릭 도장을 한 재규어가 눈에 들어왔다. 레이코는 자기도 모르게 뒤로 돌아 일찍 점심 식사를 하러 가고 싶다…… 라는 충동에 휩쓸렸지만, 이것도 일이라고 굳게 마음먹고, 떨떠름하게 저택의 문을 지났다.

대문에 걸려 있는 두툼한 문패에는 '사사키'라는 성이 고풍스러운 금색 글씨로 적혀 있었다.

정면에 서 있는 2층 건물은 낡은 일본식 가옥. 중후한 기와지붕이나 폭이 넓은 현관에는 품격이 있었다. 레이코는 제복 경관에게 안내받으면서 집 안으로 들어갔다.

마루가 깔린 복도를 나아간 끝에 조금 넓은 식당이 있었다. 검게 윤이 나는 마룻바닥에 식탁과 의자가 놓여 있다. 벽면에는 키 낮은 장식장과 소형 텔레비전. '거실'이라고 부르기보다는 그냥 '식당'이라고 부르는 편이 와 닿는, 그런 정겨움이 느껴지는 공간이었다.

그러나 그 식당 한복판쯤에는 위화감을 느끼지 않을 수 없는 기묘한 광경이 펼쳐져 있었다.

"뭐, 뭐지, 이건……." 레이코는 그것을 본 순간, 자기도 모르게 숨을 삼켰다.

식당에 놓인 직사각형 식탁. 그곳에는 네 개의 다리를 가진 의자 외에 또 하나의 의자가 있다. 그것은 패밀리 레스토랑 등에서 자주 보이는 유아용 의자였다. 접사다리처럼 생긴 받침대 위에 작은 좌석과 작은 등받이가 달려 있다. 키가 작은 어린아이가 어른과 같은 테이블에서 식사를 하기 위한 의자다. 그러나 지금 그 의자에는……

한 노부인이 앉아 있었다. 아니, 앉혀 있다고 말해야 할까.

좁은 의자에 답답하게 앉아 있는 연배가 있어 보이는 여자. 위에는 청색 카디건, 아래에는 짙은 갈색 바지. 솔직히 좀 시원찮은 복장을 한 노부인. 그 몸은 미동도 하지 않는다. 몸집이 작은 그녀는 어린이용 의자에 비좁게 앉은 상태로 이미 차갑게 식어 있는 듯했다.

"어, 어째서 피해자에게 이런 짓을……"

노부인의 시체를 보면서 레이코는 목소리를 떨었다. 그녀의 뇌리에는 '죽은 자에 대한 모독'이라는 흔한 문구가 떠올라 있었다. 물론 시체를 어린이용 의자에 앉힌다는 행위를 그렇게 단순한 말로 설명할 수 있다고는 레이코도 생각하지 않았지만, 그러나……

"이것은 그야말로 죽은 자에 대한 모독이야. 그렇게 생각하지 않나, 호쇼 형사!"

그때, 너무나 흔해 빠진 말로 모든 것을 설명하려고 하는 인물이 식당에 모습을 드러냈다. 말할 것도 없이 바로 가자마쓰리 경부다. 구니타치 경찰서가 자랑하는 젊은 엘리트 수사관. 그 실태는 '연비의 효율을 희생해서라도 멋진 외관을 추구한다'로 익숙한 유명 자동차 메이커, '가자마쓰리 모터스' 창업자의 후계자. 돈으로 경부 자리를 샀다는 소문이 돌기까지 하는 그가 바로 레이코의 직속상관이자 그녀가 지나친 스트레스를 느끼게 하는 원흉이다.

"아, 경부님, 좋은 아침입니다." 레이코는 무도수 안경을 손끝으로 밀어 올리면서 우선 상사에게 인사를 대신한 질문을 던졌다. "지금 죽은 자에 대한 모독이라고 말씀하셨나요?"

"그래, 맞아. 하지만 안 그런가? 사후에 어린이용 의자에 앉히고, 그 모습을 많은 조사원들에게 노출시키고 사진까지 찍히게 하다니. 죽은 자에게 이보다 더한 굴욕은 없을 거야."

그렇게 말하는 가자마쓰리 경부는, 이제부터 결혼식에 가십니까? 라고 묻고 싶을 정도로 화려한 하얀 슈트 차림이다. 자리에 어울리지 않는 그 패션도 죽은 자에 대한 모독의 일종이 아닐까? 마음속으로 빈정거리면서 레이코는 일단 부하답게 경부의 이야기에 동조했다.

"확실히 경부님이 말씀하신 대로일지도 모릅니다. 그러면 이 살인은 원한 관계에 의한 것일까요?"

"아니, 원한 관계라고 단정 짓기에는 아직 일러. 수사에 예단은 금물이라네, 호쇼 형사."

쯧쯧쯧, 하며 레이코의 얼굴 앞에 검지를 흔들어 보이는 가자마쓰리 경부. 아니꼬운 수준을 넘어서 이미 우스꽝스럽게 생각되는 그의 몸짓에, 네가 왕년의 시시도 조(일본 배우. 1933년생. 하드보일드한 작품의 주인공을 다수 연기했다._옮긴이)냐! 라고 레이코는 마음속으로 격렬하게 딴죽을 걸었다.

물론 경부는 레이코의 심리 따윈 1밀리미터도 읽을 수 없으므로 안색 하나 바뀌지 않는다. 그는 진심으로 자신이 멋지다고 착각하고 있는, 그런 인간이다.

그런 가자마쓰리 경부의 지휘 아래, 레이코 외 수사진들은 본격적인 수사를 개시했다.

피해자의 신원은 이 집에 사는 사사키 스미코라고 확인됐다. 스미코는 연금으로 생활하는 일흔두 살의 여인이었다. 남편과는 이미 사별해서 이 집에 혼자 살고 있었다. 시체의 목에 로프가 감겼던 흔적이 있는 것으로 보아, 스미코는 교살당한 것으로 추정됐다. 식당이나 다른 방들에 어질러진 흔적은 없었고 피해자의 지갑 내용물도 그대로 남아 있었다.

"아무래도 단순한 절도범은 아닌 모양이군. 그렇다면 원한인가?"

"……." 조금 전에 제가 그렇게 말했습니다. 그런데 경부님은 예단은 금물이라고 말했을 텐데요. 잊어버리셨나요? 레이코는 싸늘한 시선으로 상사를 노려보았다.

그러자 가자마쓰리 경부는 레이코에게서 쏟아지는 싸늘한 시선을 피부로 느꼈는지, 몸을 움찔 떨었다.

"아, 아니. 원한인지 아닌지는 접어두고, 우선 첫 발견자에게 이야기를 들어보도록 하자고."

레이코와 가자마쓰리는 다른 방으로 이동해서 사건의 첫 발견자와 대면했다.

사사키 스미코의 시체를 발견한 것은 마루야마 미스즈라는 젊은 여자였다. 마루야마 미스즈는 평일 오전 중에 사사키 가에 나와서 스미코를 대신해서 가사를 하는, 이른바 출퇴근 가정부다. 오늘 아침도 그녀는 평소처럼 이 집을 방문해서 현관의 벨을 눌렀다고 한다.

"그런데 오늘은 대답이 없더라고요. 외출 중인가 하고 부인에게 전화를 걸어봤지만 휴대전화도 받질 않지 뭐예요. 왠지 불안해진 저는 집의 뒷문 쪽으로 돌아갔죠. 마침 뒷문은 열려 있어서, 저는 문을 열고 안을 들여다봤습니다. 부엌에는 별다른 이상은 보이지 않더군요. 그런데 그때 부엌 옆 식당 안이 살짝 눈에 비쳤어요. 저는 저도 모르게 비명을 지르고 말았죠. 어린아이용 의자에 앉은 부인의 모습이 눈에 들어왔거든요."

"죽은 것을 금방 알 수 있었습니까?" 가자마쓰리 경부가 물었다.

"죽어 있는지 어떤지는 정확히 알 수 없었습니다. 하지만 명백히 기묘한 광경이어서 보통 일이 아니라는 것은 확신했어요. 저는 바로 식당으로 뛰어 들어가서 부인의 상태를 가까이에서 보았습니다. 부인이 돌아가신 것을 안 것은 그때였어요."

"그렇군요. 그래서 곧바로 경찰에 신고를 하셨던 거군요." 가자마쓰리 경부는 고개를 크게 한 번 끄덕이고 화제를 전환했다. "그런데 스미코 씨의 평소 생활은 어땠습니까? 가정부를 고용할 정도니까 연금 생활자치고는 유복했다고 생각되는데요."

"네, 말씀대로입니다. 돌아가신 남편이 부동산 계통 일을 하셨던 터라 상당한 자산가였던 것 같습니다. 그 유산을 상속받은 부인은 죽을 때까지 돈으로 곤란할 일은 없는, 그런 생활로 보였지요."

"흠. 확실히 죽을 때까지 돈에 곤란하지 않은 상태로 돌아가시고 말았군요⋯⋯." 그렇게 경부는 조금 블랙 유머 같은 말을 했다. "참고로 당신의 눈으로 본 스미코 씨는 어떤 분이었습니까?"

경부의 질문에 마루야마 미스즈는 침통한 표정을 지으며 두 손을 가슴에 댔다.

"부인은 정말 자상한 마음을 가진, 누구에게나 사랑받는 분이었습니다. 이웃들에게도 호감을 사고 있었고, 가정부인 저에게도 아주 잘 대해주셨습니다."

"그렇군요, 훌륭한 분이었군요." 경부는 숙연히 고개를 끄덕이고, 그녀의 어깨에 부드럽게 손을 얹고서 그 귓가에 악마의 속삭임을⋯⋯. "⋯⋯그래서, 실제로는 어땠습니까?"

그러자 마루야마 미스즈는 마치 마법의 주문을 들은 것처럼 태도가 일변했다.

"네. 부인은 정말 성격이 고약해서 모두가 꺼려하고 있었습니다. 가정부인 저를 매일 노예처럼 부려먹었고, 이웃 사람들은 부인을 상대해주지 않았죠. 돈이 있는 것을 구실로 누구에게나 거만하게 굴었고, 덤으로 구두쇠에 심술쟁이에 고집쟁이. 게다가 허세 부리는 건 또 어떻구요! 게다가 자기 자랑과 남 험담을 세끼 밥보다 좋아했죠. 빌린 책은 돌려주지 않으면서 빌린 돈은 100엔이라도 되돌려 받았다니까요! 아~아. 정말 이러니까 부자라는 인종은⋯⋯."

"그만 뒤엇! 그 이상 아무 말도 하지 마~앗!"

가자마쓰리 경부는 갑자기 귀를 막고 눈을 꾹 감으며 크게 절규했다.

"……?" 레이코는 고개를 갸웃거리면서, 거친 숨을 토하는 상사에게 물었다. "왜 그러시죠, 경부님?"

"아, 아니야. 어쩐지 내 이야기를 들은 기분이 들어 이상하게 화가 나서……."

그렇군. 확실히 마루야마 미스즈의 과격한 발언은 반쯤은 경부에게도 해당되는 것이었다. 그렇다고 해도 가정부가, 경부가 성격 나쁜 부잣집 도련님임을 간파한 것도 아닐 터이니 이것은 단순한 우연에 지나지 않는다. 어쨌든 심리적 손상을 입은 가자마쓰리 경부를 대신해서, 이번에는 레이코 자신이 가정부에 대한 질문을 이었다.

"피해자의 인품은 대강 알았습니다. 그렇다면 그런 그 여자를 원망하거나 미워했던 사람도 주변에 분명히 있었을 겁니다. 그 점에서 누구인가 짚이는 것은?"

"부인을 죽이고 싶어할 만한 사람 말인가요? 아뇨, 그렇게 무서운 생각을 하는 사람이 부인 가까이에 있었다니, 저는 상상도 못하겠네요……."

"그렇습니까. 모두 좋은 사람들이었군요." 레이코는 깊이 고개를 끄덕이고, 조금 전에 경부가 했던 것과 마찬가지로 가정부의 어깨에 손을 얹었다. "……그래서, 실제로는 어땠습니까?"

"네. 실은 딱 한 사람 짚이는 사람이 있습니다. 히라사와 겐지라는 남자예요. 그 사람은 부인의 조카인데, 자식이 없는 부인에게는 지금 유일한 육친입니다."

"유일한 육친?! 그렇다는 것은 혹시 스미코 씨가 돌아가셨을 경우, 그 사람의 유산은 그 히라사와 겐지에게 가는 겁니까?"

"네, 그럴 거예요. 정확히 말하면 부인은 조카인 히라사와 겐지에게는 그리 애정을 갖지는 않았지만, 히라사와의 외동딸인 미나에게는 푹 빠져 있었습니다. 부인에게는 손녀에 가까운 존재였겠죠. 그래서 부인은 자신의 재산을 히라사와 겐지에게 넘기는 것에는 이견이 없었던 것 같습니다. 확실히 유언장도 써뒀을 겁니다."

"그런 겁니까." 레이코는 팔짱을 끼고 잠시 생각하다가 문득 깨달았다. "그러면 저 시체가 앉아 있던 어린이용 의자는 원래는 손녀인 미나가 앉던 의자입니까?"

"맞아요. 히라사와 겐지는 부인인 에리코 씨와 딸인 미나를 데리고 가끔 이 집에 놀러왔어요. 그럴 때에 미나가 앉던 의자가 저 어린이용 의자였죠."

"어라, 그거 수상한데." 심리적 손상을 복구한 가자마쓰리 경부가 그렇게 말하며 옆에서 끼어들었다. "그 히라사와 겐지라는 남자, 수상한 냄새가 풀풀 나는군요. 참고로 묻겠습니다만, 그 히라사와라는 남자의 최근 생활은 어땠습니까? 돈에 쪼들리는 것 같지는 않던가요? 뭣보다 그 수상한 남자는 평소에 뭘 하는 남자입니까?"

"지금은 무직입니다. 그러니 그 남자가 돈에 쪼들리고 있을 여지는 충분하겠죠."

'무직'이라는 말을 듣고 경부와 레이코는 자기도 모르게 서로의 얼굴을 마주 보았다. 아내와 딸이 있으면서도 남편이 무직이라니,

어떻게 된 일일까? 레이코는 소박한 의문을 마루야마 미스즈에게 던졌다.

"직업을 잃기 전에는 뭘 하고 있었나요? 그 히라사와 겐지라는 사람은."

그러자 마루야마 미스즈는 레이코 일행에게 생각지도 못한 직업을 말했다.

"실은 그 사람은 경륜 선수였어요. 지금은 이미 은퇴했지만요."

3

"저 가정부가 말한 대로 히라사와 겐지는 예전에 프로 경륜 선수였어."

이쓰카이치 가도를 달리는 위장 경찰차 안. 경쾌하게 핸들을 돌리는 가자마쓰리 경부는 조수석의 레이코에게 의기양양하게 말했다. "톱클래스의 실력은 아니었지만 그래도 히라사와는 그럭저럭 괜찮은 인기와 고액의 수입을 얻고 있었다더군. 그런데 히라사와는 4년 전쯤에 자전거에서 떨어지는 사고로 허리를 다쳤고, 그것이 원인이 되어 성적이 점차 떨어졌어. 결국 이전의 영광을 되찾지 못한 채로 2년 전에 현역에서 은퇴했지. 이후에는 제대로 된 직업을 갖지 못했어. 이상, 최근 3년 정도 다치카와 경륜장에 다니는 정보통한테서 얻은 정보야."

190

"다양한 정보원을 가지고 계시는군요, 경부님." 레이코는 진심으로 감탄했다.

"뭐, 그렇지." 경부는 만족스러운 표정을 지으면서 말했다.

"그래, 맞아. 정보란 얘기가 나와서 말인데, 또 한 가지 중요한 정보가 있어."

"뭐죠?"

"실은 구니타치에 최근에 생긴 가게 중에 이탈리아 본고장 요리를 내놓는 곳이 있더라고. 나중에 꼭 한 번 자네를 데려가주고 싶……."

"아, 경부님, 아무래도 이 근처인 것 같습니다."

레이코는 상사의 말을 가로막듯이 앞쪽을 가리켰다.

경부는 작게 혀를 차면서 차를 세웠다.

피해자의 자택인 다치카와 시 스나가와 초에서, 이쓰카이치 가도 동쪽으로 5킬로미터. 그곳은 고쿠분지 시 기타 초라고 불리는, 신축 주택과 옛날부터 남아 있는 밭이 혼재된 지역이다. 그 한편에 용의자, 히라사와 겐지의 자택이 있었다. 하얀 벽의 2층 건물과 잔디가 아름다운 정원. 외관만 보면 그럭저럭 유복하게 살고 있는 듯 보이는 히라사와 저택이지만, 내부를 보면 몹시 쪼들리고 있을 거라고 상상하기 어렵지 않다.

레이코와 가자마쓰리 경부는 차에서 내려서 히라사와 저택 현관 초인종을 울렸다. 모습을 보인 것은 신장과 체중이 평균 일본인의 체격을 까마득히 상회하는 운동복 차림의 30대 남자. 히라사와 겐지가 틀림없었다. 경부가 경찰수첩을 내밀면서 방문한 뜻을 밝히자, 히라사와는 깜짝 놀란 듯 가느다란 눈을 크게 떴다.

"…… 숙모님이 살해당했다고요?! 정말입니까, 형사님?"

히라사와의 반응은 약간 연극 같은 과장스러움이 느껴졌다. 기분 탓일까? 레이코는 의혹의 눈으로 용의자를 바라본다. 히라사와 겐지는 그런 레이코와 가자마쓰리 경부를 자택의 거실로 안내했다.

"집사람은 유치원까지 딸아이를 데리러 나갔거든요. 죄송하지만 이걸로 양해해주십시오."

히라사와는 형사들 앞에 페트병에 든 차를 내놓고, 레이코 일행 맞은편의 소파에 털썩 앉았다.

"그건 그렇고, 저에게 묻고 싶은 것이 대체 뭡니까?"

"뭐, 흔한 질문뿐입니다. 시간은 많이 빼앗지 않을 겁니다."

가자마쓰리 경부는 수첩을 만지작거리면서 질문에 들어갔다.

"스미코 씨하고는 어떤 관계입니까?" "스미코 씨의 인품은?" "최근 들어 스미코 씨에게 이상했던 점은 없었나?" "그건 그렇고 현역 시절의 연봉은?" "경륜의 결과를 적중시킬 필승법은?" 이것 저것 기타 등등.

확실히 이거나 저거나 있을 법한 질문이다.

히라사와는 무난한 대답을 막힘없이 했다. 그 눈치는 마치 질문 받을 것을 사전에 알고 있었던 것 같았다. 다만 현역 시절의 연봉에 대해서는 '비밀'이라고 입을 다물었고 필승법에 대해서는 "없습니다"라고 단언했다.

이윽고 거실에 떠도는 이완된 분위기. 히라사와의 얼굴에 떠오른 여유로운 표정. 그러자 가자마쓰리 경부는 여기가 승부처라는 듯이 위압감 있게 히라사와를 노려보며 물었다.

"그런데 히라사와 씨, 어젯밤 오후 9시경에는 어디서 뭘 하고 계셨습니까?"

어젯밤 오후 9시는 검시 결과로 도출된 피해자의 사망 추정 시각이다. 정확히는 오후 9시를 기준으로 전후 1시간 사이에 사사키 스미코가 살해된 것이라고 추정된다.

요컨대 경부가 질문한 의도는 용의자의 알리바이 조사다. 히라사와도 그것을 곧바로 알아차린 듯했다. 그의 얼굴에서는 여유의 빛이 사라지고 아연실색하는 표정이 떠올랐다.

"형사님, 설마 제가 숙모님을 죽였다고 의심하시는 겁니까? 그렇다면 착각도 이만저만이 아닙니다. 저는 숙모님을 죽이지 않았습니다."

"호오, 그렇다면 어젯밤의 알리바이가 있는 거군요." 도발하는 듯한 경부의 태도는 부하인 레이코가 봐도 한 대 갈겨주고 싶을 정도로 밉살맞았다. 용의자라면 더욱 그럴 것이다.

히라사와는 치밀어 오르는 분노를 억누르듯이 주먹을 꾹 쥐고서 경부의 물음에 이렇게 대답했다.

"네, 알리바이라면 있지요. 어젯밤에는 제 집에 손님이 오셨으니까요."

"…… 윽." 경부는 한순간 숨을 삼키고, 그런 뒤에 평정을 가장했다. "호오, 손님이라면, 어떤 분이었죠?"

"학창 시절부터 알던 친구인 후쿠다와 마쓰시타라는 남자 둘입니다. 제가 집으로 불렀습니다. 그 친구들은 오후 7시에 저희 집에 찾아왔습니다. 그리고 잠시 잡담을 하다가 아내가 만든 요리를 먹고, 그런 뒤에 술을 마시고……. 결국 돌아간 것은 오후 11시 정도였을 겁니다."

"호오, 그렇습니까. 그러면 7시부터 11시까지 그 두 분은 계속 함께?"

"네, 물론이죠. 저와 아내인 에리코는 그 친구들과 계속 같이 보냈습니다."

그렇게 말한 직후, 히라사와는 문득 기억났다는 듯이 이렇게 덧붙였다. "아, 하지만 짧은 시간 동안 자리를 벗어난 적도 있습니다. 15분 정도요."

"15분?! 그건 뭘 하던 시간입니까?"

살인을 저지르던 시간입니까? 라고 말하는 듯한 경부. 그렇지만 히라사와는 태연하게 대답했다.

"뭐, 그냥 담배를 피웠던 것뿐입니다. 후쿠다와 마쓰시타는 둘 다 담배를 안 피웠고, 아내 앞에서 담배를 피우지 않겠다는 저 자신의 규칙도 있었습니다. 그래서 저는 혼자 거실을 나가서 2층 베란다에서 담배를 두 대 정도 피우고 다시 거실로 돌아왔습니다."

"그 사이가 약 15분이라는 거군요. 참고로 그건 몇 시쯤입니까?"

"그렇죠. 식사를 마치고 이제부터 한잔할까 하던 타이밍이었으니까…… 아마도 9시 정도였을까요?"

"9시경!" 그것은 피해자의 사망 추정 시각과 딱 일치하는 시각이었다. 가자마쓰리 경부는 소파 위에서 몸을 앞으로 내밀었다. "어젯밤 오후 9시경에 15분간, 당신은 손님들 앞에서 없어졌다. 그것은 틀림없겠죠?"

"네, 틀림없습니다. 하지만 형사님. 단 15분 만에 제가 숙모님을 죽이러 갔다가 바로 돌아왔다고 말씀하시는 건 아니겠죠. 무립니다. 다치카와 시 스나가와 초에 있는 숙모님 집하고 고쿠분지 기타 초에 있는 이 집하고는 5킬로미터나 떨어져 있어요. 왕복하면 10킬로미터 거립니다.

"그, 그렇지만 10킬로미터를 15분이라는 건 즉 시속…… 시속…….." 경부는 이마에 땀이 배어 나오는 듯 신음하며 말했다. "어쨌든 완전히 불가능하진 않을 겁니다!"

"저기, 경부님." 옆에 앉은 레이코는 어흠 하고 가볍게 헛기침을 하고서 "시속 40킬로미터입니다"라고 계산이 서툰 상사에게 귀띔했다. 경부는 그런가, 라며 표정이 밝아지더니 다시 용의자를 향했다.

"시속 40킬로미터로 15분을 달리면 두 집을 왕복할 수 있습니다. 자동차를 사용하면 범행은 가능합니다."

"그건 그럴지도 모르겠습니다만 공교롭게도 저는 차 운전을 못합니다. 면허 자체가 없어요. 거짓말이라고 생각하실지 모르겠지만 진짜입니다. 저는 자전거로 경륜장의 뱅크(안쪽으로 경사가 진 코너_옮긴이)를 질주하는 것은 괜찮지만, 차로 일반 도로를 달리는 것은 무서워서 견딜 수가 없습니다. 사람을 치면 어떡합니까."

"어떡하냐뇨…… . 정말로 운전면허를 안 갖고 계신 겁니까?"

"네. 저만이 아니라 실은 아내도 면허가 없습니다. 앞마당에도 자가용 같은 건 없지 않았습니까? 원래부터 우리 집에 차 같은 건 없습니다."

자동차도 운전면허증도 없다. 그러니까 시속 40킬로미터로 현장과 자택을 왕복하는 것은 무리다. 히라사와는 그렇게 주장하고 있는 것이다. 하지만 무면허인 고교생 중에도 차를 운전하는 아이는 있고, 차가 없다면 어딘가에서 조달할 수단은 있을 것이다. 게다가 애초에 그는 전직 경륜 선수…… .

"시속 40킬로미터 정도라면 자전거로도 낼 수 있을 것 같습니다만."

레이코가 자기도 모르게 이야기하자, 히라사와는 발끈한 듯이 입을 시옷 자로 구부렸다.

"쉽게 말씀하시는데, 시속 40킬로미터는 일류 로드레이서가 낼 수 있는 속도입니다. 저는 경륜 선수이지 도로 경주 전문가가 아닙니다. 그런 속도로 10킬로미터나 달리는 훈련은 받지 않았습니다. 아시겠습니까, 여형사님? 요컨대 경륜 선수는 단거리 달리기 선수고 로드레이서는 장거리 달리기 선수입니다. 게다가…… ."

히라사와는 자신의 복부를 자기 손으로 쓸면서 자조적인 미소를 지었다.

"현역을 은퇴하고 2년이나 지나면 몸도 당연히 노쇠합니다. 쌩쌩하던 현역 시절이라면 몰라도, 지금의 제가 10킬로미터 구간을 시속 40킬로미터로 주파한다는 건 절대 불가능합니다."

그렇습니까, 라며 자전거에 대한 지식이 없는 레이코는 침묵했다. 대신 경부가 질문했다.

"지금은 자전거를 전혀 타지 않으십니까?"

"타지 않는 건 아닙니다. 단순한 취미로서는 가끔씩 타기도 합니다."

"그러면 자전거는 가지고 계시군요."

그렇다면, 이라고 말하며 가자마쓰리 경부는 소파에서 일어섰다. "보여주실 수 있겠습니까, 당신의 자전거를."

"네, 상관없습니다." 히라사와 겐지는 두 형사를 안내하면서 거실을 나섰다.

레이코의 머리에는 자전거란, 집의 처마나 창고 옆에 세워두는 것이라는 선입관이 있었다. 그러나 자전거에도 여러 가지가 있는 듯하다. 히라사와 겐지는 두 형사를 1층에 있는 어느 방으로 안내했다. 나뭇바닥이 깔린 멋진 공간은 그의 개인적인 방인 듯했다. 선반에는 수많은 트로피가 늘어서 있고 자전거와 관련된 서적이 책장을 가득 채우고 있다.

그런 방의 한쪽 벽에 한 대의 자전거가 세워져 있다. 아니, 전시되어 있다고 해야 할까. 반짝반짝 윤이 나게 닦인 그 자전거는, 레이코의 눈에 우수한 공예품이나 미술품처럼 비쳤다.

"호오, 멋진 로드 바이크군요." 경부는 그 차체를 찬찬히 바라보면서 말했다. "제가 타고 있는 것과 많이 닮았습니다. 그렇다는 것은 한 대에 120만 엔 정도일까요."

"아, 아뇨. 그렇게까지 비싼 물건은 아닙니다." 경부가 말한 엉뚱한 액수에 히라사와는 아연해하면서 대답했다. "그래도 뭐, 제 것도 30만 엔 정도는 합니다."

"아뇨, 30만이라면 훌륭하죠."

"……." 뭔가요, 경부님. 지금 한 말은 은근슬쩍 자기 자랑을 한 건가요? 자기 자전거가 120만 엔이라는 것을 자랑하고 싶은 것뿐인가요? 레이코는 경부의 뻔뻔스러움에 혀를 내둘렀다.

경부는 그런 레이코 앞에 쪼그려 앉더니 로드 바이크의 각 부위를 면밀히 관찰했다.

"어떻습니까, 형사님. 뭔가 이상한 점이라도 찾으셨습니까?"

도발적인 히라사와 말에, 경부는 슥 일어서서 빙그레 웃으며 이렇게 답했다.

"아뇨, 아무것도 아닙니다. 타이어의 홈에 들어간 흙이나 모래, 페달의 더러움이나 핸들의 지문까지도 하나도 남김없이 깨끗하게 지워져 있군요. 정말 정성들여 정비하시나 봅니다."

'증거인멸'이라는 단어가 지금이라도 경부의 입에서 튀어나올 것 같았다.

"하, 하하." 히라사와는 경부의 비꼬는 말에 가식적인 웃음으로 대답했다. "그렇고말고요. 이래 봬도 전직 프로니까요. 자전거 정비에는 깐깐합니다. 자, 이젠 만족하셨겠지요, 형사님? 슬슬 아내와 딸이 돌아올 시간인데요."

에둘러서 "돌아가 달라"라고 요구하는 히라사와. 두 형사는 떨떠름하게 현관으로 향했다. 가자마쓰리 경부가 히라사와를 향해서 정중히 사과했다.

"오늘은 실례했습니다. 그렇지만 조만간 다시 들르게 될 테니, 그때도 잘 부탁드립니다."

"그러십니까. 꼭 다시 한 번 들러주십시오."

하지만 그의 말에는, 말과는 반대로 두 번 다시 오지 마! 라는 강한 의사가 배어 있었다.

그렇지만 히라사와 저택의 현관을 나서던 그때, 두 형사는 조금 요란한 화장을 한 여자와 딱 마주쳤다. 여자는 오른손에는 슈퍼마켓 봉투를 들고 왼손으로는 유치원 교복을 입은 귀여운 여자아이의 손을 잡고 있었다.

화장이 짙은 여자는 히라사와 겐지의 아내인 에리코, 유치원생 쪽은 딸인 미나가 틀림없이 보였다.

"야, 이게 누구십니까." 가자마쓰리 경부는 특유의 미소를 눈앞의 여자에게 보냈다. "사모님이시군요. 자리를 비우시던 사이에 잠시 실례하고 있었습니다. 지금 유치원에서 돌아오시는 길입니까. 매일 유치원까지 오가시려면 힘드시겠습니다. 참고로 따님은 몇 살이죠? 호오, 다섯 살입니까. 유치원은 어디?"

"아, 저기, 우리 애는 '가모메 유치원'에……. 다치카와 시 쪽의 유치원인데요…….”

어정쩡하게 대답하면서 에리코는 시선으로 남편에게 물었다. 누구야, 이 거들먹거리는 남자는?

에리코가 던진 무언의 질문은 남편인 겐지에게 정확히 전해진 듯했다. 히라사와 겐지는 경부와 레이코를 가리키며 “이분들은 구니타치 경찰서의 형사님들이야”라고 설명했다. 그리고 겐지는 사사키 스미코가 누군가에 의해 살해된 경위를 간소하게 에리코에게 설명했다.

에리코는 “어머, 정말인가요!”라며 깜짝 놀랐지만, 역시 조금 전의 겐지와 마찬가지로 그 반응은 약간의 과장된 느낌을 풍기고 있었다. 이것은 단순한 기분 탓이 아니라고 레이코는 확신을 갖기 시작했다.

아마도 이 부부에게 사사키 스미코의 죽음은 그리 놀라운 일이 아닌 것이다.

“형사님들의 질문에는 내가 전부 대답을 끝냈어. 지금 막 돌아가시던 참이야. 마침 잘 됐어. 문까지 바래다드려.”

“네. 그러면 형사님들, 이쪽으로 오시죠.”

히라사와 부부는 척척 호흡을 맞춰가며 경부와 레이코를 집 밖으로 쫓아내기 시작했다.

레이코는 어쩔 수 없이 “실례했습니다”라고 말하며 에리코를 향해 작별 인사를 했다. 한편 가자마쓰리 경부는 노란 모자를 쓴 미나의 머리를 쓰다듬으면서 “그러면 또 보자, 꼬마 아가씨”라고 말하며 웃음을 지어 보였다.

그러자 미나는 하얀 슈트의 경부를 올려다보고 작은 손을 흔들면서 너무나도 다섯 살 어린이답게 가식 없이 말했다.

"바이 바이! 하얀 양복 입은 이상한 아저씨!"

4

"저 나이대 여자애들에게 나는 아저씨로 보이는 걸까?"

가자마쓰리 경부는 불만스럽게 중얼거리며 위장 경찰차의 운전석에 올라타 곧바로 룸미러를 보며 자신의 트레이드마크인 미소를 체크했다. "흠, 어떻게 봐도 멋진 오빠로밖에 보이지 않는데……. 저 애, 눈이 나쁜가?"

"글쎄요, 어떤 걸까요."

아니, 눈이 나쁘기는커녕 오히려 뛰어난 눈썰미를 가졌다며 레이코는 감복했다. 만나자마자 경부가 이상한 사람이라는 걸 꿰뚫어보다니, 과연 다섯 살 여자애다. 저 애처럼 똑똑한 아이는 장래에 겉만 번드르르한 부자의 마수에 걸리지 않을 것이다. 하지만 그것은 둘째치고…….

"히라사와 겐지가 주장하는 알리바이의 빈틈을 찌를 필요가 있겠군요, 경부님."

"물론이고말고. 그 남자가 주장하는 알리바이에는 거짓의 냄새가 풀풀 나. 후쿠다와 마쓰시타라는 두 친구도 어쩐지 수상해. 마치 알리바이를 증명해달라고 하기 위해 범인 쪽에서 미리 증인을 준비했던 것 같아."

그런 의심을 말하면서 경부는 위장 경찰차를 다음 목적지로 몰았다.

형사들은 그날 저녁까지 후쿠다와 마쓰시타를 차례로 방문해 그들에게 증언을 들었다.

두 사람의 증언은 히라사와 겐지가 말한 증언과 거의 일치했다. 그들은 어젯밤 오후 7시부터 11시까지 네 시간 정도를 겐지와 함께 보냈다. 다만 겐지는 오후 9시 무렵에 담배를 피우기 위해 그들 앞에서 사라졌다. 그 사이에 두 사람은 겐지의 부인인 에리코와 담소를 나누고 있었다. 겐지는 15분 정도 후에 다시 그들 앞에 돌아왔다. 겐지가 두 사람 앞에서 모습을 감춘 시간, 자리를 비운 것은 이 15분뿐이다.

여기까지는 두 사람의 증언은 히라사와 가 한 이야기의 내용과 한 치도 다르지 않다. 하지만 후쿠다와 마쓰시타의 증언에는 히라사와 겐지가 말하지 않은 내용도 포함되어 있었다. 그들은 이구동성으로 이런 말을 했던 것이다.

"담배를 피우고 돌아온 겐지는 어째서인지 숨을 가쁘게 쉬고 있었습니다. 이마에는 땀도 흘리고 있었죠. 게다가 그것을 아무도 눈치채지 못하게 하기 위해 아무렇지도 않은 척하는 듯 보였습니다."

이 정보를 얻고서 레이코와 경부가 긴장했음은 말할 것도 없다.

증언자들에게서 이야기를 다 듣고 난 형사들은 다시 경찰차에 올라 탔다. 가자마쓰리 경부는 희희낙락하는 표정을 지으며 자동차를 출발시키더니, 조수석에 앉아 있는 레이코에게 재빨리 물었다.

"담배를 피우고 돌아온 겐지가 어째서 숨을 가빠했는가. 그 이유를 알겠나, 호쇼 형사?"

"……." 뭐, 예상은 가지만 어차피 직접 이야기하고 싶으시겠죠? 경부님.

"모르겠다면 알려주지." 경부는 레이코의 생각대로 의기양양하게 그 답을 말했다. "겐지는 그 15분 동안 느긋하게 담배를 피우고 있었던 게 아니야. 그 남자는 그 사이에 필사적으로 자전거를 몰았던 거야. 물론 사사키 스미코를 살해하기 위해서!"

너무나도 경부다운 지극히 평범한 추리다. 특별히 눈에 띄는 부분은 없지만, 그렇다고 이의를 제기할 생각도 들지 않는다. 그렇다면 다음에 자신들이 취해야 할 행동은, 이쓰카이치 가도 주변에서 탐문 수사를 해야 하는 걸까. 그런 식으로 사고를 진행하고 있는데…….

"다음에 우리들이 취해야 할 행동은 이쓰카이치 가도에서 탐문 수사하기야."

그렇게 경부도 똑같은 말을 했다. "밤 9시경에 히라사와 겐지는 이쓰카이치 가도를 로드 바이크를 타고 왕복했어. 틀림없이 그 모습을 목격한 사람이 있을 거야. 좋았어. 가자고, 호쇼 형사!"

목표는 이쓰카이치 가도다. 그렇게 선언하듯이 외치더니 가자마쓰리 경부는 경찰차의 액셀러레이터를 강하게 밟았다. 두 형사를 태운 차는 엉덩이를 흔들면서 맹렬한 스피드로 달리기 시작했다.

그날 밤, 이쓰카이치 가도의 길가에는 필사적으로 탐문을 하는 두 형사의 모습이 있었다.

물론 레이코와 가자마쓰리 경부다. 그들은 귀가하고 있는 샐러리맨이나 학생을 가리지 않고 닥치는 대로 말을 걸어서 질릴 정도로 같은 질문을 반복했다.

"어젯밤에 이 길을 로드 바이크로 질주하는 수상한 사람을 보지 못했습니까?"

하지만 탐문 수사의 성과는 그리 좋지 않았다. 경찰수첩을 내밀고 말을 거는 형사들에게, 귀가를 서두르는 사람들은 노골적으로 민폐 끼치지 말라는 얼굴을 할 뿐이다. 그래서 가자마쓰리 경부가 경찰이라는 입장을 감추고 "아, 저기 잠깐만요. 거기, 아가씨"라고 갑자기 어둠 속에서 말을 걸자, 상대 여자는 뭘 착각했는지 "경찰 아저씨~!"라고 외치며 맹렬히 달아나버렸다. 아무래도 경찰을 부르러 간 모양이다.

경부는 충격을 받고 얼굴을 붉게 물들였지만, "시, 실례라고, 내가 경찰이란 말이야!"라며 발을 구르면서 분해했다. "구니타치 경찰서가 자랑하는 엘리트인 내가 변태로 보이냔 말이다!"

"아뇨, 그런 것은……."

변태라기보다는 야쿠자로 보였을 가능성이 높다고 레이코는 생각했다. 경부가 입은 하얀 슈트는 야쿠자 영화에서는 총에 맞아 죽는 젊은 보스의 패션이다. 물론 상사를 향해 그런 말을 할 수 있을 리도 없지만.

"아, 그런 것보다, 경부님! 저걸 보세요." 레이코는 화제를 바꾸기 위해 앞쪽을 가리켰다.

밤의 가도 변에 눈부신 빛을 발하는 편의점 하나가 있었다. 지도상으로 말하자면 고쿠분지 시의 가장자리, 이쓰카이치 가도를 조금 더 서쪽으로 나아가면 다치카와 시에 들어가는 부근이다. 그 편의점의 어두운 주차장 한구석에 세 명의 남자가 캔 맥주를 한 손에 들고 쭈그리고 있었다.

한 명은 빨간 탱크톱, 다른 한 명은 해골이 프린트된 티셔츠, 마지막 한 명은 지저분한 청재킷을 걸치고 있다. 겉보기에는 학생이나 백수 같은 분위기를 풍기는 삼인조다.

고쿠분지뿐만 아니라 일본 전역의 편의점에서 볼 수 있는 흔한 광경이다. 하지만 남는 시간을 주체 못하는 이런 젊은이들은 친구와 캔 맥주만 있으면 아무것도 없는 주차장에서 한 시간이든 두 시간이든 아무렇지도 않게 시간을 때울 수 있는 특수 능력을 지니고 있다. 그런 만큼 길을 지나다니는 사람을 볼 기회도 많을 것이니 유익한 증언을 기대할 수 있을 것이다.

경부도 레이코가 하고자 하는 말을 순식간에 이해한 듯했다. 재빨리 주차장에 발을 들이고, 쭈그려 앉은 삼인조에게 말을 건다.

"어이, 자네들, 미안하지만 잠깐 말 좀 물을 수 있을까?"

"허어?" 세 명의 리더 격으로 보이는, 붉은 탱크톱을 입은 남자가 불만스러운 듯 경부를 올려다보았다. "뭐야. 우리한테 볼일이라도 있수? 하얀 양복을 입은 이상한 아저씨."

" !" 젊은이의 발언은 경부의 역린(逆鱗)을 건드린 듯했다. 갑자기 경부는 가슴 주머니에서 경찰수첩을 꺼내더니 그것을 상대의 얼굴 몇 센티미터 앞에 펼치며 파충류 같은 미소를 지었다. "이봐, 자네. 다시 한 번 말해보겠나? 응, 누가 아저씨라고? 다섯 살 어린애의 발언이라면 넘어갈 수도 있지만, 자네들이 상대라면 나는 1밀리미터도 봐주지 않을 거야."

아아, 경부님. 역시 미나의 그 발언을 계속 마음에 두고 계셨군요. 레이코는 마음속으로 그렇게 중얼거리면서 차갑게 울리는 목소리로 상사에게 충고했다.

"그만두세요, 경부님. 일반 시민을 상대로 위협하는 것은 꼴사나운 짓입니다."

"그런가. 그것도 그렇군." 경부는 여유 넘치는 태도로 경찰수첩을 집어넣으면서 대답했다. "으음……. 그런데 말이야, 호쇼 형사. 지금 뭐라고 했지?"

"뭐라뇨……. '일반 시민을 상대로 위협하는 것은 꼴사나운 짓입니다'라고요."

"아니, 그 전에 말이야. 그 전에."

"그 전에?!" 레이코는 그의 발언의 의도를 완벽히 이해했다. "……'그만두세요, 경부님'이라고."

그래, 그거야 그거, 라고 끄덕이면서 가자마쓰리 경부는 빙그레
웃으며 삼인조를 내려다보았다. 아무래도 그는 자신의 정식 직함을
눈앞의 세 사람에게 알려주고 싶었던 것뿐인 듯했다. 실제로 그 효
과는 대단했다. 삼인조는 그때까지의 태도를 싹 바꾸며 일제히 일
어섰다.

"겨, 경부?!" "정말로 경부야?" "이 이상한 아저……이 멋진 형
님이!?"

아니, 그건 아부가 너무 심하잖아. 레이코는 약삭빠른 그들의 행
동에 기가 막혔다. 한편 가자마쓰리 경부는 만족스러운 듯이 고개
를 끄덕인 뒤에 간신히 본론으로 들어갔다. 본론이란 물론 탐문 수
사다.

"혹시 자네들, 어젯밤에도 지금쯤 이 장소에 있지 않았나?"

세 남자는 세 마리의 집비둘기처럼 고개를 끄덕였다.

노리던 대로의 반응에 경부는 작게 "빙고!"라고 외쳤다. "좋아,
그렇다면 마침 잘됐어. 그러면 묻겠는데, 어젯밤에 자전거를 타고
이 도로를 달려가는 수상한 남자를 본 적 없나?"

"허어, 자전거라면 수도 없이 지나갔다구…… 아니, 지나갔는데
요, 경부님."

붉은 탱크톱을 입은 남자가 당황하며 정정하자, 경부는 그것으로
족하다는 듯 고개를 끄덕였다.

"우리들이 찾고 있는 건 포장도로를 느긋하게 달리는 바구니 자
전거 같은 게 아니야. 자전거 마니아가 타고 다닐 만한 로드 바이크

야. 아마도 자동차와 같거나 그 이상의 속도로 차도를 쌩쌩 달려갔을 텐데. 어때? 자네들의 기억에는 없나?"

경부의 말을 들은 순간, 세 명의 표정에 일제히 변화가 나타났다.

"아, 그러고 보니." "봤지, 로드 바이크." "응, 엄청난 속도로 달려갔어."

"그거야!" 경부는 멋지게 손가락을 울렸다. "그 자전거는 어느 방향으로 달려갔지?"

그러자 해골 프린트 티셔츠를 입은 청년이 대표하듯이 손가락으로 동쪽 방향을 가리켰다.

"그 로드 바이크는 이쪽에서 달려와서⋯⋯." 그렇게 말하며 청년은 그 손끝을 이번에는 서쪽으로 돌렸다. "저쪽으로 쌩 하고 달려갔죠."

동쪽에서 서쪽. 그것은 고쿠분지에서 다치카와로 가는 방향이다. 즉 그 자전거는 용의자의 집 쪽에서 피해자의 집 쪽을 향해 쏜살같이 달려갔다는 뜻이다.

"자전거에 탄 사람은 어떤 사람이었지?"

"글쎄요, 헬멧을 쓰고 있었고, 한순간에 지나가서 얼굴까지는 알 수 없었습니다. 몸집은 컸죠. 허벅지도 엄청 굵었고. 그건 분명히 자전거 쪽에 도가 튼 사람 거예요. 입고 있는 옷도 프로 레이서가 입을 것 같은, 몸에 착 달라붙는 얇은 운동복에 반바지였어요. 틀림없다구⋯⋯가 아니라, 틀림없습니다, 경부님."

"이상한 데 신경 쓰지 않아도 괜찮으니, 묻는 것에나 정확히 대답하게." 경부는 삼인조의 얼굴을 순서대로 한 명씩 바라보면서 중대한 질문을 했다. "자네들이 그 로드 바이크를 발견한 건 어젯밤 몇 시쯤인가?"

세 명은 서로의 얼굴을 마주 보면서 잠시 밀담을 나누었다. 그런 뒤 그들은 자신만만하게 대답했다.

"딱 지금쯤이었죠." "오후 9시쯤이었어요." "응, 확실히 그랬어요."

"그렇군, 그런가." 경부는 엄숙하게 끄덕이고는, 빙글 하고 레이코 쪽을 돌아보더니, "들었나, 호쇼 형사?"라며 억누를 수 없는 웃음을 흘리며 말했다. "틀림없어. 이 친구들이 목격한 자전거야말로 히라사와 겐지의 로드 바이크야. 역시 그 남자는 어젯밤 9시에 사사키 스미코의 집으로 향했어. 자택 베란다에서 담배를 피웠다는 얘기는 새빨간 거짓말이었던 거지."

그렇군, 확실히 그런 것 같다. 하지만 시간적인 여유는 15분밖에 없다. 살인 자체에 소비된 시간을 고려하면 실제로 이동에 사용된 시간은 15분보다 더욱 짧아진다. 그런 단시간에 히라사와 가와 사사키 가 사이를 정말로 왕복할 수 있을까? 약간의 의문을 느끼면서 레이코는 세 남자에게 직접 물어보았다.

"당신들 앞을 로드 바이크가 지나간 것은 그 한 번뿐인가요? 아니면……."

그러자 세 명 중에서 가장 몸집이 작은, 청재킷을 입은 청년이 머뭇거리면서 한 손을 들었다.

"아뇨, 저는 한 번 더 봤어요. 반대 차선을 달려가는 로드 바이크의 모습을. 처음에 봤을 때하고 똑같이 아주 맹렬한 속도였으니 아마도 같은 사람이겠죠. 다만 이번에는 조금 전과는 반대 방향으로, 저쪽에서 이쪽으로 달려갔어요."

청재킷을 입은 남자는 그렇게 말하며 이번에는 서쪽에서 동쪽으로 손가락을 움직였다. 즉 다치카와에서 고쿠분지 방면이다. 그렇다는 얘기는, 그가 목격한 로드 바이크는 사사키 가에서 히라사와 가로 돌아가는 히라사와 겐지의 모습이라고 생각된다. 레이코는 청재킷을 입은 남자에게 물었다.

"그건 처음에 로드 바이크를 보고 나서 몇 분 정도 뒤였나요?"

"음, 그렇죠. 처음에 보고 나서 5분 정도 뒤였을 거예요."

"뭐라고, 5분!" 목소리를 높이며 되물은 것은 가자마쓰리 경부다. "단 5분 만에 히라사와 겐지가 돌아왔다는 건가? 그건 말도 안 돼. 뭔가 착각한 거 아냐?"

놀라움을 감추지 못하는 경부에게 세 남자들은 당연하다는 듯 고개를 갸웃거렸다.

"히라사와?" "겐지?" "누구지, 그 녀석?"

이런, 경부님. 이러시면 어떡해요. 용의자의 이름을 흘리다니……

"으윽. 아니야, 누구든 상관없어! 자네들하곤 관계없어!"

경부는 몹시 당황하며 삼인조에게 일갈하고, 자신의 실언을 얼버무렸다. 그러고 나서 그는 중얼중얼 독백하면서, 자신의 사고를 민간인들 앞에서 줄줄 흘렸다.

"하지만 이상하지……. 이 편의점은 히라사와 가에서 1킬로미터 정도……. 여기서 사사키 가까지는 앞으로 4킬로미터는 된다고 봐도 돼. 왕복이라면 9킬로미터야……. 왕복 10킬로미터를 15분이라면 시속 40킬로미터……. 그래도 상당히 곤란하지만 왕복 8킬로미터를 5분이면…… 시속…… 시속……."

경부는 이마에 땀을 흘리면서 신음하듯이 말했다. "어, 어쨌든 아주 곤란해!"

레이코는 어흠 하고 헛기침을 하고서 작은 목소리로 그에게 속삭였다. "96킬로미터입니다, 경부님. 시속 96킬로미터."

즉 시속 100킬로미터가 조금 못 된다. 그 정도의 스피드가 아니면 이 고쿠분지에 있는 편의점과 다치카와에 있는 사사키 가를 5분 만에 왕복하는 것은 불가능하다. 그것은 이미 자전거로는 절대 낼수 없는 속도다.

히라사와 겐지는 대체 어떤 방법으로 사사키 스미코를 살해했던 것일까…….

5

레이코는 일단 이야기를 마치고, 훔쳐보듯이 곁눈으로 가게야마의 모습을 관찰했다.

수많은 자전거가 늘어서 있는 차고 안. 턱시도 차림의 집사는 팔짱을 끼고 적당한 산악자전거의 안장에 걸터앉은 채 움직이지 않았다. 고개를 숙인 그의 옆얼굴은 마치 사색에 잠겨 있는 철학자 같았다. 그야말로 레이코가 이야기한 사건의 개요에 진지하게 귀를 기울이고 있는 눈치다. 그렇게 레이코가 생각하고 있던 그때.

가게야마의 곧게 펴져 있던 무릎이 갑자기 '휘청' 하고 구부러졌다. 동시에 안장에 얹혀 있던 그의 둔부가 '미끌' 하고 미끄러진다. 가게야마는 황급히 두 다리로 버티는 듯한 모습으로 자세를 고쳤다.

"응?" 레이코는 한순간 상황을 파악하지 못하고 침묵했다. 그런 뒤에 눈앞의 집사에게 의혹의 시선을 보냈다. "가게야마. 당신, 지금 졸고 있었지? 아니, 얼버무리려고 해도 소용없어."

"제가 졸았다고요?!" 정말 어처구니없다는 듯이 가게야마는 크게 좌우로 고개를 저었다. "아뇨, 당치도 않습니다. 저는 자면서 아가씨의 이야기를 들을 정도로 재주가 좋지 않습니다."

"재주가 좋고 말고가 무슨 상관이야!" 레이코는 매섭게 쏘아붙였다. "지금 졸았잖아. 솔직히 인정해. 포기를 못 하네!"

허리에 손을 대고 추궁하는 레이코에게, 가게야마는 안경을 손가락으로 밀어 올리면서 필사적으로 변명했다.

"아뇨, 졸지는 않았습니다. 그저 아가씨의 이야기가 너무 지루했기 때문에 저의 집중력이 한순간 흐트러졌다. 단지 그것뿐입니다."

"뭐가 '단지 그것뿐입니다'야! 지루해서 미안하게 됐어! 아니, 잠깐." 레이코는 자기도 모르게 진지한 얼굴로 되물었다. "지루하다니 어디가? 이런 기묘한 이야기가 또 어디에 있다는 거야. 계산상,

히라사와 겐지는 시속 거의 100킬로미터의 자전거를 타고 살인을 범한 거야. 말 그대로 기적적인 일이라고."

"흐음, 그래서 아가씨는 가장 빠른 자전거를 찾고 계셨던 거군요."

"뭐, 그런 거지……."

자신 없는 태도로 대답하는 레이코에게, 가게야마는 히죽 미소지었다. "아가씨, 그것은 헛수고이십니다."

"뭣!" 레이코는 분노에 차서 자기도 모르게 눈끝을 추켜올렸다. "헛수고라니 무슨 소리야, 헛수고라니!"

그렇지만 가게야마는 새침한 얼굴로 레이코에게 질문을 던졌다. "그런데 아가씨, 히라사와 겐지와 에리코 부부에게 자가용이 없고 운전도 하지 못한다는 것은 틀림없겠지요?"

"그래, 그 점은 아무래도 틀림없는 것 같아. 누군가에게 차를 빌렸다든가 몰래 운전 연습을 했다든가 하는 흔적도 전혀 없는 모양이야."

"설마 하고 생각합니다만, 두 집 사이를 택시를 타고 왕복했다는 가능성은 없다고 생각해도 좋겠지요?"

"물론 그 점은 택시 회사에도 확인을 마쳤어. 애초에 살인 현장에 당당하게 택시를 타고 가는 살인범이 있을 거라고 생각해? 히라사와 겐지는 그런 멍청한 남자가 아니야. 그 남자는 더욱 교활한 알리바이 트릭을 사용해서 사사키 스미코를 죽음에 이르게 한 거야. 나나 가자마쓰리 경부가 생각도 못할 방법으로, 언뜻 보기에는 불가능하다고 생각되는 살인을 저지른 거지."

주먹을 휘두르며 역설하는 레이코 앞에서 가게야마는 "그렇군요. 그런 일이었습니까"라며 한층 크게 고개를 끄덕였다. 그리고 그는 이거야 원, 이라고 한탄하듯이 천천히 고개를 젓더니, 레이코에게 불쌍히 여기는 듯한 시선을 보냈다. "……실례일지도 모르겠습니다만, 아가씨."

"응? 뭔데?" 레이코는 멀뚱한 얼굴로 되물었다.

그런 그녀에게, 갑자기 집사 가게야마가 신랄한 말을 퍼부었다.

"별 상관없는 알리바이 무너뜨리기에 혈안이 된 경부님도 경부님이지만, 그것에 합세하는 아가씨도 가자마쓰리 경부님과 오십 보백 보입니다."

넓은 자전거 전용 차고 안에서 가게야마의 목소리가 울려 퍼진다. 그의 폭언은 산의 메아리처럼 레이코의 귓속에서 언제까지나 계속 반향이 되어 울렸다. 오십 보 백 보, 오십 보 백 보, 오십 보 백 보……

"……오십 보 백 보라고?!" 레이코는 기분 나쁜 잔향을 떨쳐내듯이 좌우로 고개를 흔들고 두 손으로 귀를 막으며 외쳤다. "무, 뭐라고! 내, 내가 가자마쓰리 경부와 오십 보 백 보라니! 마, 말도 안되는 소리 하지 마. 누, 누가 바보라는 거야, 누가!"

"아가씨, 저는 '바보'라고는 한마디도 하지 않았습니다만……."

"말하지 않아도 말한 것이나 마찬가지라고! 가자마쓰리 경부와 같은 레벨이란 것은 필연적으로 그런 의미를 가지게 된다고! 그렇

않아, 가게야마!"

"으, 으음……. 뭐, 확실히 비슷한 의미입니다, 네."

레이코의 서슬 퍼런 기세에 가게야마도 고분고분 끄덕일 수밖에 없다. 결과적으로 최대의 모욕을 당한 것은 가자마쓰리 경부였는지도 모르지만, 그런 것은 레이코가 알 바 아니다. 그녀는 그저 그 폭언의 진의를 알고 싶은 마음에 눈앞의 집사에게 바짝 다가갔다.

"무슨 소리야, '별 상관없는 알리바이 무너뜨리기'라니. 히라사와 겐지의 알리바이를 무너뜨리는 것이 어째서 '별 상관없는' 일이 되냐고. 가장 중요한 일이잖아. 안 그래?"

하지만 그 말을 들은 가게야마는 안경테에 손을 대면서, "유감스럽게도 그것은 중요한 문제가 아닙니다"라며 단호하게 고개를 저었다. 레이코는 납득이 가지 않는 채로 입을 시옷 자로 구부렸다.

"당신이 무슨 말을 하는지 전혀 못 알아듣겠어."

"그러면 제가 아가씨께 여쭙겠습니다만, 정말로 아가씨는 범행이 있던 날 밤에 히라사와 겐지가 실제로 시속 100킬로미터에 육박하는 속도로 자전거를 몰았다고 생각하십니까?"

"……어?!" 진지한 얼굴로 물어봐서 레이코는 자기도 모르게 말이 막혔다. "아, 아니. 그야 뭐, 역시나 그런 건 있을 수 없다고 생각하지만……."

"그렇고말고요. 그 말씀을 듣고 안심했습니다." 가게야마는 안도한 듯이 가슴을 쓸어내리는 시늉을 했다.

"으음, 안심해도 곤란한데."

나는 대체 얼마나 이 남자에게 얕보이고 있는 걸까. 그렇게 생각하면 레이코는 자기도 모르게 언짢아졌다.

"그러면 이번 사건을 가게야마는 어떻게 생각하고 있다는 거야? 히라사와 겐지는 틀림없이 자택과 피해자의 집을 왕복했을 거야. 하지만 자전거로 이동해서는 아무리 노력해도 시간을 맞출 수 없어. 그렇다고 해서 자가용이나 택시를 이용했다고 생각할 수도 없고. 그렇다면 그 밖에 어떤 이동 수단이 있었다는 거야?"

레이코의 물음에 가게야마는 진지한 얼굴로 이렇게 대답했다.

"…… 물론, 자전거입니다."

"그러니까 로드 바이크로 그런 스피드는 낼 수 없다니까……."

"아뇨, 로드 바이크가 아닙니다." 가게야마는 레이코의 말을 가로막듯이 말하더니 그녀 앞에 손가락을 하나 세웠다. "히라사와 가에는 또 한 대, 특수한 자전거가 있었을 거라 생각됩니다."

"또, 또 한 대의 특수한 자전거? 뭐야, 그건? 로드 바이크보다도 빨라?"

레이코는 커다란 흥미가 생겨서 가게야마의 다음 말을 재촉했다. 가게야마는 차고 중앙에 서서 레이코를 향해 천천히 자신의 추리를 이야기하기 시작했다.

"가만히 생각해보십시오, 아가씨. 히라사와 가에는 유치원에 다니는 미나 양이 있습니다. 그 미나 양이 다니는 '가모메 유치원'은 다치카와 시에 있다고 했지요?"

"응. 에리코가 현관에서 그렇게 말했지."

"한편 그 삼인조에게 질문했던 편의점은 고쿠분지 외곽, 히라사와 가에서 1킬로미터 정도 떨어진 곳에 있습니다. 유치원은 그곳에서 더 서쪽으로 간 다치카와 시내에 있으니 히라사와 가에서는 더욱 멉니다. 그렇다는 얘기는 히라사와 가에서 유치원까지는 넉넉히 1킬로미터 이상은 떨어져 있다고 봐도 됩니다. 그렇지요, 아가씨?"

"그, 그러네. 확실히 그렇다고 생각해. 그런데 이거, 뭐에 대한 얘기야?"

"자전거에 대한 이야기입니다." 가게야마는 태연하게 말을 이었다. "히라사와 가와 유치원 사이 거리는 1킬로미터 이상. 그 정도의 거리가 있다면 어머니가 매일 걸어서 아이를 바래다주거나 데려오거나 하기는 곤란하겠지요. 이런 경우, 어머니는 아이의 통학을 위해 자전거를 사는 것이 일반적이라고 생각됩니다."

"그건 그럴지도 모르겠지만……. 어, 잠깐, 가게야마! 히라사와 가에 있는 또 한 대의 자전거라니, 설마."

"네, 바로 그것입니다." 가게야마는 진지한 얼굴로 말했다. "아가씨와 가게야마 경부님은 겐지의 로드 바이크 쪽에 정신이 팔린 나머지 깨닫지 못하고 계셨겠지요. 에리코가 소유한 바구니 자전거의 존재를."

"……." 생각지도 못한 가게야마의 말에 레이코는 말을 잃었다.

바구니 자전거……. 그것은 주로 가정주부들이 장을 보러 나갈 때나 일상적인 외출 때에 사용하는 값싸고 투박한 디자인의 자전거들을 부를 때 쓰는 속칭이다. 실제로는 가정주부가 아니라 독신 여성이나 샐러리맨, 학생, 또는 지방에 사는 불량 학생들도 즐겨 타고 다니는, 누구에게나 사랑받는 탈것이다.

"바, 바구니 자전거라니!" 레이코가 자기도 모르게 외쳤다. "무, 무슨 소릴 하는 거야, 가게야마. 로드 바이크보다도 빨리 달릴 수 있는 바구니 자전거라니, 그런 게 있을 리 없잖아."

"네. 확실히 그런 고성능의 바구니 자전거는 이 세상에 없습니다." 가게야마는 아주 진지한 얼굴로 끄덕였다. "그렇지만 에리코의 바구니 자전거는 로드 바이크에는 없는 특수한 기능이 갖추어져 있는 물건이었다고 생각됩니다. 범인은 이번 사건에서 그것을 활용했던 것이 아닐까요."

"특수한 기능? 뭐야, 에리코의 자전거에는 터보 엔진이라도 장착되어 있었어?"

"아주 유쾌한 발상이십니다만, 전혀 다릅니다." 가게야마는 레이코의 발언을 단호히 내치고 자신의 추리를 말했다. "에리코의 바구니 자전거는 유치원생을 태우기 위한 자전거입니다. 그렇다면 그 바구니 자전거에는 어린이용 자전거 시트가 장비되어 있었을 겁니다."

"어린이용 자전거 시트……." 그 말을 듣자 레이코도 딱 감이 왔다. "그러고 보니 길거리에서 자주 보였지. 어린이용의 작은 좌석이 자전거 뒤쪽 짐칸에 고정되어 있는 자전거를."

"네. 바로 그것입니다."

가게야마는 자기 뜻을 이루었다는 듯이 깊이 고개를 끄덕였다.

"그런데 아가씨, 피해자인 사사키 스미코는 몸집이 작은 노인이었다고 하셨죠. 그렇다면 그 여자를 살해한 뒤에 범인은 그 시체를 어린이용 자전거 시트에 앉히고 옮길 수는 없었을까요?"

레이코는 어린이용 자전거 시트에 앉은 노부인의 모습을 떠올려보았다. 레이코는 그리 어렵지 않게 그 광경을 자연스럽게 상상할수 있었다.

"불가능은 아니라고 생각해. 자전거용 어린이 시트에는 등받이도 있고, 아이의 몸을 고정하는 벨트도 있어. 작은 여성의 시체를 태우고 운반하기에는 오히려 적당할지도 모르…… 어?! 그런데 그건 무슨 소리야? 사사키 스미코가 살해된 것은 그 여자의 자택이아니라 히라사와 가였다는 거야? 그 여자는 히라사와 가에서 살해된 뒤에 자전거용 어린이 시트에 앉힌 채로 사사키 가까지 운반되었다는 거야?"

"그렇습니다." 집사는 차분한 목소리로 끄덕였다.

"그, 그건 몇 시쯤의 일이야?"

"살인이 저질러진 것은 사망 추정 시각대로 오후 9시경이었겠지요. 그렇지만 바구니 자전거로 시체를 운반한 것은 그것보다 훨씬나중입니다. 아마도 길거리에 인적이 끊긴 심야였다고 생각됩니다."

"그렇다면 그 삼인조의 증언은 어떻게 되는 거야? 그 사람들은사건이 있던 날 밤 9시경에 이쓰카이치 가도를 폭주하던 로드 바이크를 봤어. 그것은 대체 뭐였어?"

"아아, 아가씨!" 집사는 유감스럽다는 듯이 고개를 휘휘 저었다.

"그 로드 바이크에 타고 있었던 것은 확실히 히라사와 겐지였겠지요. 하지만 그것은 이른바 '눈속임'에 지나지 않습니다. 그러니까 그 남자의 자전거가 몇 킬로미터를 몇 분에 주파했는가 하는 것은 사건의 본질과 아무런 관계도 없습니다. 그런 알리바이 무너뜨리기에 정신이 팔려 있으니 아가씨는 가자마쓰리 경부와 오십 보 백 보라고, 저는 그렇게 말씀드리고 있는 겁니다."

또 그 소리냐! 레이코는 울컥했지만 결국 꾹 참을 수밖에 없었다.

"……이번 사사키 스미코 살해 사건은 히라사와 부부의 범행이었다고 생각됩니다. 남편인 히라사와 겐지가 주범, 아내인 에리코가 종범일까요. 동기는 말할 것도 없이 유산을 노린 것이겠죠. 경륜 선수에서 은퇴한 뒤에 변변한 직업을 구하지 못한 겐지는, 숙모인 사사키 스미코를 살해하는 것으로 일확천금을 꾀했던 것입니다."

진귀한 자전거가 늘어서 있는 차고 중앙에서, 가게야마는 조용한 목소리로 사건의 개요를 설명했다.

"사건이 있었던 날 밤, 히라사와 저택에는 후쿠다와 마쓰시타라는 두 손님이 불려 와 있었습니다. 이것은 히라사와 겐지가 자신의 알리바이를 증명해줄 사람으로 준비한 인물들입니다. 그 점은 가자마쓰리 경부님이 예측한 대로입니다. 다만 히라사와 겐지가 생각한 범죄 계획은 로드 바이크로 이쓰카이치 가도를 쏜살같이 달려가서 사사키 스미코를 살해한 뒤에 다시 전력을 다해 자택으로 돌아온다는, 그런 외줄 타기 같은 것이 아닙니다."

"범행은 히라사와 저택 내부에서 몰래 진행된 거구나. 손님들이 눈치채지 못하도록."

"그렇습니다. 그날 밤 히라사와 부부는 자택으로 사사키 스미코를 불렀던 거겠지요. 강제로 납치했는지도 모릅니다. 어느 쪽이든 범행이 있던 시각에 피해자는 히라사와 가에 있었습니다. 일부러 다치카와까지 죽이러 갈 필요는 없습니다. 오후 9시경, 히라사와 겐지는 담배를 이유로 친구들 앞에서 일시적으로 모습을 감춥니다. 그리고 에리코가 손님들을 상대하는 사이에 겐지는 히라사와 가의 어느 방에서 사사키 스미코를 살해했습니다. 그리고 집 안에 미리 옮겨두었던, 에리코의 자전거에 달려 있던 어린이용 자전거 시트에 그 시체를 앉혀두었을 거라고 생각합니다. 이 의미, 아시겠습니까, 아가씨?"

"사후경직이구나." 레이코는 곧바로 대답했다.

어쨌든 레이코도 현직 형사이므로 어느 정도의 지식은 있다. "살인을 범한 뒤에, 시체를 사사키 가로 옮기는 것은 몇 시간 뒤의 심야가 되지. 하지만 시체는 여름엔 사망한 지 서너 시간만 지나면 경직되기 시작해. 그렇게 된 뒤에는 경직된 시체를 어린이용 시트에 앉히기 곤란해지지. 그러니까 히라사와 겐지는 죽인 직후에 작업에 들어갔어. 전직 경륜 선수이고 체격도 좋은 그 남자라면 왜소한 노부인의 시체를 어린이용 시트에 앉히는 것도 혼자서 할 수 있었을 거야."

"과연 아가씨이십니다. 완벽한 답입니다."

그렇게 집사는 마음에도 없는 칭찬의 말을 했다. 레이코는 빈말을 진심으로 받아들이고는 기분 좋게 말을 이어나갔다.

"그 작업을 끝낸 직후에 히라사와 겐지는 일부러 로드 바이크를 타고 이쓰카이치 가도를 한 번 달렸던 거구나. 단순히, 당신이 말하는 '눈속임'을 위해서."

"그렇습니다. 히라사와 겐지는 맹렬한 속도로 자전거를 몰며 마치 살인 현장으로 간 듯한 행동을 보였지만, 사실 그는 사사키 가에 가지 않고 적당한 곳에서 되돌아왔던 것입니다. 실제로 그 남자가 어느 정도 다릿심이 있더라도 왕복 10킬로미터 거리를 15분 만에 왕복하고, 그러면서 살인까지 저지르는 초인적인 범행은 애초에 불가능합니다. 그 불가능한 범행이 마치 실제로 일어난 것처럼 보이게 만드는 것이야말로 범인의 목적이었습니다. 실제로 가자마쓰리 경부님은 히라사와 겐지의 특이한 행동에 정신이 팔려서 이 사건이 로드 바이크를 사용한 범죄라고 단정하고 말았습니다. 그 결과, 에리코의 바구니 자전거의 존재에는 눈길조차 주지 않았던 것입니다."

레이코 자신도 에리코의 바구니 자전거에 대해서는 그 존재조차 깨닫지 못했다. 그렇구나, 이래서는 경부와 같은 수준이라고 야유받더라도 할 말이 없다며 레이코는 떨떠름하게 납득했다.

"그래서 바구니 자전거에 태운 시체의 운반은 몰래 심야에 이뤄졌구나."

"네. 어린이용 시트에 태울 시체에는 파란 카디건에 짙은 갈색 바지, 그리고 머리에는 어린이용 헬멧 같은 것을 씌웠을 거라고 생각됩니다. 왜소한 노부인의 시체는 유치원생으로 보이지는 않았겠지만 몸집이 큰 초등학생 정도로는 보였을 겁니다. 적어도 어린이용 시트에 노부인의 시체를 태우고 운반 중이라는 것은 길을 가던 그 누구도 생각하지 못했겠지요. 바구니 자전거를 운전한 것은 역시 체력이 있는 히라사와 겐지라고 생각됩니다. 물론 맹렬한 속도로 자전거를 몰 필요는 없습니다. 그 남자는 그냥 천천히 안전하게 시체를 사사키 가로 옮기기만 하면 되니까요. 아마도 히라사와 겐지는 리스크를 최소한으로 줄이기 위해 가장 교통량이 적은 오전 3시경을 골라서 시체를 운반했을 겁니다."

"확실히 그럴 가능성이 높네…… 응?!"

그때 레이코는 문득 어떤 사실을 떠올렸다. "잠깐 기다려. 오전 3시라면 오후 9시 살인 시각에서 벌써 6시간 정도 경과했어. 그렇다면 어린이 시트에 앉힌 시체는 사후경직이 상당히 진행되어 있었을 거야. …… 아, 그렇구나."

그때 레이코의 안에서 지금까지 보류하고 있던 한 가지 의문이 갑자기 풀렸다.

"알았다! 그래서 식당에 있던 사사키 스미코의 시체가 어린이용 의자에 있던 거구나."

"생각하신 대로입니다, 아가씨."

정답이라고 말하듯이 가게야마는 레이코를 향해 미소를 지었다. "사사키 스미코의 시체는 자전거의 어린이용 시트에 앉은 상태로 경직이 진행되었습니다. 그 시체는 부자연스럽게 움츠린 듯한 모습으로 굳어 있었겠죠. 그것을 그대로 마룻바닥이나 보통 의자 위에 놓아서는 너무나도 부자연스럽게 보일 겁니다. 결국 어린이용 의자에 앉히는 것이 가장 자연스러웠습니다. 그래서 히라사와 겐지는 그렇게 했던 것이겠죠."

"즉 자전거용 어린이 시트에서 식당에 있는 어린이용 의자로……. 범인의 행동은 제대로 앞뒤가 맞고 있어. '죽은 자에 대한 모독'이라는 애매모호한 행동이 아니었구나."

"네. 모든 것은 범인의 이득을 위해 이루어진 것이었습니다."

가게야마는 그런 말과 함께 공손히 인사하며 전체적인 추리를 마쳤다.

물론 가게야마의 추리 전부가 정답이란 보증은 없다. 하지만 그것을 확인할 수단은 있다. 마지막으로 가게야마는 그 점을 지적했다.

"중요한 것은 목격자를 찾는 것입니다. 지금까지 아가씨와 가게야마 경부님은 오후 9시에 로드 바이크를 목격한 사람을 찾는 것에 온 힘을 쏟으셨던 것 같더군요. 하지만 그래서는 해결되지 않습니다. 본디 찾아야 할 것은 범행이 있던 밤, 그것도 심야에 도로를 달리던 수상한 바구니 자전거를 목격한 사람입니다."

"그렇게 되겠네. 하지만 찾을 수 있을까?"

"뭐, 아무리 교통량이 적은 시간대라고 해도 통행인이 전혀 없지는 않습니다. 새벽에 출근하는 샐러리맨, 밤을 샌 대학생, 심야의 산책을 일과로 하는 미스터리 작가 등등, 찾아볼 만한 사람은 많이 있습니다. 그중에 반드시 심야에 바구니 자전거를 목격한 사람이

있을 겁니다. 그것을 발견하는 것이 사건 해결의 돌파구가 되지 않
겠습니까?"

"그러네. 확실히 당신 말대로야."

레이코는 힘차게 끄덕이고 "이러고 있을 수 없겠어"라고 작게 중
얼거렸다. 사람의 기억은 하룻밤이 지나면 그만큼 모호해진다. 게
다가 오늘 밤의 통행인을 내일 또 만날 수 있을 거라고 확신할 수는
없다. 목격자 찾기는 시간 싸움이다. 오늘 밤을 낭비해서는 안 된다.

레이코는 차고의 출입구를 향하면서 선언하듯이 말했다.

"가게야마, 지금부터 이쓰카이치 가도로 갈 거야."

"어, 지금부터 말씀입니까? 설마, 자전거로?"

"그럴 리 없잖아!" 레이코는 매섭게 내뱉었다. "자전거는 이제
됐으니까, 타이어가 네 개 달린 차를 준비해줘. 오늘 밤 안에 목격
자를 찾아내겠어. 아, 물론 당신도 협력해주겠지? 연약한 아가씨를
혼자 한밤중에 길가에 세워두는 짓은 하지 않을 거라 믿어. 당신은
나의 충실한 집사니까."

레이코는 차고 출입구에서 발을 멈추더니 시험하는 듯한 눈으로
가게야마를 본다. 그런 레이코의 시선 끝에서 그녀의 충실한 집사
는 무표정한 얼굴로 공손히 인사했다.

"네. 물론 함께하겠습니다. 아가씨."

가게야마는 마치 갑작스런 잔업을 명령받은 아르바이트생 같은
얼굴로 "하아" 하고 작게 한숨을 토했다.

다섯 번째 이야기

:

그 여자는 무엇을 빼앗겼습니까?

1

다치카와 역의 북쪽 출구. 탁 트인 페데스트리안 덱(보행자용 도로_
옮긴이)을 이세탄 백화점 방향으로 걸어가면, 그곳에 한 카페가 있
다. 셀프 서비스로 운영되는 그 가게는 장어의 침상처럼 길쭉한 형
태를 하고 있다. 덤으로 한쪽 벽면 대부분이 유리로 되어 있다. 그
래서 가게 안의 상황은 덱을 걷는 통행인들에게 훤히 보인다. 길쭉
한 카운터석에 일렬로 죽 늘어앉아서 음료를 마시며 수다를 떠는
손님들. 그 모습은 마치 전선 위에서 한 줄로 늘어서서 지저귀는 참
새들처럼 보이기도 한다.

다만 지금은 7월. 길었던 장마도 끝나고 한여름의 햇살이 날카로
운 창살처럼 퍼붓는 계절. 유리창 너머로 보이는 손님들은 모두 차
가운 음료를 빨대로 마시고 있다.

"이건 참새라기보다 물 마시는 새들의 무리라고 해야겠네."

그렇게 중얼거리는 그녀의 이름은 미즈노 미도리…… 가 아니라 미즈노 리사라고 한다. 다치카와 시 근처, 구니타치 시에 사는 꽃다운 여대생. 부득이한 사정으로 일요일 낮에 다치카와를 방문한 그녀는 몇 가지 용무를 끝마치고 이미 몹시 피로해진 상태였다. 그런 그녀에게 엎친 데 덮친 격으로 인정사정없이 내리쬐는 직사광선. 결국 더위와 갈증에 완패한 그녀는, 유리창 너머에 죽 앉아 있는 물 마시는 새들의 무리 속에 끼어들기로 결정했다.

카페 문을 밀어 열며 가게 안으로. 냉방이 잘 되고 있는 공간은 딴 세상처럼 쾌적했다.

카운터에서 아이스커피를 받아 든 리사는 비어 있는 자리를 찾아 길쭉한 가게 안을 두리번거렸다. 그러다가 카운터석에 앉은 안경을 낀 여자와 눈이 마주쳤다.

긴 흑발에 하얀 헤어밴드, 긴 하얀 원피스 차림. 그리고 붉은 벨트가 가느다란 허리를 강조하고 있다. 가슴에는 은 펜던트. 발에는 붉은 펌프스다. 청초한 모습에는 독특한 기품 같은 것이 떠돈다.

"……." 리사는 낯익은 그 여자에게 천천히 다가갔다. "뭐야, 역시 기도 선배잖아. 이런 곳에서 만나다니 별일이네요."

"어머, 미즈노." 그 여성은 무테 안경에 가볍게 손가락을 대면서 리사를 눈을 치뜨고 바라보았다. "정말로 별일이네. 오늘은 무슨 일이야? 다치카와에서 쇼핑?"

"우와, 정답이에요. 어떻게 아셨나요?!" 리사는 진심으로 놀라며 말했다.

"뭐냐니……. 하지만, 봐. 쇼핑백이 하나, 둘, 셋……."

"아, 그렇지." 리사의 두 손에는 쇼핑백 네 개가 들려 있었다.

요컨대 그녀가 다치카와에서 땡볕 아래 지칠 때까지 이리저리 헤매고 다닌 '부득이한 사정'이란, 이번 주말부터 시작된 여름옷 정리 대 바겐세일이었다.

"하지만 여름옷이 최대 60퍼센트 세일이었다고요, 선배! 아직 여름은 한참 남았는데 벌써 반값 이하라니까요? 아, 옆자리에 앉아도 되나요?"

선배가 "응, 물론이지"라고 대답했을 때에는 이미 리사는 그 의자에 앉아 있었다.

선배라고 불린 여자는 어쩔 수 없다고 말하는 듯한 쓴웃음을 지으면서 눈앞의 아이스티를 홀짝였다. 그녀의 이름은 기도 시즈카. 미즈노 리사와 같은 대학, 같은 학부에 다니는 여대생이다. 그리고 리사와 같은 영화연구회에 소속된 1년 선배이기도 하다.

하얀 피부와 아름다운 흑발을 지닌 미녀. 안경 아래의 커다란 눈동자는 지성적이고, 아담한 코와 작은 입술은 얌전할 것 같은 인상을 준다. 밝은 오후의 교정보다도 해질녘의 도서관이 어울린다. 그런 쓸쓸한 분위기를 풍기는 그녀는, 자기도 모르게 덜렁거리는 분위기를 풍기는 리사에게 동경의 대상이었다. 무리도 아니다. 인간은 자신과 다른 매력을 지닌 존재를 동경하기 마련이다.

다만 이 마음은 리사의 일방적인 감정이다. 기도 시즈카가 리사에 대해 동경을 품고 있는지 어떤지는 확실치 않다. 그렇다기보다 아마도 1밀리미터도 동경하지 않을 거라고 생각하지만…….

"선배는 오늘 무슨 볼일이 있어서 나오셨나요? 아, 혹시 스즈하라 선배와 약속이 있다든가?"

스즈하라 선배란 역시 같은 영화연구회의 일원인 스즈하라 도시키를 말한다. 그와 기도 시즈카는 동아리에서 공인된 사이다. 하지만 시즈카는 간단히 고개를 저었다.

"스즈하라 군?! 아니, 아니야, 아니야. 그런 것은 아니야."

스즈하라 선배, 소중한 여자 친구에게 '그런 것'이라고 불렸는데, 괜찮은 건가요?!

리사는 이곳에는 없는 스즈하라 도시키 대신 시즈카를 추궁했다.

"그러면 무슨 용무로 나오신 거예요? 역시 쇼핑인가요? 60퍼센트 세일?"

"저기, 그런 건 아닌데 뭐라고 말해야 좋을까……."

당황하며 시즈카는 안경에 손을 댔다. 그리고 그녀는 다시 치뜨고 바라보는 눈으로 리사를 응시한다.

그 순간, 리사는 감이 왔다. 그것은 시즈카가 지금까지 리사에게 한 번도 보인 적 없는, 아양 떠는 듯한 시선이었다. 렌즈 너머의 눈동자는 젖은 듯한 광채를 띠고 있는 듯 보였다. 이런 눈으로 빤히 바라보면 어지간한 남자는 한 방에 넘어갈 것이다. 아니, 일단 여자인 리사조차도 요사스런 눈동자의 매력에 저항하지 못하고 "언니이~!" 하고 그 부푼 가슴에 달려들고 싶어진다.

이런 생각이 드는 나는 욕구불만일까, 하고 리사는 자신의 비뚤어진 망상에 조금 불안을 느꼈다. 아무리 평소 남자와 인연이 없다고 해도 동성 선배에게 끌리다니. 그렇지만 최근 더욱 아름다워졌다는 이야기를 듣는 기도 선배, 아니 시즈카 언니가 이 고독을 치유해줄 수 있다면 금단의 관계도 그것대로 나쁘지 않을지도……. 아니, 오히려 현시점에서는 이상적일지도…….

그렇게 멋대로 망상의 나래를 펼치는 리사를 내버려 둔 채, 시즈카는 왼쪽 손목에 찬 손목시계에 한순간 시선을 보내더니 "그러면 나는 이쯤에서 가볼게"라고 말했다.

그리고 시즈카는 핑크 가방을 손에 들면서 가볍게 자리에서 일어섰다. 갑자기 망상이 중단된 리사는 당황하며 고개를 들었다.

"어?! 언니……가 아니라, 기도 선배. 벌써 가시나요?"

"응, 미안해. 그러면 나중에 영화연구회 방에서 보자."

그렇게 말하면서 동경하는 선배, 기도 시즈카는 가볍게 오른손을 흔들더니 그 손을 다 마신 아이스티 글라스로 뻗었다. 그러나 글라스를 쥐려고 했을 그녀의 오른손은 어째서인지 공허하게 공기를 움켜쥐었다. 두 번째 동작으로 간신히 글라스를 쥔 그녀는 부끄러운 듯한 미소를 지었다. 그리고 그녀는 "그럼 갈게"라고 말하고는 발걸음을 돌리고 카운터석을 떠나갔다.

리사는 "하아……" 하고 작게 숨을 내쉬고 눈앞의 아이스커피를 빨대로 휘저었다.

아~아. 결국 선배가 무슨 일로 다치카와에 왔는지 못 들었네.

그때, 낙담하는 리사의 등 뒤에서 갑자기 쿵! 하고 바닥을 치는 소리가 들렸다. 리사는 당황하며 뒤를 돌아본다. 그러자 그녀의 눈앞에는 의외의 광경이 펼쳐져 있었다.

카페 통로 위에, 동경하던 선배가 망측한 모습으로 벌러덩 넘어져 있었다.

"……." 뭐 하는 건가요, 선배?

그러나 얼굴에 대고 물어볼 수 없었다. 오히려 인지상정(?)의 마음으로 리사는 못 본 체했다. 카운터석에 있는 많은 손님들도 거의 대부분 같은 행동을 취했다. 기묘하게 고요해진 가게 안. 그런 가운데 천천히 일어선 기도 시즈카는 떨어뜨린 가방을 황급히 집어 들고 비틀거리는 발걸음으로 문을 열고 가게를 나섰다.

리사는 유리 너머로 보이는 바깥 풍경에 시선을 옮겼다.

"…… 응?!" 갑자기 날아든 기묘한 광경에 자기도 모르게 리사는 눈을 빼앗겼다.

유리창 너머로 붉은 여름 원피스를 입은 아름다운 여자의 모습이 보였다. 스틸레토 힐을 신은 그녀는 멋진 발놀림으로 인파 한가운데를 당당하게 나아간다. 그런 그녀의 뒤에는 두 손에 산더미만 한 짐을 안은 어두운 색 슈트 차림의 남자. 그런 두 사람의 모습은 마치 대부호의 영애와 그녀의 쇼핑에 끌려나온 집사 같았다.

하지만 리사는 곧바로 고개를 저었다.

"설마. 이 다치카와에 부잣집 아가씨는 있더라도 집사 같은 게 있을 리 없잖아."

그런 것보다 선배는? 리사는 다시 덱의 인파에서 시즈카의 모습을 찾았다.

간신히 발견한 기도 시즈카의 모습은 완전히 멀어져 있었다. 페데스트리안 덱 저편에 조그맣게 보이는 선배의 등. 그 발걸음은 조금 전에 보인 붉은 원피스를 입은 미녀와는 대조적으로 어딘지 모르게 연약하고 못 미더워 보였다.

2

구니타치 시 아오야기에서 젊은 여성의 변사체가 발견된 것은 월요일 오전이었다.

전날 여름옷 대방출 바겐세일에서 엄청난 양을 사들인 호쇼 레이코는, 어쨌든 사버린 것은 사버린 것이라고 결론짓고, 재빨리 새로 산 여름용 팬츠 슈트를 걸치고 상쾌하게 현장에 모습을 드러냈다. 최고의 소재와 숙련된 기술, 그리고 절묘하게 수수한 디자인으로 만들어진 검은 슈트는 험상궂은 남성 수사원들 무리에 멋지게 녹아들 것이다.

그곳은 고슈 가도 변의 아파트 건축 현장이었다. 사방을 양철 판으로 둘러싼 부지 안에 쇠파이프로 만든 발판이 짜여 있다. 4층 건물은 이미 완성에 가까운 분위기다.

레이코는 노란 테이프 앞에 멈춰서더니 검은 테 무도수 안경을 손끝으로 밀어 올리면서 두리번거리며 주위를 보았다.

"다행이야. 경부는 아직 안 온 모양이야."

차라리 이대로 안 오면 좋겠는데!

그렇게 마음속으로 본심을 중얼거리는 레이코. 그러자 그 옆에서 귀에 익은 폭음이 주위의 공기를 흔들었다. 눈부시게 쏟아지는 태양을 반사시키며, 이쪽을 향해 달려오는 은색 재규어. 그것은 귀가 먹먹해질 정도로 브레이크 소리를 울리면서 레이코의 눈앞에 "우웅!" 하고 엉덩이를 흔들면서 정차했다. 문을 열고 나타난 것은 물론 가자마쓰리 경부다. 보통 사람이라면 지금 바로 도로교통법 위반으로 체포되었을 것이다. 그러나 유감스럽게도 난폭 운전을 한 경부에게 수갑을 채울 만한 용감한 수사원은 여기에 없었다.

"야아, 기다렸지? 아가씨."

"……." 아뇨, 아무도 안 기다렸어요. 레이코는 마음속으로 가만히 중얼거렸다.

가자마쓰리 경부는 유명하기는 하지만 일류는 아닌 자동차 메이커 '가자마쓰리 모터스' 창업가의 상속자다. 돈과 연줄로 경부직을 손에 넣었다는 소문이 도는 엘리트 수사관이다.

"그건 그렇고." 레이코는 눈앞에 있는 경부의 옷차림을 탄식하면서 바라보았다. 경부는 평소보다 더욱 하얀 슈트를 입고 있었다. 보고 있기만 해도 눈이 따끔따끔하다. "저기, 어떻게 된 건가요, 경부님? 그 새로운 슈트는?"

"아, 과연 호쇼 형사군. 용케 알아차렸네."

경부는 하얀 옷깃을 손가락으로 만지작거리면서 "실은 어제 여름옷 대방출 바겐세일로 옷을 왕창 사버렸거든. 어쨌든 내 카드는 플래티넘 카드니까"라고 오늘의 첫 번째 자랑을 시작했다.

"아아, 그러신가요……."

하지만 그런 경부님의 쇼핑보다 어제 저의 쇼핑 쪽이 자릿수 하나 높을 거라고 생각합니다. 어쨌든 저의 카드는 최상급인 블랙이니까요!

그렇게 엉뚱한 곳에서 경부에게 대항 의식을 불태우는 레이코는 천하에 알려진 대재벌 '호쇼 그룹' 총수, 호쇼 세이타로의 외동딸이다. 다만 가자마쓰리 경부라는 반면교사(反面教師)를 보고 학습해온 레이코는 직장에서 자기 집안을 과시하는 짓은 자제해왔다. 구니타치 경찰서 사람 중에서 레이코의 정체를 아는 인물은 몇 명뿐이다. 물론 가자마쓰리 경부는 전혀 눈치채지 못하고 있다.

그런 두 사람은 노란 테이프를 지나서 재빨리 현장에 발을 들였다.

젊은 여성의 변사체는 건축 중인 건물 옆 땅바닥에 아무렇게나 방치되어 있었다. 레이코는 무도수 안경 아래로 날카로운 시선을 던지며 그 시체의 상태를 면밀히 관찰했다.

그 여자는 하얀 원피스를 입고 있었다. 나이는 스무 살 전후일까. 아름다운 긴 흑발이 짙은 갈색 땅에 부채처럼 퍼져 있다. 하얀 목덜미에는 액세서리 종류는 없고 그 대신 끈 형태의 물체로 목을 졸린 듯한 흔적이 보였다. 그 이외의 외상은 없다.

"피해자는 목을 졸렸어. 틀림없이 살인이야. 범인은 남자. 동기는 치정 관련…….'

"……."

등골이 오싹해질 정도의 편견이다. 피해자가 젊은 여자라고 해서 범인이 남자라고 단정할 수는 없다.

"너무 단정적이에요, 경부님. 그것보다 이 시체, 조금 이상하지 않습니까?"

"응, 알고 있어."

경부는 팔짱을 긴 채로 턱 끝으로 시체의 발치를 가리켰다. "피해자는 신발을 신고 있지 않은 것 같아. 시체 곁에 벗은 신발이 굴러다니는 눈치도 아니야. 이건 어떻게 된 걸까. 이 아름다운 여자가, 처음부터 맨발이었을 리도 없을 테고."

"네. 게다가 신발만은 아니라고 생각합니다."

"…… 무슨 소리지?"

"예를 들자면, 벨트도 없어요. 처음부터 없었다고 볼 수도 있습니다만 추측컨대 아마 있었을 겁니다. 이 디자인의 원피스라면 허리를 벨트로 조이는 쪽이 일반적이거든요. 그러는 편이 전체적인 실루엣이 아름다워집니다."

"그렇군. 확실히 허리 부근이 묘하게 비어 있는 느낌이군. 범인은 피해자의 신발을 빼앗은 한편, 허리에서 벨트를 빼앗았다는 건가. 으음, 대체 어떤 취향이기에?"

"……." 어째서 취향 문제라고 생각하시나요, 경부님? 레이코는 하아, 하고 작게 한숨을 내쉬었다. "그뿐만이 아닙니다, 경부님. 피해자의 얼굴을 보세요. 코 양쪽에 흐릿하게 눌린 자국이 있습니다. 오랫동안 안경을 착용해왔던 사람의 콧등이 이렇지요."

"그렇다면 범인은 피해자의 신발과 벨트와 안경을 빼앗아 갔다……?"

"게다가 목 주변도 약간 허전한 기분이 듭니다. 범인은 피해자의 목에서 펜던트나 목걸이를 빼앗아 갔는지도 모릅니다. 게다가 머리를 장식하는 헤어밴드나 머리끈 같은 것도 없어요. 손목시계도 하지 않았고 반지도 없군요. 피해자는 처음부터 이것들을 일체 몸에 걸치지 않았던 걸까요? 그럴 리가 없다는 생각이 듭니다만."

"즉, 이 나이대의 여성치고는 액세서리가 너무 없다는 거군. 어디어디……."

가자마쓰리 경부는 시체 곁에 쭈그려 앉더니 피해자의 의복을 매만져보며 소지품을 체크했다. 그러나 결과는 예상대로였다. 경부는 낙담하며 한숨을 쉬었다.

"이 피해자는 소지품이 하나도 없군. 지갑도 면허증도 휴대전화도, 아무것도 없어. 있는 것은 주머니 안의 손수건뿐이야. 흠, 아무래도 틀림없군. 범인은 피해자가 지니고 있던 것을 닥치는 대로 전부 가지고 간 것 같아."

"대체 무엇을 위해서일까요." 레이코는 진지한 얼굴로 가자마쓰리 경부에게 물었다.

그러자 경부는 이것이라는 듯이 히죽 웃었다. "흐흠. 모르겠나,

호쇼 형사?"

"아뇨, 아마도 카무플……."

"모르겠다면 알려주지! 이건 카무플라주야, 호쇼 형사."

"……." 네, 그렇겠죠. 저도 분명히 그럴 거라고 생각하고 있었습니다, 경부님.

"범인은 피해자의 시체에서 뭔가를 가져갈 필요가 있었어. 분명히 중요한 뭔가를. 어쩌면 그 중요한 뭔가를 빼앗기 위해서 범인은 이 여자를 살해했는지도 몰라. 어쨌든 범인은 이 여자를 살해했어. 하지만 그 시체에서 목표물 하나만을 가져가면 오히려 범인의 행위가 눈에 띄게 되지. 그래서 범인은 목표물과는 별개로, 딱히 필요 없는 물건까지 전부 시체에서 가지고 간 거야. 어떤가, 호쇼 형사? 내 추리가!"

"……." 어떻긴요, 그 추리는 제 추리와 똑같다고요!

레이코는 불만을 품으면서 경부에게 물었다.

"그래서 요컨대 뭔가요? 그 범인에게 중요한 뭔가라는 건. 신발, 벨트, 안경, 펜던트, 아니면 반지?"

"그걸 알면 고생할 것도 없지." 경부는 어려운 문제는 나중으로 미루겠다는 듯이 확언을 피했다. "아, 맞다. 그런데 고생이란 얘기가 나와서 말인데, 또 한 가지 고생해야 할 어려운 문제가 있어."

"네, 압니다. 피해자의 신원이죠."

"그래. 어쨌든 이 피해자는 소지품이라고 부를 만한 물건이 이 손수건 하나뿐이야. 이렇게 단서가 적어서는 피해자의 신원을 파악하는 것도 간단하지 않아……으음?!"

경부는 손에 든 피해자의 손수건에 얼굴을 가까이 가져가더니 그 천을 찬찬히 살펴보았다.

"왜 그러시나요, 경부님?"

"보게나, 호쇼 형사!" 경부는 전리품을 과시하듯이 손에 든 손수건을 레이코의 눈앞에 펼쳤다. "이 손수건은 보통 손수건이 아니야. 봐, 여기에 학교 문장(紋章) 같은 것이 수놓아져 있어. 이게 뭐라고 생각하나?"

"정말이네요. 확실히 자수가 되어 있어요. 경부님은 이게 뭔지 아시나요?"

"알고말고. 이건 학교의 문장이야."

말 그대로잖아! 그렇다면 나한테 묻지 말라고! 김이 빠진 나머지 레이코는 눈앞의 상사에게 살의를 느끼기까지 했다. 물론 경부는 그런 부하의 기분 따윈 알 리가 없다.

"이 문장은 말이지, 부잣집 자제분들이 다니기로 유명한 사립 카틀레아 대학의 문장이야. 아마도 카틀레아 대학 내에서만 손에 넣을 수 있는 상품이겠지."

"그러면 그걸 가지고 있는 피해자는 카틀레아 대학의 학생, 혹은 졸업생?"

"음, 그럴 가능성이 높아."

깊이 고개를 끄덕이는 가자마쓰리 경부는 수사를 다음 단계로 진행하려는 듯, 이렇게 제안했다.

"아무래도 우리들은 카틀레아 대학을 방문할 필요가 있을 것 같아. 그렇게 생각하지 않나, 호쇼 형사?"

3

"……사립 카틀레아 대학은 이름으로도 알 수 있듯이 원래는 여대였어. 몇 년 전에 남녀공학이 되었는데, 지금도 학생의 대부분은 여자가 점하고 있지. 여대생률이 90퍼센트야."

카틀레아 대학으로 향하는 경찰차 안. 가자마쓰리 경부는 경쾌하게 핸들을 조작하면서 대학에 관련된 자잘한 정보를 레이코에게 전했다. 그렇다고 해도 '출생률'이나 '체지방률'이라면 몰라도 '여대생률'이라는 말을 들은 것은 생전 처음이었다.

"자세히 아시는군요." 조수석의 레이코가 빈정거리듯 말했다,

그러자 경부는 "뭐, 그렇지. 자랑은 아니지만 내가 여대에 관해서는 꽤 밝거든"이라고 정말로 자랑이 되지 않는 말을 태연하게 늘어놓았다. 레이코는 이 왕자병에 걸린 늑대를 '90퍼센트가 여자'인 집단 안에 풀어놓아도 괜찮을까, 하고 조금 불안했다.

이윽고 레이코 일행이 탄 경찰차는 카틀레아 대학에 도착했다. 주차장에 차를 세운 뒤 두 사람은 재빨리 대학 사무실에 방문했다. 자신의 직업을 밝히고 이쪽의 용건을 전하자, 대응한 여성 사무원은 당혹한 빛이 역력했다.

"저희 학교 학생이 살인 사건의 피해자일지도 모르니, 전교생 사진을 보여달라는 말씀이십니까. 하지만 학생 사진은 개인 정보이므로 그렇게 간단히 보여드릴 수는……."

"그렇군요. 그러면 어쩔 수 없죠. 시체의 얼굴 사진을 학생들에게 보이면서 '이 여자를 본 적 있습니까?'라고 묻고 다닐 수밖에 없을 것 같군요. 그래도 괜찮겠죠? 정말 괜찮겠죠?!"

경부가 미묘하게 협박하자 여사무원은 "그것만은 제발"이라며 태도가 바뀌더니 두 사람에게 네 권의 책자를 내밀었다. 표지에는 '사립 카틀레아 대학 입학 기념 앨범'이라고 적혀 있었다. 페이지를 넘기자 재학생 사진이 학부별로 쭉 실려 있다.

"이건 학생이 입학 시에 촬영했던 사진을 수록한 '입학 기념 앨범'입니다. 과거 4년분이 있으니, 이것으로 재학생 대부분의 얼굴을 알 수 있을 겁니다."

"이야, 이거 감사합니다."

경부는 감사를 표하며 재빨리 레이코와 함께 앨범을 펼쳤다.

그리고 잠시 동안은 단순한 작업이 이어졌다. 시체의 사진과 앨범의 사진을 대조해 보며 비슷하다는 둥 아니라는 둥, 미인이라는 둥 그저 그렇다는 둥 하는 극히 '단순한 작업' 끝에 두 사람은 드디어 한 장의 사진에 도달했다.

긴 검은 머리를 가진 여자다. 교무주임 같은 촌스런 안경을 끼고 있지만, 가만히 보면 이목구비는 단정하다. 이른바 '안경을 벗으면 갑자기 미인으로 변신'하는 타입이다.

"오오. 이걸 보라고, 호쇼 형사! 이거야 그야말로 시체의 주인공과 판박이야. 음, 틀림없어. 어떻게 봐도 동일 인물이야. 좋았어, 바로 이 학생에게 물어봐야겠군."

"저기, 시체의 사진과 동일 인물이라면 이야기를 듣는 것은 불가능합니다만……."

"응?! 그것도 그런가. 그러면 이 학생의 관계자에게 이야기를 들어보도록 하지."

경부는 앨범의 사진을 손끝으로 두드렸다. 레이코는 사진 아래에 적혀 있는 이름을 읽었다.

기도 시즈카. 입학 연도로부터 계산하면 현재 3학년인 문학부 학생인 듯했다.

대학 안에서 학생의 관계자를 찾아보려면 우선은 지도 교수가 먼저일 것이다. 그리하여 레이코와 가자마쓰리 경부는 문학부 연구실을 방문했다. 기도 시즈카의 지도 교수와 만나기 위해서다.

이마니시라는 그 교수는 구깃구깃한 와이셔츠 차림에 부스스한 머리카락이 인상적인 50대 남자였다. 전공 분야는 근대 일본 문학인 듯한데, 형사들은 나쓰메 소세키(1867~1916. 일본의 소설가 겸 영문학자. 주요 저서로는 『나는 고양이로소이다』, 『도련님』 등이 있다._옮긴이)나 모리 오가이(1862~1922. 19세기 후반 신문학의 개척기였던 일본 문단의 대표적인 작가_옮긴이)에 대해 듣고 싶은 것은 아니다. 경부는 신원 불명의 시체 사진을 교수 앞에 내밀고 단도직입적으로 물었다.

"이 여성이 당신이 지도하는 학생, 기도 시즈카 씨인지 확인해주실 수 있겠습니까."

이마니시 교수는 받아 든 사진을 한 번 보더니 깜짝 놀라며 눈을 크게 떴다.

"믿을 수가 없군요……. 확실히 이건 기도 양이 틀림없습니다. 왜 이 학생이 이런 일을?"

"그 여자는 어젯밤 오후 9시 전후에 누군가에게 목이 졸려서 살해되었습니다. 시체가 발견된 것은 건설 중인 아파트 공사 현장입니다만, 실제 범행 현장은 다른 장소겠죠."

"기도 양이 살해당했다니……. 대체 누가 그런 끔찍한 짓을 한 겁니까?"

"글쎄요. 누가 어떤 목적으로 그 여자를 살해했는지, 그것을 현재 저희가 수사 중입니다. 시체의 신원을 파악했으니 일보 전진한 참입니다만. 그런데 이 기도 시즈카라는 학생은 어떤 여성이었습니까?"

"저도 개인적인 것은 모릅니다. 공부는 잘하는 학생이었죠. 지도하는 학생 중에서는 얌전하고 발언도 적었지만, 상당한 독서가였던 점은 이야기를 나누면서 잘 알 수 있었습니다."

"그 학생의 교우 관계는 어떻습니까? 예를 들면 남자 친구가 있었다든가."

"글쎄요, 잘 모르겠군요. 그런 것은 그 학생 친구들 쪽이 자세히 알겠지요. 그 학생은 영화연구회에 소속되어 있던 것 같으니, 그쪽 친구들에게 물어보는 게 어떻겠습니까?"

의견 감사합니다, 라고 말하며 가자마쓰리 경부는 재빨리 연구실을 나섰다. 레이코도 뒤를 따랐다.

두 사람은 그 달음으로 바로 영화연구회 방으로 향했다. 모든 동아리 방은 동아리 건물이라고 불리는 독립된 건물 안에 있는 듯했다. 형사들은 곧바로 동아리 건물에 발을 들였다. 학생들의 지나칠 정도로 밝은 목소리가 울려 퍼지는, 아주 활기찬 분위기의 건물이었다.

오가는 학생의 대부분은 역시 여자다. 아마도 사람을 보는 눈이 없는 여자들이겠지. 그 증거로 그녀들 대다수는 가자마쓰리 경부의 단정한 마스크에 매력을 느끼고 있는 듯했다. 그중에는 "꺄아!" 하며 노골적인 비명을 지르는 여자도 있다. 그때마다 경부의 옆얼굴은 감출 수 없는 환희의 빛이 떠오르는 것이었다.

"뭘 히죽거리며 좋아하시는 건가요, 경부님."

저 여자애들은 경부의 본질을 이해 못하고 있어! 레이코는 마음속으로 자기도 모르게 그렇게 외쳤다.

그때, 한 남자가 레이코의 곁으로 달려왔다. 그러더니 뭘 착각했는지, "저기, 너. 못 보던 앤데, 어느 동아리에 들었니? 우리 동아리에 들어오지 않을래? 우리는 쇼와 프로레슬링 연구회라고 하는데……"라고 갑자기 적극적으로 입회를 권유했다.

깜짝 놀란 레이코는 "미안한데 흥미 없어요"라고 정중하게 권유를 거절하면서도 몰래 주먹을 쥐면서 승리 포즈를 취했다. 앗싸! 나는 여대생으로 보이고 있어! 역시 레이코! 아직 젊어!

"뭘 히죽거리며 좋아하고 있나, 호쇼 형사?"

"······." 아뇨, 아무것도 아닙니다. 그렇다기보다 딱히 좋아하고
있지는 않았어요······.

이러저러하던 중에 간신히 두 사람은 영화연구회의 문패가 걸린
방에 이르렀다. 레이코가 문을 노크하자, 안에서 "들어오세요"라는
여자 목소리가 들렸다. 레이코는 문을 열었다.

정면의 벽에는 F. 트뤼포가 감독한 〈400번의 구타〉 포스터. 벽에
는 영화 잡지가 빼곡하게 들어찬 책장, 그리고 방의 중앙에는 세
명의 학생이 있었다. 여자 둘에 남자 하나. 여대생률 66퍼센트 남짓
이다.

레이코 일행은 구니타치 경찰서의 형사라는 것을 밝히고, 기도
시즈카가 누군가에 의해 살해당했다는 사실을 학생들에게 담담하
게 전했다. 하지만 그들은 형사들의 말에 현실감을 느끼지 못하는
듯했다. 세 학생은 같은 동아리의 회원이 죽었다는 소식을 듣고도
어딘지 모르게 멍해 보였다. 그것은 그것대로 오히려 형사들에게는
좋은 상황이다. 가자마쓰리 경부는 바로 질문으로 넘어갔다.

"우리는 기도 시즈카 씨의 교우 관계를 조사하고 있어. 그 학생
과 특별히 친했던 사람을 아나?"

"가장 친했던 것은 저겠네요"라고 유일한 남학생이 오른손을 들
었다. "문학부 3학년의 스즈하라 도시키라고 합니다. 시즈카하고는
중학교 시절부터 알던 사이입니다. 그 애, 정말로 죽은 건가요?"

"그래, 유감스럽게도. 그러면 자네에게 묻지. 최근 들어 기도 씨

에게 뭔가 이상한 일은 없었나? 누군가에게 미움을 받고 있다든가 뭔가 문제에 휘말린 것 같은 눈치는?"

"글쎄요, 시즈카하고 마지막으로 만난 건 지난주 금요일인데, 딱히 이상한 눈치는 없었습니다. 애초에 남에게 미움을 살 만한 애는 아니었구요. ……그렇죠, 회장님?"

영화연구회의 회장은 짧은 갈색 머리에 활발한 인상을 주는 여대생이었다. 그녀는 '니시다 마유미, 경제학부 4학년'이라고 자기소개를 하고서 기도 시즈카의 인상에 대해서 이야기했다.

"확실히 기도는 성실하고 얌전한 타입이었습니다. 누군가와 문제를 일으킬 만한 사람은 아니었어요. 영화로 치면 누벨바그 이전의 고전적인 프랑스 영화일까요."

본인은 멋진 말을 했다고 생각하는 모양이지만 레이코에게는 그녀의 비유를 이해할 수 있는 영화적 소양이 없었다. 아마 가자마쓰리 경부도 마찬가지였겠지만, 그는 그 비유를 완벽하게 이해한 것처럼 "그렇군요, 그렇군요"라며 두 번에 걸쳐 끄덕였다. "요컨대 기품 있는 여성이었다는 얘기로군, 기도 시즈카라는 학생은."

"네, 그래요"라며 니시다 마유미는 경부를 향해 끄덕였다. "하지만 새 학기가 된 뒤로 조금 변한 것 같았어요. 확실히 어디가 어떻게 되었다는 건 아니지만, 그 애가 최근 들어 예뻐졌다는 기분이 들었거든요. 누군가 좋아하는 사람이라도 생겼는지 몰라요."

"에이, 그럴 리가. 거짓말이겠지~." 스즈하라 도시키가 항의하는 듯한 말을 했다.

"저기, 그러고 보니 어제 말인데요……."

그렇게, 지금까지 입을 다물고 있던 또 한 명의 여대생이 갑자기 입을 열었다. 일제히 일동의 시선이 몸집이 작은 그녀에게 모였다.

가자마쓰리 경부가 물었다. "자네는?"

"미즈노 리사. 문학부 2학년입니다. 실은 어제 낮에 저는 다치카와 역 앞에서 기도 선배하고 우연히 만났어요. 그런데 그때 선배의 눈치가 어쩐지 이상해서……."

"뭐야, 어제 낮에 만났다고?! 이, 이봐, 자네. 그때의 상황을 자세히 말해줘."

경부에게 재촉받으며 미즈노 리사는 어제 다치카와 역 앞 카페에서 있었던 일을 말했다. 형사들은 그녀의 이야기를 주의 깊게 들었다. 이야기를 듣기로는 확실히 카페에서 기도 시즈카가 보인 행동에는 몇 가지 기묘한 부분이 있었다. 성인 여성은 아무것도 없는 카페 통로에서 갑자기 넘어지거나 하지 않는다. 기도 시즈카는 뭘 그렇게 서두르고 있었던 것일까.

미즈노 리사의 증언에 레이코는 고개를 갸웃거렸지만, 경부의 관심은 다른 곳에 있는 듯했다.

"확인하겠는데, 어젯밤 기도 씨의 옷차림은 머리에 헤어밴드, 얼굴에는 안경, 목에는 펜던트, 왼손에는 손목시계, 허리에는 벨트, 그리고 발에는 펌프스. 덤으로 핑크 가방을 들고 있었어. 이건 틀림없겠지?"

"네, 확실히 그랬어요. 그게 왜요?"

미즈노 리사의 물음에 레이코가 대답했다. "실은 피해자의 시체에는 그런 물건이 일체 없었어요. 지금 말한 장식품이나 소지품은 범인에게 전부 빼앗겼죠. 미즈노 양은 범인의 목적이 짐작 가나요?"

레이코의 물음에 미즈노 리사는 침묵했다. 카무플라주라는 생각도 그녀의 머리에 떠오르지 않는 듯하다. 무엇을 어떻게 생각해야 좋은지 알 수 없는 것 같다.

미즈노 리사의 긴장된 사고를 풀려는 듯이 레이코는 그녀에게 자상한 미소를 보냈다.

"뭐든 괜찮아요. 신경 쓰인 것이 있다면 뭐든지 말해봐요."

"뭐든지 좋다고 하셔도……. 아, 그러고 보니!"

미즈노 리사가 짝 하고 손뼉을 치자, 레이코도 그것에 이끌리듯 앞으로 몸을 내밀었다.

"뭔데?! 뭔가 떠올랐어?!"

"네. 그때, 카페 앞을 붉은 원피스를 입은 여자가 걸어갔고, 그 뒤를 검은 옷을 입은 집사 같은 사람이 짐을 안고 쫓아갔어요. 이거, 혹시 사건과 관련……."

"관계없어요. 그건 그냥 지나가던 사람이에요." 레이코는 부자연스러울 정도로 매섭게 단언했다.

"……그, 그런가요." 레이코의 기세에 압도된 듯이 미즈노 리사는 입을 다물었다.

기묘한 침묵이 일동을 감싸는 가운데, 가자마쓰리 경부가 "어흠"

하고 작게 헛기침을 했다.

"하던 이야기로 돌아가지. 우리들이 알고 싶은 것은 기도 시즈카 양의 교우 관계야. 여기에 있는 사람 말고 그 밖에 또 기도 씨와 관계가 깊었던 인물이 짐작되나?"

회장인 니시다 마유미가 집게손가락을 세우며 말했다. "그렇다면 딱 한 명 짚이는 사람이 있어요. 데라오카 고지라는 사람이에요."

"호오, 그 데라오카 씨라는 사람은 어떤 사람이지?"

"이 영화연구회의 전 회장이었던 사람이에요. 올해 봄에 졸업해서, 지금은 은행에 근무하고 있어요."

기도 시즈카는 데라오카 고지를 남몰래 좋아하고 있을 것이라고, 니시다 마유미는 확신을 가진 어조로 형사들에게 말했다.

"어째서 그렇게 생각하지?"

진지한 얼굴로 묻는 레이코에게 니시다 마유미는 "여자의 감이에요."라고 한마디로 대답했다.

4

레이코와 가자마쓰리 경부가 데라오카 고지와 대면한 것은 다음 날 화요일. 장소는 구니타치가 자랑하는 중심가인 다이가쿠 길에 접한 카페다. 레이코와 가자마쓰리 경부는 소극적인 일반인들이라면 꺼려할 만한 오픈 테라스 한복판에 당당히 앉아서 데라오카의 도착을 기다렸다.

은행원인 데라오카하고는 점심시간을 이용해서 여기서 만나기로 약속을 잡았다. 서로 처음 만나지만 이쪽은 '오픈 테라스에 앉아 있는 하얀 슈트의 남자와 검은 슈트의 미인'이라고 전해두었으니, 착각할 가능성은 한없이 제로에 수렴했다.

약속한 시각보다 몇 분 늦게 한 청년이 형사들의 테이블에 다가왔다.

"오래 기다리시게 해서 죄송합니다. 구니타치 경찰서 분들이죠?"

그렇게 말하며 정중하게 인사하는 데라오카 고지는 한여름인데도 감색 슈트 차림이었다. 착실히 넥타이까지 매고 있는 모습이 아주 견실한 은행원이란 느낌을 주었다. 키는 큰 편이고, 몸집도 탄탄하다. 햇볕에 그을린 매서운 얼굴. 머리카락은 짧게 잘랐다. 빙그레 미소를 지으면 부자연스러울 정도로 하얀 이가 입술 사이로 엿보였다.

자리에 앉고서 아이스커피를 주문한 그는, 다시 한 번 형사들 앞에 자신을 소개했다.

"데라오카 고지라고 합니다. 죽은 기도 시즈카 씨에 관해서 묻고 싶으신 일이 있다더군요. 저도 그 사람의 죽음에는 큰 충격을 받았습니다. 제가 할 수 있는 일이라면 뭐든 협력하겠습니다. 뭐든 물어보세요."

백점 만점의 대응을 보이는 데라오카를 바라보면서 레이코는 문득 이 남자가 진범은 아닐까 하고 근거 없이 그렇게 생각했다. 이런 비뚤어진 생각을 하게 된 것은 가자마쓰리 경부의 영향일까, 아니면 집사인 가게야마 탓일까. 어느 쪽이라도 레이코의 눈에는 데라오카 고지라는 남자가 방심할 수 없는 인물로 비쳤다.

레이코는 무도수 안경을 밀어 올리고 눈앞에 앉아 있는 데라오카에게 의혹의 시선을 퍼부었다. 이런 식으로 형사들에게서 시선을 받으면 대부분 사람들은 잘못한 것이 없더라도 자기도 모르게 눈을 돌리는 법이다. 그러나 데라오카라는 이 남자는 상당히 유들유들한 성격인지, 오히려 레이코의 눈을 빤히 정면으로 바라봤다. 눈을 돌리면 지는 거라며 레이코도 고집을 가지고 쏘아보지만, 저쪽도 결코 시선을 돌리려 하지 않는다. 결국 두 사람의 눈싸움은 주문한 아이스커피가 나올 때까지 이어졌다.

레이코는 더더욱 데라오카라는 인물에 대해 경계심이 강해졌다.

긴장감이 떠도는 가운데, 우선은 가자마쓰리 경부가 질문의 포문을 열었다.

"데라오카 씨는 돌아가신 기도 시즈카 씨와는 친하신 것 같더군요."

"글쎄요, 친했다고 말할 수 있을지 어떨지. 대학 시절의 영화연구회 선후배 사이이긴 합니다만."

"어라, 그러십니까? 두 분은 사귀고 계셨다고 들었는데요."

"사귀고 있었다고 할 정도로는……. 뭐, 졸업한 뒤에도 몇 번인가 둘이서 만날 기회는 있었지만요. 예를 들면 휴일에 같이 영화를 보러 간다든가 하는 일은 있었습니다."

"호오. 독신 남녀가 휴일에 영화라. 많은 사람들은 그것을 데이트라고 부르지 않던가요?"

가자마쓰리 경부가 독자적인 견해를 이야기했다. 데라오카 고지는 떨떠름하게 그 생각을 수긍했다.

"뭐, 그렇게 생각하신다면 딱히 부정은 하지 않겠습니다."

그러고 보니 어제 낮에 미즈노 리사가 기도 시즈카를 발견한 것은 다치카와 역 앞 카페였다. 그 가게 근처에는 다치카와 시와 주변 주민들에게 친숙한 멀티플렉스 영화관이 있다. 카페에서 당황하며 나간 기도 시즈카는 그 걸음으로 데라오카 고지와 만날 장소로 서둘러 이동한 것이 아닐까.

경부도 같은 가능성을 생각한 것인지 에둘러 질문을 던졌다.

"최근에 기도 시즈카 씨와 만나신 것은 언제쯤입니까?"

"보름 정도 전에 만난 것이 마지막이었을 겁니다. 역시 둘이서 영화를 봤죠."

"어제는 만나지 않으셨군요." 경부가 노골적으로 물었다.

"만나지 않았습니다." 데라오카는 단호히 부정했다.

"만일을 위해서 묻겠습니다만, 어젯밤에는 어디서 무엇을 하셨나요?"

"혹시 알리바이 조사입니까, 형사님? 하지만 저는 독신에 자취를 하는 몸이라, 휴일 밤에는 대개 집에 혼자 있는 경우가 많습니다. 네, 어제도 그랬습니다. 그러니까 알리바이라고 부를 만한 것은 없군요. 그렇다고 해서 의심받는 것은 유감스럽습니다."

"아뇨, 결코 의심하는 것은 아닙니다."

그렇게 말하면서도 경부는 강한 의혹의 시선을 눈앞의 남자에게 쏟았다. "그런데 피해자의 몸에서는 신발이나 벨트에 안경, 펜던트, 헤어밴드 같은 다양한 소지품이 사라져 있었습니다. 범인은 왜 이런 짓을 했을까요? 데라오카 씨는 그 점에 대해 뭔가 떠오르신 것은 없습니까?"

"글쎄요. 잘 모르겠습니다만, 소지품 중에 뭔가 특별한 의미를 가진 물건이 있었던 것이 아닐까요? 예를 들면 특별히 값나가는 물건이 있었다든가 아주 희귀한 물건이 있었다든가. 그렇지, 어쩌면 범인이 선물했던 물건을 그 여자가 가지고 있었는지도 모르죠. 그 물건을 시체에 남겨두고 가면 그 선물을 준 사람에게 경찰의 의혹의 시선이 향할지도 모른다. 그것을 염려한 범인이 그 물건을 시체로부터 가져가려고 했다. 하지만 그 물건만 가지고 가면 오히려 눈에 띄니까 관계없는 다른 물건들까지 전부 가지고 갔다······. 그런 일은 충분히 있을 수 있지 않을까요?"

"그렇군요. 범인이 피해자에게 준 선물이라······. 흠, 역시 생각하는 것은 누구나 같군요. 저희도 그런 가능성을 생각하고 있었습니다."

그렇게 경부는 새침한 얼굴로 데라오카의 견해에 편승했다. 가능성 있는 아이디어라면 그것이 부하의 것이든 용의자의 것이든 탐욕스럽게 자기 것으로 만든다. 그런 가자마쓰리 경부는 우수하지는 않지만 최강의 수사관일지도 모른다.

이윽고 대강의 질문을 끝낸 가자마쓰리 경부는 옆에 앉은 레이코에게 고개를 돌렸다.

"호쇼 형사, 자네 쪽에서 뭔가 묻고 싶은 것은 없나?"

레이코는 좋은 기회라고 생각하고 가슴에 응어리져 있던 생각을 데라오카에게 밝히기로 했다.

"저기, 조금 엉뚱한 질문이 되겠습니다만, 제 얼굴에 뭐라도 묻었나요? 조금 전부터 제 얼굴을 빤히 보고 계시는데, 뭔가 신경 쓰이는 점이라도 있으신가요?"

그러자 데라오카는 아주 당황하는 눈치로 레이코의 얼굴에서 황급히 고개를 돌렸다.

"아, 아뇨. 별것 아닙니다. 그냥 아름다운 눈을 갖고 있구나, 라고 생각한 것뿐이고……. 죄송합니다."

중얼거리듯이 대답하더니 데라오카는 미안하다는 듯 입을 다물고 고개를 숙이는 것이었다.

5

그날 밤. 구니타치 시의 한쪽에 떡하니 자리 잡고 있는 호쇼 저택. 그 쓸데없이 넓은 거실에서.

호쇼 레이코는 저녁 식사를 마친 뒤, 와인글라스를 한 손에 들고 우아하게 유유자적한 한때를 보내고 있었다. 소파 위에 나른하게 앉아 있는 레이코는 낮의 복장과는 딴판인 핑크 원피스에 머리 뒤로 묶었던 긴 머리카락도 지금은 호쇼 가의 아가씨답게 늘어뜨리고 있다.

그런 레이코는 글라스의 레드 와인을 한 모금 마시고 별 생각 없이 거실을 둘러보았다. 그러자 레이코의 시야 가장자리에 낯선 물체가 갑자기 날아들었다. 그것은 초등학생이 쏙 들어갈 정도의 거대한 항아리였다. 표면에는 이마리(伊万里)나 가라쓰(唐津)의 명품 도자기처럼 푸른 문양이 그려져 있다. 레이코는 소파에서 일어나서 그 낯선 항아리를 향해 다가가면서 곁에 있는 집사에게 물었다.

"저기, 가게야마. 뭐야, 이 이상한 항아리는. 누군가에게 받은 물건이야?"

턱시도 차림의 가게야마는 레이코의 말을 듣자마자 "아아, 아가씨……"라며 너무나 유감이라는 표정으로 고개를 좌우로 저었다.

"역시 잊고 계시군요."

가게야마의 의미심장한 말에 레이코는 등 뒤에 식은땀이 흐르는 것을 느꼈다. "…… 서, 설마."

"그 '설마'입니다. 아가씨는 어제 다치카와에서 단위가 다른 쇼핑을 하셨습니다. 그때 앤티크 숍에서 흑단 테이블을 구입하셨지요."

"응, 그건 확실히 기억하고 있어."

"그 지불을 끝내기 직전에 아가씨는 우연히 눈에 들어온 거대한 항아리를 가리키면서 '이것도 같이'하며 즉시 구입하셨습니다. 마치 편의점 계산대에서 옆에 있는 껌을 겸사겸사 구입하는 것처럼 가볍게. 기억 못하십니까?"

"거, 거짓말……." 레이코는 머리를 끌어안았다. "전혀 기억이 나지 않아……. 정말로 내가 샀어?"

쇼핑은 레이코의 취미이지만, 특히 쇼핑열이 높아졌을 때에는 자기도 어디서 뭘 샀는지 기억하지 못할 때가 있다. 보통은 그러기 전에 옆에 있는 가게야마가 '이상 쇼핑 주의보'를 발령해서 레이코의 쇼핑열을 식혀주지만, 어제는 그의 주의보도 효과가 없었던 듯하다.

레이코는 자신의 행위에 공포를 느꼈다.

"내가 한 일이라지만 믿을 수가 없어. 애초에 이런 센스 없는 항아리를 대체 어디에 장식할 거야."

"그것은 제가 묻고 싶습니다. 대체 아가씨는 이것의 어디가 마음에 들어서 구입하셨는지요? 이런 센스 없는 항아리……."

"무슨 소리야, 가게야마. '센스 없는 항아리'라니!"

"허어, 아가씨가 직접 말씀하지 않았습니까."

"난 괜찮아. 하지만 당신이 말하는 건 안 돼!"

레이코는 복잡한 심경을 엿보이면서 다시 한 번 그 항아리를 바라보았다.

"흠, 가만히 보니 꽤나 아름다운 항아리잖아. 이 유약의 광택 같은 걸 봐도 상당히 잘 만들어졌어. 장래에 가격이 오를지도 몰라. 가게야마, 깨지지 않도록 잘 장식해둬. 당신의 침실 같은 곳이라든가, 어딘가에."

"알겠습니다. 그러면 아가씨의 눈이 닿지 않는 어딘가 먼 장소에."

"그래. 그렇게 해줘." 레이코는 기분 나쁜 기억을 털어버리려는 듯이 항아리에서 고개를 돌렸다. "그러고 보니 어제 다치카와 역에서 우리들이 쇼핑하는 모습을 카틀레아 대학 여대생이 봤대. 경부 앞에서 내 정체가 까발려지는 게 아닐까 하고 안절부절못했지 뭐야. 결국 들키는 일은 없었지만."

"카틀레아 대학……." 그렇게 중얼거린 가게야마의 눈동자가 은테 안경 아래서 번뜩 하고 빛났다. "그 대학의 여대생이 목이 졸려서 살해당한 사건이 있지 않았던가요? 그런 뉴스를 낮에 〈와이드 쇼〉 프로그램에서 본 기분이 듭니다만."

"그래, 그 사건이야." 이 남자, 또 오늘도 텔레비전을 보고 있었구나. 레이코는 어처구니없었지만 가게야마의 힘을 빌리고 싶은 마음에 그의 관심을 끌 듯이 진지한 목소리로 말을 이었다. "그게 말이지, 아주 기묘한 사건이야. 피해자는 소지하고 있던 다양한 물품을 범인에게 빼앗겼어. 덕분에 범인이 진짜로 무엇을 빼앗아 가고 싶었는지 알 수 없게 됐어. 그 여자는 뭘 빼앗긴 걸까……."

레이코는 거드름 피우듯이 이야기 도중에 말을 멈추고 집사를 본다. 그러자 가게야마는 자신의 가슴 앞에 손을 대고, 집사답게 조심스러운 태도로 레이코에게 말했다.

"아가씨, 괜찮으시다면 사건에 대해서 자세히 말씀해주실 수 있겠습니까? 그렇게 해주시면 이 가게야마도 조금은 아가씨에게 도움이 될 것이라 생각합니다만."

"알았어. 이야기해줄 테니, 잘 들어."

집사에게 특별한 상을 내리는 것처럼, 레이코는 사건의 상세한 내용을 이야기하기 시작했다.

그 뒤로 한동안의 시간이 경과하고…….

레이코의 이야기를 선 채로 다 들은 가게야마는 작게 한숨을 내쉬더니 천천히 입을 열었다.

"가자마쓰리 경부님이 간파한 대로 확실히 범인의 기묘한 행동은 카무플라주이겠지요. 범인은 피해자가 지니고 있던 소지품을 전부 빼앗는 것으로 본래 목적하던 물건이 무엇인지 알기 어렵게 만든 것입니다."

"역시 그렇구나. 그래서 가게야마는 어떻게 생각해? 범인이 정말로 빼앗고 싶었던 물건은 대체 뭐야? 신발, 벨트, 안경, 헤어밴드, 손목시계, 아니면……."

"아뇨, 그런 것이 아닙니다. 좀 다른 것입니다."

"다른 것이라니, 뭔데? 설마 범인이 피해자에게 빼앗은 것은 '목숨'이라는 둥 하는 소릴 하는 건 아니겠지? 미안한데 나는 그런 멋들어진 해답은 기대하지 않아."

"아뇨, 저는 그런 시시한 해답 같은 건 생각도 하지 않고 있었습니다."

시시하다니 무슨 소리야! 자기도 모르게 언짢아지는 레이코를 본체만체하며 가게야마는 자신의 이야기를 계속한다.

"피해자가 빼앗긴 것은 좀 더 구체적인 물건입니다. 그 정체는 아가씨께서 말씀하신 내용으로 보아 이미 빤히 보입니다만…….
이건 실례입니다만, 아가씨."

가게야마는 레이코의 얼굴을 들여다보듯이 바라보며 갑자기 그
녀에게 말했다.

"이 정도의 수수께끼로 고민하시다니, 아가씨는 정말로 도움이
안 되시는군요."

"!" 가라테 유단자가 기왓장 열 장을 깨는 듯한 충격음이 거실에
울려 퍼진다. 와지직!

문득 정신이 들고 보니 레이코의 눈앞에 어제 샀던 거대한 항아
리가 무참히 박살 나 있었다. 가게야마의 폭언을 들은 레이코가, 분
노한 나머지 주먹으로 깨뜨린 것이다. 그래도 화가 풀리지 않은 레
이코는, 집사를 향해서 삿대질을 하며 가능한 한 큰 소리로 외쳤다.

"도움이 안 된다니 무슨 소리야! 그래도 가끔씩은 도움이 된다
고!"

"예를 들면 어떤 때입니까?"

"진지한 얼굴로 묻지 말란 말이야, 멍청이~!"

때릴 것이 없는 레이코는 깨진 항아리 조각을 발로 걷어차서 그
분노를 표현했다.

"좋아, 가게야마. 그렇게까지 말한다면, 어디 한번 말해보시지.
범인이 빼앗아 간 물건의 정체를. 자, 말해봐. 당신의 눈에는 이미
빤히 보인다?"

"진정하십시오, 아가씨. 그렇게 감정적으로만 대응하지 마시고 냉정하게 생각해주십시오."

"그러니까 뭘 어떻게 생각하라는 거야."

"아가씨의 말씀 중에 가장 주목해야 할 점은, 역시 사건 당일 낮에 미즈노 리사가 기도 시즈카와 만났던 카페 에피소드일 겁니다."

"카페에서 기도 시즈카의 눈치가 이상했었다는 이야기구나. 확실히 신경 쓰이는 이야기이긴 한데, 뭔가 특별한 의미가 있나?"

"있습니다, 중대한 의미가."

가게야마는 조용히 고개를 끄덕이고서 말을 이었다. "카페에서 기도 시즈카의 기묘한 행동은 특히 카페를 떠날 때에 아주 현저했습니다. 이 장면에서 기도 시즈카는 눈앞의 빈 글라스를 제대로 쥐지 못했고, 아무것도 없는 통로에서 넘어졌습니다. 가게를 나서는 발걸음도 비틀거리는 기미여서 어쩐지 못 미더워 보였다죠. 이것들은 어떤 한 가지 사실을 나타내주는 것이라 생각됩니다. 아시겠습니까, 아가씨?"

"기도 시즈카는 앞이 잘 보이지 않았다. ……그런 얘기 아니야?"

"어라?" 가게야마는 의외라는 듯이 눈을 껌뻑였다. "깨닫고 계셨군요, 아가씨."

"바보 취급하지 마. 그 정도는 알아. 그렇다고밖에 생각할 수 없잖아. 하지만 문제는 그 다음이야. 확실히 기도 시즈카는 상당한 근시였던 모양이지만, 찻집에서 그 여자의 눈은 제대로 보이고 있었을 거야. 그도 그럴 것이 그 여자는 평소대로 안경을 쓰고 있었으니까. 눈이 잘 보이지 않았다는 건 이상해."

"글쎄요, 그 부분이 생각해봐야 할 부분입니다. 그 여자는 확실히 안경을 끼고 있었습니다. 하지만 그건 정말로 평소대로였을까요?"

"아, 그런가."

레이코는 짝 하고 손뼉을 쳤다. "기도 시즈카는 평소와는 다른 안경, 렌즈 도수가 안 맞는 안경을 쓰고 있었다. 그래서 그 여자는 앞이 잘 보이지 않았다. 그런 가능성도 생각해볼 수 있을까. 아, 하지만 소용없어, 가게야마. 안경을 낀 기도 시즈카의 모습을 미즈노 리사는 가까이에서 봤어. 기도 시즈카의 안경이 평소 애용하던 무테 안경이었다는 것은 그 여자의 이야기에서 밝혀졌어. 애초에 평소의 안경과 다른, 도수가 맞지 않는 안경 같은 걸 일부러 쓰는 건 의미가 없잖아."

"말씀대로 찻집에서 기도 시즈카가 끼고 있던 무테 안경은 평소에 그 여자가 애용하던 물건이었겠지요. 렌즈의 도수도 맞았을 겁니다. 그럼에도 불구하고 그것을 낀 기도 시즈카의 시력은 평소대로가 아니었다. 이것은 어떻게 된 일이라 생각하십니까?"

"……." 레이코는 말없이 고개를 좌우로 저을 수밖에 없었다.

가게야마는 자신의 질문에 답하지 않고, 자신의 가설을 다른 방향으로 전개해갔다.

"그런데 미즈노 리사가 증언한 카페에서의 에피소드 중에는 기도 시즈카의 특징적인 행동이 하나 더 이야기됐습니다."

"특징적인 행동? 뭘 말하는 거야?"

"미즈노 리사를 응시하는 기도 시즈카의 시선이 위를 올려다보는, 치뜨고 바라보는 시선이었다는 것입니다. 게다가 그 눈동자가 약간 젖어 있는 것처럼 보였다고 했지요. 이것은 대체 무엇을 의미하는 걸까요."

"으음." 레이코는 이마에 손을 대고 생각했다 '촉촉하게 젖은 눈으로 칩떠보는 시선'이라면 그것은 사랑에 빠진 여자가 좋아하는 남자의 마음을 한순간에 사로잡기 위한 고도의 테크닉이다. 레이코도 사랑에 설레던 소녀 시절, 높은 위치에 고정한 거울을 향해 몇 번이고 '능숙한 치켜뜨고 바라보기' 특훈을 한 적이 있다. 그러나 여대생이 여자 후배를 치뜨고 바라봐서 대체 무슨 효과가 있는 걸까. 그것은 레이코도 의문이다. "으음, 잘 모르겠어. 가게야마는 어떻게 생각해?"

"일반적으로 '촉촉하게 젖은 눈으로 치뜨고 바라보는 시선'이라고 하면 여성이 남성에게 교태를 부리기 위한 싸구려 테크닉입니다. 아가씨처럼 고귀한 분과는 인연이 없다고 생각합니다만."

"그그, 그렇지. 화, 확실히 내가 그런 시선으로 남성에게 교태를 부리는 일은 있을 수 없지."

"그렇고말고요. 아가씨께서 그런 경박한 행동을 하셨다는 걸 알면, 분명히 주인 어르신께서 한탄하실 것이 틀림없습니다."

가게야마는 입술 끝으로 히죽 하고 미소를 보인 뒤에 말을 이었다. "하던 이야기로 돌아가겠습니다만, 같은 대학 선배인 기도 시즈카가 후배인 미즈노 리사에게 그런 시선으로 교태를 부릴 필요는 없습니다. 게다가 기도 시즈카는 안경을 쓰고 있었으니 더욱 그렇습니다."

"응?! 안경이 어쨌다는 거야. 치뜨고 바라보는 시선하고는 상관없잖아?"

"아뇨. 큰 상관이 있습니다. 아가씨는 일하는 중에 안경을 쓰고 계십니다만, 그것은 무도수 안경입니다. 그러니까 감이 안 오는 것도 무리는 아닙니다. 그러나 기도 시즈카의 안경은 근시를 교정하기 위한 안경입니다. 이것을 쓰고 상대를 치뜨고 바라보면 어떻게 되는가. 시선이 안경테를 벗어난 윗부분으로 가게 됩니다. 이러면 렌즈를 통해서 상대를 볼 수 없습니다."

가게야마는 상체를 굽히면서 자신의 은색 안경테에 손가락을 댔다. 거기서 그는 안경을 조금 아래로 흘러내리게 하고는 레이코를 치뜨고 바라봤다. 확실히 그의 시선은 안경 프레임 밖을 통해서 레이코에게 쏟아지고 있다.

"이래서는 렌즈의 의미가 없습니다. 당연히 시력도 교정되지 않습니다. 근시는 근시인 상태 그대로입니다. 지금 제 눈에 아가씨의 모습은 흐리멍덩하게 비칠 뿐입니다."

"그렇겠네. 응, 잘 알았어."

"그럼에도 불구하고 기도 시즈카는 일부러 그렇게 후배의 얼굴을 응시했습니다. 어째서 기도 시즈카는 일부러 보기 힘든 형태로 상대를 보려고 했을까요? 게다가 왜 안경을 쓴 상태이면서도 마치 앞이 잘 안 보이는 것처럼 글라스를 잡는 데 실패하거나 통로에서 넘어지고서 비틀거리며 떠나갔던 걸까요. 아시겠습니까, 이 의미를?"

"아니, 전혀 모르겠어. 어떻게 된 일이야? 기도 시즈카의 안경에 뭔가 이상이 있었다는 거야?"

"아뇨, 안경에는 이상이 없습니다. 그것은 그 여자가 평소에 애용하던 안경입니다."

"그렇다면 어째서……."

"간단합니다." 그렇게 말하며 가게야마는 의외의 말을 했다. "문제의 카페에 있을 때에 기도 시즈카는 콘택트렌즈를 끼고 있었던 것입니다. 그래서 그 여자의 눈에는 잘 보이지 않을 것이 보이고, 한편으로 잘 보여야 할 것이 보이지 않았습니다. 그렇게 생각됩니다."

"어, 뭐라고?! 무슨 의미인지 모르겠어. 콘택트렌즈라니?! 농담이겠지. 기도 시즈카는 안경을 끼고 있었잖아. 게다가 그 여자의 시체에서는 콘택트렌즈 따윈 발견되지 않았을 거야……. 아, 그렇구나!"

이야기가 여기에 이르러서야 레이코는 눈앞을 가리던 것이 떨어져 나간 기분이었다. 아니, 눈에서 콘택트렌즈가 떨어진 기분이라고 해야 할까. 어쨌든 진실에 눈을 뜬 기분이 들었다. 아연실색하는 레이코의 모습을 바라보면서 가게야마는 느긋한 어조로 한 가지 진상을 말했다.

"이제 아셨군요, 아가씨. 기도 시즈카의 시체에서 범인이 진짜로 빼앗고 싶었던 것. 그것은 구두나 벨트나 안경이 아닙니다. 그것은 그 여자의 눈 안에 있던 두 장의 콘택트렌즈였던 것입니다."

레이코는 소파에 앉고서 "즉"이라고 운을 떼며 눈앞의 집사에게 질문했다.

"그 카페에서 기도 시즈카는 두 눈에 콘택트렌즈를 낀 상태였고, 거기에 애용하던 안경까지 쓴 채로 미즈노 리사와 대화를 나누고 있었다. 그런 이야기지, 가게야마?"

"말씀하신 대로입니다. 콘택트와 안경, 두 종류의 렌즈를 장착한 기도 시즈카는 주위의 광경이 심하게 일그러져 보였을 겁니다. 그래서 그 여자는 눈앞의 글라스를 집어 드는 데 실수하고, 통로에서 넘어지고, 비틀거리는 발걸음으로 서둘러 떠나갔던 것입니다."

"미즈노 리사를 치뜨고 바라봤던 것은 그쪽이 보기 편했기 때문이구나. 콘택트렌즈를 낀 그 여자에게는 안경의 렌즈를 통하지 않고 보는 쪽이 상대가 잘 보였어."

"네. 참고로 그 여자의 눈동자가 젖어 있던 것은, 이중으로 렌즈를 거쳐 사물을 보는 탓에 눈동자에 부담이 갔기 때문입니다. 그렇게 생각하면 설명이 됩니다."

확실히 가게야마의 말대로 기도 시즈카가 콘택트렌즈를 끼고 있었다고 생각하면 그녀가 보인 부자연스러운 행동은 설명이 된다. 틀림없다. 범행 당일, 미즈노 리사가 카페에서 만난 기도 시즈카는 콘택트렌즈를 끼고 있었던 것이다. 그렇다면 그녀가 그 콘택트렌즈 위에 안경을 낀 이유도 레이코는 막연하게 짐작이 갔다.

"기도 시즈카는 콘택트렌즈를 하고 있는 모습을, 즉 평소와는 인상이 다른 자신의 모습을 아는 사람에게 들키고 싶지 않았던 거구나. 하지만 그 여자는 카페에서 운 나쁘게도 후배인 미즈노 리사와 만나고 말았어. 거기서 그 여자는 애용하던 안경을 가방에서 꺼내 쓰고서 평소의 자신을 가장했지. 눈앞에 보이는 것들이 다소 일그러져 보인다고 해도 콘택트렌즈를 쓰고 있는 것을 들키는 것보다는 낫다. 그 여자는 그렇게 판단했던 거야."

"말씀대로입니다. 거기까지 아셨다면 그 뒤로는 간단하겠지요. 기도 시즈카는 왜 평소에는 쓰지 않는 콘택트렌즈를 끼고 다치카와 역 앞에 있었는가. 그리고 어째서 그 일을 후배에게는 비밀로 하려고 열심이었는가."

"남자구나." 레이코는 확신을 가지고 단언했다. "영화연구회 사람들의 말에 의하면 기도 시즈카란 여자는 그럭저럭 미인이면서, 어딘지 모르게 보수적이고 수수한 인상의 여자였던 것 같아. 안경은 그런 그 여자의, 말하자면 상징 같은 아이템이었지. 하지만 그런 기도 시즈카도 좋아하는 남자와 만날 때에는 애용하던 안경을 벗고 콘택트렌즈를 꼈던 거구나. 일요일의 다치카와 역 앞에 있던 그 여자는 좋아하는 남자와 만나기 직전이었던 거야. 틀림없어."

"뭐, 아가씨 정도의 확신은 품을 수 없지만 저도 같은 의견입니다. 젊은 여자가 평소에 끼지 않는 콘택트렌즈를 끼고 몰래 만날 상대라면 가장 먼저 떠오르는 것은 연인이겠지요. 그렇다면 평소에는 안경을 애용하던 여자가 콘택트렌즈를 낀 상태에서 살해당했다면 그것을 경찰은 어떻게 판단할 것인가……."

"여자는 연인과 만나던 중에 살해당했다. 경찰은 그렇게 생각하겠지. 살인 용의는 가장 먼저 피해자의 연인을 향하게 돼."

"아마 이 범인도 그것을 우려했던 것이겠지요. 그래서 범인은 시체에서 콘택트렌즈를 빼서 가져갔습니다. 피해자는 맨눈이 됩니다. 수사가 시작되면 경찰은 금세 피해자가 안경 이용자라는 것을 알겠지요. 당연하게 경찰은 이렇게 생각합니다. 범인은 피해자의 안경을 빼앗아 갔다고. 반대로 콘택트렌즈를 빼앗아 갔다는 진실로부터는 멀어집니다. 그것이 범인의 노림수라고 생각됩니다."

"그렇구나. 거기에 범인은 신발이나 벨트, 가방 같은 관계없는 물건까지 피해자의 몸에서 가지고 갔어. 그건 경찰의 주목이 피해자의 눈에 집중되는 것을 피하기 위한 행위, 요컨대 카무플라주가 틀림없구나."

"네. 틀림없습니다. 실제로 경찰은 범인이 피해자에게서 무엇을 빼앗고 싶었는지 알 수 없었습니다. 범인의 카무플라주는 나름대로 효과를 발휘하고 있었습니다."

"하지만 그런 귀찮은 짓을 하는 것보다, 범인은 콘택트렌즈를 빼낸 뒤에 시체에 안경을 씌워두면 되는 거 아니었어? 피해자의 안경은 분명히 가방 안에 있었을 거야. 기도 시즈카가 카페에서 끼고 있던 멋진 안경이."

"말씀대로입니다. 하지만 이 범인에게는 그 발상이 없었습니다. 아마도 이 범인은 안경도 콘택트렌즈도 사용해본 적 없는, 시력이 좋은 사람이겠지요. 그래서 콘택트렌즈를 사용하는 사람은 만일을 위해 가방 안에 안경을 가지고 다닌다는 흔한 발상에 이르지 못했고, 때문에 범인은 가방 안에 있는 안경을 알아차리지 못했던 것이라고 여겨집니다."

"그렇구나. 즉, 범인은 기도 시즈카의 연인이고, 아마도 눈이 나쁘지 않을 것이다……."

그 조건에 딱 맞는 인물의 이름이 레이코의 머리에 순식간에 떠올랐다.

"범인은 데라오카 고지구나. 그 남자는 몰래 기도 시즈카와 사귀고 있었어. 아마 눈도 좋을 거야."

"영화연구회의 스즈하라 도시키에 대해서는 생각하지 않으셔도 괜찮겠습니까?"

"그 남자?! 아니, 스즈하라 도시키는 아니야. 그 남자는 안경을 낀 기도 시즈카와 동아리 안에서 몇 번이나 얼굴을 마주했을 거야. 그렇다면 기도 시즈카가 스즈하라 도시키와 데이트할 때에 일부러 콘택트렌즈를 끼는 의미가 없어. 미즈노 리사에게도, '이제부터 스즈하라하고 데이트할 예정이야'라고 시원하게 말할 수 있었을 거야. 하지만 두 사람은 동아리 안에서 공인된 사이였는걸. 따라서 스즈하라 도시키는 범인이 아니야. 범인과 피해자의 관계는 좀 더 감춰진 것이었을 거야. 데라오카 고지야말로 범인으로 합당해. 가게

270

아마도 그렇게 생각하지?"

일방적으로 동의를 구하는 레이코에 대해, 가게야마는 신중한 태도로 입을 열었다.

"으음, 확실히 저도 데라오카 고지가 유력한 용의자임은 부정하지 않습니다. 하지만 솔직히 말씀드리자면 이번 사건에서 제가 확신을 가지고 추리할 수 있는 것은 두 가지. 범인이 피해자의 콘택트렌즈를 빼앗아 갔다는 것과 범인이 피해자의 교제 상대라는 것, 이 두 가지뿐입니다. 그 범인이 데라오카 고지일 가능성은 확실히 높습니다. 하지만 스즈하라 도시키일 가능성이 제로인가 하면 그렇다고는 말할 수도 없겠죠. 혹은 아직 수사선상에 오르지 않은 다른 교제 상대가 없다고 단언할 수도 없습니다."

"엑, 그런 말을 하면 영원히 범인을 잡을 수 없어. 기도 시즈카를 죽인 진범은 아마도 데라오카 고지가 틀림없을 거라는 기분이 들어!"

"아가씨, '아마도 ~한 기분이 든다' 정도의 확증밖에 없다면 아마도 범인은 체포할 수 없을 거라는 기분이 듭니다."

"아, 알고 있어. 그렇게 빈정거리지 마!"

레이코는 소파 위에서 팔짱을 끼면서 잠시 눈을 감고 생각한다. 데라오카 고지가 진범임을 밝힐 확실한 증거는 없는가. 혹은 그 남자의 증언에 결정적인 모순점은 없었는가. 그런 것을 생각하던 레이코의 뇌리에, 그때 하늘의 계시처럼 번뜩 떠오르는 생각이 있었다.

레이코는 눈을 뜨고 뭔가를 꾸미는 것처럼 빙그레 웃음을 지으며 집사를 보았다.

"좋은 생각이 하나 떠올랐어. 그 남자가 범인인지 아닌지, 그 남자가 자기 입으로 이야기하게 만들면 돼."

"그렇군요. 데라오카 고지를 구니타치 경찰서의 취조실에 강제로 끌고 간 뒤에 고문 같은 난폭한 취조를 해서 강제로 자백을 받아낸다는 방법이군요. 하지만 아가씨, 그런 방법은 누명을 씌우는 것이나 마찬가지입니다. 여러 가지로 비판이 많지 않을까 합니다만……."

"누가 그런 바보 같은 짓을 한다는 거야!"

레이코가 일갈하자 집사는 가슴을 쓸어내리면서 안도의 숨을 내쉬었다. "그 말씀을 듣고 안심했습니다. 그러면 아가씨는 어떻게 하실 생각이십니까?"

"그렇게 대단한 방법은 아니야. 그 남자에게 질문을 하는 것뿐이야. 이야기는 1분이면 돼."

그렇게 말하며 레이코는 거실 시계로 시선을 던졌다. 시곗바늘은 이미 오후 11시를 지나 있었다. 레이코는 소파에서 일어나서 기지개를 켜면서 작은 하품을 한 번 했다. 그리고 곁에 있는 집사에게 말했다.

"오늘은 밤이 늦었으니 다음은 내일 아침에 하자. 그때는 가게야마도 같이 가. 내가 사건을 해결할게. 두 번 다시 '도움이 안 된다'는 말은 못하게 될 거야!"

"그건 정말 기대되는군요. 그러면 수수께끼 풀이는 아침 식사 후에……."

"그래, 이번에는 그렇게 하자!" 고개를 끄덕인 레이코는 가게야
마를 향해 의미심장한 미소를 지었다. 그리고 레이코는 내일까지
못 기다리겠다는 듯이 뛰는 듯한 발걸음으로 거실을 나갔다.

                                        6

그리하여 다음 날 아침 8시를 지났을 무렵. 호쇼 저택에서 아침
식사를 마친 레이코는 가게야마가 운전하는 리무진으로 구니타치
모처에 있는 주택가에 나타났다. 가장 중요한 용의자인 데라오카
고지가 사는 아파트는 눈앞의 비좁은 골목으로 들어가자마자 나타
났다. 조수석에 앉은 레이코는 검은 팬츠 슈트에 검은 테 무도수 안
경이라는 '호쇼 형사' 옷차림으로 문제의 아파트 3층 바깥 복도를
응시하며 입을 열었다.

"성실한 은행원이라면 슬슬 출근할 시간일 텐데."

그렇게 중얼거리는 레이코에게 운전석의 가게야마가 "그러면 아
가씨, 이것을 가지고 가십시오"라고 말하며 두 개의 아이템을 내밀
었다. 그것들을 빤히 바라보면서 레이코는 살짝 고개를 끄덕였다.

"펜던트하고 보청기?" 그렇다고밖에 생각되지 않는다. "펜던트
만 받을게."

"아닙니다, 아가씨. 잘 보십시오. 이 펜던트는 고성능 집음 마이

크입니다. 물방울 모양의 펜던트 헤드가 주위의 소리를 모읍니다. 보청기처럼 보이는 것은 고성능 리시버입니다. 귀에 꽂고 사용하십시오. 제 목소리가 아가씨의 귀에 직접 전달됩니다."

"허어, 이걸 사용하면 나와 가게야마가 몰래 이야기를 할 수 있다는 거구나." 레이코는 물방울 형태의 펜던트 헤드를 빤히 바라본 뒤에 "필요 없지만, 받을게!"라고 마이크를 향해 큰 소리로 외쳤다. 운전석의 가게야마가 귀를 막으면서 10센티미터는 펄쩍 뛰어올랐다.

"펴, 평소대로 말씀하십시오, 아가씨. 작은 목소리로도 충분히 잘 들리니까요……."

"정말로 고성능이구나~." 레이코는 감탄하면서 기쁜 듯이 펜던트를 목에 걸었다.

그러자 그때 3층 복도에서 문을 여는 기척이 느껴졌다. 이어서 한 남자가 복도에 모습을 드러냈다.

"데라오카야!" 레이코는 긴장한 목소리로 말하며 조수석 문을 열었다. "다녀올게."

조심하십시오, 라고 말하는 가게야마의 목소리를 뒤로 하고 레이코는 리무진을 뛰어나갔다. 눈앞의 좁은 골목으로 들어가자 그 앞에 아파트 공동 현관이 있다. 종종걸음으로 현관 앞에 도착한 레이코는 고성능 리시버를 왼쪽 귀에 끼우면서 용의자의 등장을 기다렸다.

이윽고 현관의 자동문이 열렸다. 나온 것은 슈트 차림에 비즈니스 가방을 든 젊은 남자, 데라오카 고지였다. 그는 눈앞에 선 검은 팬츠 슈트의 여성을 보고 한순간 움찔하는 표정이었다. 그리고 곧바로 상황을 수습하려는 듯한 서글서글한 미소를 지으며 레이코를 바라보았다.

"아, 아니, 어제 뵌 형사님 아니십니까. 무슨 일이시죠? 이렇게 아침 일찍."

"아뇨, 특별히 뭔가 있었던 건 아닙니다. 잠깐 여쭙고 싶은 게 있어서요."

"허어, 형사님이 저에게? 무슨 일인가요?"

레이코는 데라오카 고지와의 사이를 좁히듯이 그에게 다가가면서 물었다. "어제, 말씀을 나누던 동안에 당신이 저의 얼굴을 아주 빤히 바라봤던 것이 아무래도 신경이 쓰여요. 그래서 그 일에 대해서 다시 한 번 이야기를⋯⋯."

"아아, 그것 말입니까. 솔직히 말씀드리면 그건 형사님이 깜짝 놀랄 정도로 미인이라서 반했던 것뿐입니다. 어제는 남자 형사님이 옆에 있어서 말씀드리지 못했죠."

"네?! 그러셨나요. 어머나, 그런 말씀을, 미인이라뇨⋯⋯ 우후후."

미인이라는 말에 기분이 좋아진 레이코에게 귀에 꽂힌 리시버를 통해 가게야마의 목소리가 경보를 발했다.

'아가씨, 기뻐하고 있을 상황이 아닙니다. 상대의 마음에도 없는 빈말에 넘어갔다가는 무덤을 파게 됩니다.'

알고 있어! 레이코는 작게 중얼거리고…… 웅? 마음에도 없는 빈말이라고?! 라며 고개를 갸웃거렸다.

하지만 지금은 가게야마의 말에 불평하고 있을 상황이 아니다. 레이코는 마음을 다잡았다.

"확실히 저는 구니타치 경찰서 최고의 미녀 형사일지도 모르죠. 하지만 정말로 저를 응시하고 있던 이유는 그것뿐인가요, 데라오카 씨?"

"무, 무슨 말씀이 하고 싶은 겁니까, 형사님."

"어제 당신은 제 얼굴이라기보다 저의 눈가, 특히 이 검은 안경을 빤히 보고 있었다는 기분이 듭니다. 거기서 저는 문득 생각했습니다. 혹시 제 안경이 죽은 기도 시즈카 씨의 안경과 아주 비슷했던 게 아닌가요? 그래서 당신은 제 안경을 넋 놓고 쳐다보고 말았다. 아닌가요?"

"아닙니다. 왜 제가 형사님의 안경을 넋 놓고 쳐다보겠습니까. 제가 여성의 눈가를 빤히 바라보는 것은 일종의 버릇입니다. 저는 눈이 아름다운 여성을 좋아합니다. 그것뿐입니다. 딱히 안경을 보고 있던 것은 아닙니다."

"어머, 안경 낀 여성은 싫어하시나요?"

"네?! 아뇨, 딱히 호불호는 없습니다. 게다가 형사님의 안경은 기도의 안경하고 전혀 비슷하지 않습니다. 그 여자의 안경은 형사님이 끼고 있는 것 같은 멋진 안경이 아니었어요. 마치 교무주임 선생님이 쓸 것 같은 촌스러운 안경이었으니……."

"!" 그 순간, 레이코는 마음속에서 쾌재를 불렀다. 그리고 그녀는 누구에게도 들리지 않는 작은 소리로 멀리 있는 동료에게 조용히 물었다. "……어때, 가게야마?"

'감복했습니다, 아가씨. 지금 이 순간, 그 남자는 자기 죄를 인정한 것이나 다름없습니다.'

리시버를 통해 들리는 집사의 칭찬. 레이코는 자기도 모르게 빙그레 미소를 지었다.

"교무주임 선생님 같은 촌스런 안경이라니, 정말인가요? 보름 전에 만났을 때도?"

"그야 물론……." 대답하던 데라오카의 얼굴에 당황한 빛이 떠올랐다. "아……아닌가?"

"네, 아닙니다." 레이코는 느긋하게 끄덕였다. "당신이 말하는 촌스런 안경은 당신이 올해 봄에 대학을 졸업했을 무렵에 기도 씨가 끼고 있던 안경이죠. 하지만 당신과 사귀게 된 뒤로 조금 멋을 내게 된 기도 씨는 최근 들어 멋스런 무테 안경을 애용하고 있었습니다. 데라오카 씨, 당신은 왜 그 사람의 안경이 바뀐 것을 깨닫지 못하셨죠? 기도 씨하고는 졸업한 뒤로도 이따금씩 영화 같은 것도 보던 사이잖습니까?"

"어, 어째서냐뇨……. 그건……."

"그것은 당신과 만날 때 기도 씨는 안경을 끼지 않았기 때문이죠. 눈이 아름다운 여성을 좋아하던 당신은 분명히 안경을 쓰지 않은 여자를 좋아했을 겁니다. 그래서 기도 씨는 당신의 취향에 맞춰서 당신과 만날 때만 콘택트렌즈를 사용하고 있었습니다. 그 결과, 당신은 기도 씨가 평소에 쓰는 안경이 최근에 조금 세련된 것으로 바뀐 사실을 깨닫지 못했습니다. 아닙니까, 데라오카 씨?"

"……." 데라오카는 아연실색한 채 아무 말도 없다.

"데라오카 씨, 당신은 일요일 밤에 기도 시즈카 씨를 살해했지요. 동기는 알 수 없습니다. 헤어지자는 이야기가 틀어졌다든가 단순한 치정 싸움이 살인으로 발전했다든가 하는 나름대로의 사정은 있었겠지요. 어쨌든 당신은 기도 씨를 죽이고 말았고, 그 시체를 구니타치의 건축 현장에 버렸습니다. 그리고 그때, 당신은 피해자의 두 눈에서 콘택트렌즈를 빼앗아 갔습니다. 콘택트렌즈를 남기면 피해자의 교제 상대인 자신이 용의자가 되리라고 생각했기 때문에. 어떻습니까, 데라오카 씨. 이것이 저의 추리입니다!"

'아가씨, 그건 저의 추리입니다.'

추리 도둑을 고발하는 집사의 말을 레이코는 단호하게 내쳤다. "시끄러워, 사소한 것에 트집 잡지 마! 어차피 추리에 저작권 같은 건 없잖아!"

레이코는 자기도 모르게 펜던트에 대고 외쳤다. 그런 그녀를 향해 갑자기 눈앞의 남자가 "에잇, 젠장!" 하고 내뱉으며 몸통 박치기를 날렸다. 몇 미터나 튕겨져 나간 레이코는 바닥에 엉덩방아를 찧었다. 그 틈에 데라오카 고지는 쏜살같이 골목길을 뛰기 시작했다. 레이코는 자세를 바로잡고, 펜던트를 향해 큰 소리로 외쳤다. "가게 야마! 데라오카가 그쪽으로 도망갔어!"

'허어……저보고 어떡하란 말씀인지요?'

"뭐든 상관없으니, 어떻게든 해!"

자기가 보기에도 말도 안 되는 명령이라고 생각하면서, 레이코는 도망치는 데라오카의 등을 뒤쫓았다. 그러나 양자의 거리는 좁혀지지 않는다. 자포자기한 살인범을 이대로 놓치게 된다면 대체 어떤 처벌이 기다리고 있을까. 그것은 '호쇼 그룹'의 힘으로 무마할 수 있는 종류일까.

암담해하는 레이코의 눈에서 데라오카의 등이 멀어져간다. 그러나 그 등이 좁은 골목 밖으로 뛰어나가려고 하는 그 순간! 갑자기 나타난 리무진이 전장 7미터의 차체로 그 좁은 골목을 완벽하게 가로막았다. 갑자기 앞길이 막힌 데라오카는 전력 질주를 멈추지 못하고 그대로 리무진의 측면에, 꽝! 눈을 질끈 감을 만큼 강하게 충돌했다.

불쌍하게도 살인범 데라오카 고지는 대자로 뻗고, 그 짧은 도주극을 끝마쳤다.

레이코의 귓가에 가게야마의 침착한 목소리가 들린다. '어떠십니까, 아가씨.'

레이코는 펜던트를 향해 칭찬의 말을 보냈다. "아주 잘했어, 가게야마. 아주 멋졌어."

'도움이 되어서 영광입니다.'

가게야마의 목소리를 들으며 레이코는 진범 곁으로 천천히 걸어갔다.

여섯 번째 이야기

⋮

작별은 저녁 식사 후에

1

구니타치시 니시(西) 3초메에 있는 어느 저택에서 살인으로 짐작되는 사건이 발생했다.

그런 제1보가 구니타치 경찰서에 날아온 것은 8월 하순 토요일 오후였다.

그때 호쇼 레이코는 구니타치 경찰서의 취조실에서 두 명의 불량배를 상대로 상해 사건 취조 중이었다. 하지만 살인이라는 말을 들으면 가만히 있을 수 없다. 레이코는 눈앞의 사건을 내팽개치듯이 취조실을 박차고 나갔다. 두 놈팡이들에게는 미안하지만, 경륜장에서 일어난 주먹다짐 같은 수준 낮은 상해 사건보다는 당연히 살인 사건 쪽이 우선순위가 높다.

레이코는 재빨리 다른 수사원들과 함께 경찰차를 타고 현장으로 향했다.

검은 팬츠 슈트에 검은 테 무도수 안경, 긴 머리카락을 뒤로 묶은 수수한 차림새. 언뜻 보기에 평범한 신참 형사로밖에 보이지 않는 레이코이지만, 그 실체는 세계적으로 유명한 거대 복합기업 '호쇼 그룹'의 총수 호쇼 세이타로의 외동딸이다. 그런 레이코가 현장에 도착해보니 이미 그곳은 경찰차로 몹시 혼잡했다.

경찰차의 대열 안에 은색 재규어가 정차 중이었다. 그것을 곁눈으로 확실히 확인하면서 레이코는 현장이 된 집의 문을 지났다. 대문에는 '기요카와'라는 명패가 걸려 있다.

문 안으로 들어가자, 호쇼 저택과는 비교가 되지 않지만 그럭저럭 넓은 정원이 있고, 그 너머에는 역시나 호쇼 저택과는 비교도 되지 않지만 그럭저럭 훌륭한 2층 건물이 있었다.

레이코에게는 지극히 평범한 민가로 보인다. 그렇지만 레이코는 자신이 차원이 다른 부잣집 아가씨이며 자신의 감각이 세상의 일반적인 잣대와 어긋나 있음을 이미 인식하고 있다. 아마도 일반적인 잣대로 보면 기요카와 가는 충분히 호화로운 저택이라고 부를 수 있는 건물일 것이다. 그렇게 레이코는 자신의 판단을 수정한다. 이런 균형 감각은 레이코가 공무원으로서 일하면서 차츰 몸에 익힌 것이다.

그런데 그때 그녀의 등 뒤로부터 숨어드는 사악한 기운. 앗! 하고 등을 쭉 뻗는 레이코를 향해,

"여어, 지금 도착했나, 아가씨?"

귀에 익은 목소리가 귀에 익은 대사를 말했다. 돌아볼 것도 없이 누군지 알지만 돌아보지 않을 수 없는 입장이므로 어쩔 수 없이 레이코는 돌아보았다.

눈앞에 나타난 것은 아니나 다를까 가자마쓰리 경부다. 30대의 젊은 나이에 경부란 직함을 갖고 있는 그는, 구니타치 경찰서가 자랑하는 엘리트 수사관이다. 그 실체는 '저성능 고가격 고연비'로 익숙한 '가자마쓰리 모터스' 창업자의 상속자다. 레이코의 '기피하는 상사 랭킹' 제1위를 압도적으로 질주하고 있는 남자다.

그런 가자마쓰리 경부는 언제나처럼 순백의 슈트 차림이다. 단정한 옆얼굴에는 역시나 여느 때와 같이 느끼한 미남이 짓는 미소가 떠올라 있다. 레이코는 자기도 모르게 한숨을 쉬었다.

"늦었습니다, 경부님. 경부님은 언제나 변함없으시군요."

"변함없다고?! 이봐, 그렇지 않아, 호쇼 형사. 내 슈트를 한번 보라고. 평소와 똑같아 보이지?"

"네, 질리게 봤던……아니, 눈에 익은 양복입니다만."

"하지만 그렇지 않아. 실은 이 슈트는 올여름 무더위를 대비해서 새로 맞춘 녀석이거든. 소재는 남미산 고급 마를 썼고 봉제는 영국 왕실에 납품하는 장인이 했지. 가볍고 통기성이 뛰어난 데다가 움직이기도 편하고 잘 찢어지지 않아. 그야말로 형사를 위해 만들어진 슈트라고 해도 과언이 아니야. 그런 만큼 가격은 조금 비싸지만 말이야."

"아, 그렇습니까." 졸부 취향이 그대로 드러나는 그 자랑질이 전혀 변하지 않았다는 거야!

레이코는 빽 소리치고 싶은 충동을 꾹 억누르며 사건 이야기로 넘어갔다. "그런데 피해자는요?"

"음. 이쪽이라네, 호쇼 형사. 보게, 이 극히 평범한 민가에서 시체가 발견되어서 말이야…….”

"평범한 민가가 아닙니다, 경부님! 저택이라고요, 저택!"

정말로 이상한 일이지만, 가자마쓰리 경부는 레이코보다 훨씬 오랫동안 공무원 생활을 해왔음에도 불구하고 아직도 세상의 상식과 자신의 인식 간의 갭을 인지하지 못하고 있었다.

레이코는 가자마쓰리 경부의 뒤를 따르듯이 기요카와 저택의 현관으로 들어갔다. 그러자 눈앞의 복도 위에 한 남자가 드러눕듯 쓰러져 있었다. 갈색 폴로셔츠에 회색 바지. 나이는 쉰 살 정도일까. 로맨스그레이의 머리카락을 올백으로 넘긴 신사다. 그 뒤통수에 쩍 벌어진 붉은 상처 자국이 보인다. 흘러내린 혈액은 마루로 된 복도 위에 낯선 붉은 지도를 그리고 있었다. 뒤통수의 상처 외에 눈에 띄는 외상은 보이지 않는다.

시체를 관찰하는 레이코 일행을 향해 젊은 제복 경관이 긴장한 얼굴로 설명을 더했다.

"살해된 것은 기요카와 다카후미 씨로 이 집의 주인입니다. 기요카와 가는 구니타치 주변에 몇 채나 되는 연립주택을 소유한 자산가로, 요컨대 다카후미 씨는 주택 임대업자라고 할 수 있지요."

"호오. 주택 임대업이라니, 우아한걸. 나도 주오선 연선에 몇 채의 아파트를 가지고 있지만 말이야."

그렇게 경부는 자신의 우아한 정보를 흘린다. 그러고 나서 그는 시체 곁에 굴러다니는 막대기 하나에 시선을 떨어뜨렸다. "후두부의 상처가 치명상이라고 한다면 흉기는 이것이겠군."

경부는 장갑을 낀 손으로 그 막대기 형태의 물체를 바닥에서 집어 들었다. 그것은 목검이었다. 전국의 유명 스포츠 용품점, 혹은 관광지의 선물 가게에서 간단히 손에 넣을 수 있는 물건이다.

"끄트머리에 피가 묻어 있군요." 레이코는 붉게 물든 끝부분에 얼굴을 가까이 가져가면서 고개를 갸웃거렸다. "이 목검은 기요카와 가의 물건? 아니면 범인이 가지고 온 물건일까요?"

"아마도⋯⋯"라고 옆에 있던 경관이 다시 끼어들었다. "그 목검은 다카후미 씨의 물건일 겁니다. 다카후미 씨는 검도를 익히고 있어서 정원에서 목검을 휘두르는 모습을 매일 볼 수 있었다고 합니다."

그렇다면 기요카와 다카후미는 자신의 목도에 머리를 맞아서 숨졌다는 이야기가 된다. 대체 그에게 무슨 일이 일어났던 걸까. 레이코는 사건의 윤곽조차 보이지 않았다.

그런 그녀 옆에는 하얀 슈트를 입은 그 남자가 "그래, 그렇단 말이지⋯⋯. 슬슬 감이 잡히기 시작했어⋯⋯"라고 아주 그럴싸하게 미간에 주름을 만들고 있어서, 레이코는 금세 불안해졌다.

이 남자, 혹시⋯⋯. 아니, 혹시가 아니라 분명히 아무것도 모르고 있어!

하지만 가자마쓰리 경부는 부하의 차가운 시선에 동요할 남자가
아니다. 그는 손에 든 목도를 한 조사원에게 넘기면서 "감식과에 넘
겨"라고 지당한 지시를 날렸다.

"뭐, 요즘 세상에 흉기에 지문을 남기는 멍청한 범인 따윈 거의
없지만…… 응?!"

그때 경부의 시선이 복도에 접한 어느 문에 딱 멈췄다. 척 보기에
는 합판으로 만들어진 흔한 문이다. 하지만 복도에 접한 문들 중에
서 그 문만이 약간 열려 있다.

"이 방에 뭔가 있나?"

가자마쓰리 경부는 그리 기대하지 않는 눈치로 아무렇게나 문을
열었다. 그리고 금세 그의 표정에 복권 1등에 당첨된 듯한 환희의
빛이 퍼졌다. 그는 이때라는 듯이 가슴을 펴며 신이 나서 말했다.
"보라고, 호쇼 형사. 역시 내 생각대로야!"

"……." 아뇨, '생각대로'가 아니라 '생각지도 못했던'이겠죠, 경
부님!

하지만 우연인지 필연인지는 접어두고, 경부가 뭔가를 발견했는
지는 레이코도 흥미가 있다. 레이코는 경부의 등 뒤에서 문 쪽을 들
여다보았다.

과연 그곳에 펼쳐진 광경은 아주 중요한 의미를 품은 것이었다.

그곳은 명백히 여자의 방이었다. 굳이 말하면 젊은 여자가 아니
라 중년이나 그 이상의 나이에 달한 여자가 지내는 방이다. 커다란

옷장, 고전적인 화장대와 스툴, 나무로 된 컴퓨터 책상, 그 옆에는 삼단 서랍장. 벽 쪽의 책장에도 여성지가 눈에 띈다. 물론 그것만이 라면 특별히 흥미를 끌 것도 없지만…….

"심하게 어질러져 있군요."

"그래, 누군가가 뒤진 흔적이 있어."

옷장 문은 활짝 열리고 안의 옷들이 옷걸이째로 바닥에 떨어져 있다. 삼단 서랍장은 아래 두 단이 열려 있는 상태다. 화장대에 있 는 화장품을 집어넣는 작은 서랍조차 반쯤 열려 있다. 책장의 책도 몇 권인가는 바닥에 난잡하게 내던져져 있었다. 누군가가 이 방을 마구잡이로 휘젓고 간 것이 명백했다.

"그렇다는 얘기는, 혹시 이 방도……."

그렇게 말하며 가자마쓰리 경부는 어질러진 방 바로 옆방 앞에 섰다. 문손잡이를 힘차게 당기자, 경부의 입에서 역시나 "역시 생각 했던 대로야"라는 목소리가 흘러나왔다.

이쪽 방은 남자의 서재였다. 창가에 놓인 중후한 책상. 커다란 장 식장과 책장, 서류 정리함 같은 것이 눈에 띈다. 그러나 이 서재의 서랍도 활짝 열리고, 책장은 어지럽혀져 있었다. 서류 정리함 안에 들어 있던 서류 중 몇 뭉치는 바닥에 흩어져 있다.

"흠, 도둑의 소행인가."

경부의 중얼거림에 호응하듯이 제복 경관이 "넵!" 하며 고개를 들었다.

"응?! 왜 그러나, 자네. 뭔가 짚이는 것이라도 있나?"

"네, 경부님. 실은 이 부근에서 최근 한 달 사이에 연속된 세 건의 절도 사건이 일어났습니다. 세 사건 모두 빈집 털이였는데 범인은 자물쇠 따는 기술을 사용해서 집 현관 자물쇠를 따고 건물에 침입했습니다. 그 뒤로 온 집안을 닥치는 대로 헤집으며 현금이나 귀금속, 예금통장이나 카드류를 훔쳐 도주했습니다."

"흐흠, 그런 건가." 경부는 느긋하게 고개를 끄덕였다. "빈집 털이를 하려던 도둑이 집에 있던 사람에게 범행 현장을 들키는 바람에 급거 살인을 저질렀다. 그런 시나리오는 충분히 생각해볼 수 있지. 안 그런가, 호쇼 형사?"

"네. 그건 확실히 충분한 가능성이……."

"아니, 아직이야! 아직 결정을 내리기엔 일러. 예단은 피해야 한다고, 호쇼 형사."

"……." 네가 동의를 구했잖아!

레이코는 뿌득뿌득 이를 갈면서 제멋에 사는 상사를 원망스러운 듯 바라보았다.

그러더니 경부는 다시 경관에게 물었다. "그런데 이 집에는 다카후미 씨 말고 또 누가 살고 있었나? 부인은 몇 명 정도 있었나?"

"물론 한 명입니다"라고 경관은 진지하게 대답했다. "부인의 이름은 요시에 씨입니다. 부부 사이에는 성인이 된 딸이 두 명 있는데 장녀는 도모미 씨, 차녀는 마사미 씨입니다. 그리고 식객이라고 해야 할까요. 다카후미 씨의 친척인 40대 여성이 있는데, 이름은 니이지마 기와코 씨라고 합니다. 듣기로는 남편과 이혼해서 살 집을 잃은 그 여자를 보다 못한 다카후미 씨가 도움의 손길을 뻗었다더군요. 어쨌든 다카후미 씨를 포함해서 도합 다섯 명이 이 집에 살고 있었습니다. 참고로 시체를 발견한 것은 차녀인 마사미 씨입니다."

좋아, 알았어, 라며 고개를 깊이 끄덕인 경부는 레이코를 향해서 한쪽 눈을 감으면서 말했다.

"그렇다면 그 마사미라는 여자의 이야기를 들어봐야겠군."

2

일단 집 밖으로 나온 레이코 일행은 햇살을 피해 정원의 나무 그늘에서 첫 발견자와 대면했다.

기요카와 마사미는 사립 카틀레아 대학을 다니는 스무 살 여대생이었다. 핑크 티셔츠에서 엿보이는 가느다란 팔, 체크무늬 미니스커트 아래로 쭉 뻗은 긴 다리. 전부 잘 그을려 있는 점으로 봐서 올여름에 못 해도 두 번 이상은 바다에 수영을 하러 갔던 것이 틀림없다……. 이것은 어디까지나 레이코의 상상에 불과하지만 거기서 크게 벗어나지 않을 것 같다.

"큰 충격을 받고 계신 와중에 죄송합니다만, 시신을 발견하실 때까지의 경위를……."

그때, 경부의 말끝을 지워버리듯이 주오선의 열차가 폭음을 내며 지나갔다. 기요카와 저택은 부지 근처를 철로가 지나가고 있기 때문에 열차 소음에 골머리를 앓을 듯한 입지다.

마사미는 작게 코를 훌쩍이며 천천히 입을 열었다.

"저는 사고 싶은 옷이 있어서 오늘은 아침부터 기치조지로 외출했어요. 네, 저 혼자요. 쇼핑을 마친 저는 점심을 먹고 잠시 시내를 구경하고 다니다가 구니타치로 돌아왔죠. 집에 도착한 건 오후 2시 반 정도였을 거예요. 그리고 현관문을 열려고 하는데 어라? 좀 이상하더라고요. 현관문이 이미 열려 있었거든요."

"흠, 문이 열려 있는 게 왜 이상하다고……."

다시 경부의 말을 방해하듯이 열차가 지나간다.

"우연히도 오늘은 가족 모두 외출할 일이 있어서 집에는 낮에 아무도 없어야 했거든요. 제가 가장 일찍 집에 돌아올 예정이었어요. 그래서 조금 의외라고 생각했죠. 물론 저는 '누군가가 예정보다 빨리 돌아왔구나' 하고 생각하면서 평소처럼 현관을 열고 안으로 들어갔는데……."

"그때 집 안 상태는 어땠습니까? 금방 이변을…… 쳇, 또냐!"

세 번째로 지나가는 열차 소리에 경부는 혀를 찼다. 마사미는 소리가 멈추는 것을 기다리고 나서 질문에 답했다.

"네, 현관에서 한 걸음 발을 들인 순간에 이변을 깨달았어요. 복도에 아버지가 쓰러져 계셨어요. 물론 아버지인 걸 바로 알았죠. 우리 집에 남자는 아버지밖에 없었으니까 달리 생각할 수 없었어요. 다만 처음에는 아버지가 어떤 병 때문에 갑자기 쓰러진 거라고 생각했어요. 하지만 달려가 보니 아버지의 머리에서 피가……. 몸을 만져보고 아버지가 이미 차갑게 식어 있는 것을 알았어요…….."

충격이 되살아났는지 마사미는 움찔하고 몸을 떨었다.

그런 그녀에게 이번에는 레이코가 물었다.

"당신의 아버지는 오늘은 어디에 가셨다가 몇 시에 귀가하실 예정이었나요?"

"아버지께선 골프가 취미라 오늘은 골프 연습장에 가셨어요. 귀가는 저녁이 될 예정이었고요."

"그렇군요. 그러면 예정보다 상당히 일찍 돌아오신 거군요. 아버지가 일정을 취소하고 일찍 집에 돌아올 만한 이유 중 짚이는 건 없나요?"

이 질문에 마사미는 "아뇨, 아무것도……"라며 고개를 저을 뿐이었다. 레이코는 질문을 바꿨다.

"그건 그렇고, 경찰에 신고한 것도 당신이죠?"

"네. 쓰러진 아버지 곁에는 피 묻은 목도가 굴러다니고 있었어요. 저는 그걸 보고, 이건 누군가에게 맞은 것이 틀림없다고 생각했어요. 그래서 망설이지 않고 경찰에 신고했어요."

"그 목도는 이 집에 평소에 있던 물건이 틀림없나요?"

"네, 그건 틀림없이 아버지의 목도예요. 정원에서 휘두르기 연습을 하기 위해서 아버지는 그 목도를 현관 우산꽂이 안에 넣어두고 있었어요. 도둑이 들었을 때를 대비한 방범용이기도 했던 것 같지만요."

"그렇군요. ……그런데 복도에 접한 문 중 하나가 약간 열려 있었던 것은 깨달으셨나요? 그건 여자가 쓰는 방이었던 것 같은데."

"네, 그건 어머니께서 취미 생활이나 독서를 하실 때에 사용하는 방이에요. 그 방이 왜요?"

"실은 도둑이 뒤진 흔적이 발견됐습니다. 옆에 있는 서재도 마찬가지로."

레이코의 말을 들은 순간, 마사미의 얼굴에 놀라움의 빛이 퍼졌다.

"그, 그건 혹시 최근에 이 근방을 휩쓸고 다닌다는 도둑의 짓이 아닐까요?! 그러면 아버지는 그 도둑에게 죽은 건가요?"

"아뇨, 아직 단정은 할 수 없습니다만……. 그렇죠, 가자마쓰리 경부님?"

"으응, 그렇지." 그렇게 경부는 고개를 끄덕이고, 그런 뒤에 언짢은 얼굴로 레이코에게 귓속말을 했다. "상관없는 일이긴 한데, 왜 내가 질문할 때만 이렇게 열차가 다니는 거지? 자네가 질문할 때에는 전혀 안 다니는데. 이건 주오선의 심술인가?"

"아닙니다. 우연이에요, 우연."

레이코는 불만스러운 듯한 상사를 달래고, 그런 뒤에 마사미에게 물었다. "그런데 외출하고 계신 가족 분들과 연락은 됐나요? 기요카와 가에는 당신 말고도 어머니와 언니, 그리고 식객…… 아니, 동거하는 친척이 있다고 들었습니다만."

"네, 조금 전에 휴대전화로 연락을 했어요. 이제 곧 전부 집에 도착할 거예요……."

마사미는 걱정스러운 표정으로 문 쪽으로 시선을 던진다. 그러자 딱 그 타이밍에 문 앞에 한 대의 택시가 멈춰 섰다. 뒷좌석 문을 열고 뛰어나온 것은 요즘에 보기 드문 일본 전통 복장의 중년 여자였다. 마사미가 안도한 듯한 눈치로 형사들에게 외쳤다.

"아, 돌아왔어요! 저분이 어머니세요."

기모노 차림을 한 여자는 피해자의 아내인 요시에였다. 손에는 작은 가방을 들고 있다.

그리고 그 반대 방향에서 달려온 또 한 대의 택시가 급정거한다. 뒷좌석에서 나타난 사람은 붉은 탱크톱에 데님 반바지를 입은 젊은 여자였다.

"아, 언니도 왔어요!"

붉은 탱크톱을 입은 여자는 피해자의 장녀인 도모미였다.

요시에와 도모미 모녀는 잇따라 문 앞에 쳐진 노란 테이프를 지나더니 곧바로 마사미 곁으로 달려왔다. 두 사람은 몹시 흥분한 눈치로 마사미에게 몰려갔다.

"무슨 일이니, 마사미. 그이가 죽었다는 게 정말이니?"

"거짓말이지. 아버지가 죽었다니 믿을 수 없어!"

그러나 마사미는 말없이 고개를 숙일 뿐이었다.

그때, 또다시 노란 테이프를 지나서 나타난 여자가 있었다. 그 여자는 자전거를 밀고 있었다. 베이지 반소매 블라우스에 진한 감색 데님 차림이다. 통통한 몸매의, 뽀얀 피부를 가진 여성이었다. 핸들을 쥐고 있는 살집 있는 두 팔이 요염하다. 나이는 40대라고 생각됐다.

"마사미, 무슨 일이 있었니! 다카후미 씨가 죽었다니, 어떻게 된 거야!"

그렇게 소리치면서 그 여자도 마사미 곁으로 곧장 달려왔다. 그녀의 손에서 떨어진 자전거는 털퍼덕 바닥에 넘어지고, 덜걱덜걱하고 공허하게 바퀴가 돌아갔다.

아무래도 이 하얀 피부의 40대 여자가 기요카와 가의 식객인 니이지마 기와코인 듯했다. 그렇다는 것은 죽은 다카후미를 제외한 기요카와 가의 전원이 한자리에 모였다는 이야기가 된다.

이 순간을 기다렸다는 듯이 가자마쓰리 경부는 네 여자 앞으로 나왔다. 그리고 경부는 "어흠" 하고 과장스러운 헛기침을 하고서 무겁게 입을 열었다.

"에~, 기요카와 다카후미 씨가 돌아가셨습니다. 누군가에게 살해당한 것 같습니다. 마음은 이해합니다만 여러분, 부디 저희 경찰의 수사에 협……쳇!"

혀를 차는 경부를 상관하지 않고 다시 주오선 열차가 지나갔다…….

3

레이코와 가자마쓰리 경부는 아내인 요시에에게 다카후미의 시체를 확인받고, 그런 뒤에 그녀를 여자의 어질러진 방으로 불렀다.

방에 발을 들이자마자 요시에의 얼굴엔 동요하는 빛이 배어 나왔다.

"여기는 부인의 방이군요?"

경부의 질문에 요시에는 "그렇습니다"라고 끄덕이고 누군가가 뒤진 흔적이 남은 옷장으로 다가갔다.

"누가 이런 짓을? 설마 이 근처에서 화제가 되었던 그 도둑이……."

하지만 경부는 요시에의 질문에는 대답하지 않고, 일방적으로 자신의 질문을 말했다.

"어떠십니까, 부인? 부인께서 보시기에 뭔가 사라진 물건 같은 건 없는지요? 중요한 물건이나 값나가는 물건 같은 것이 없어진 눈치는 없습니까?"

"값나가는 물건? 아뇨, 그건 없습니다." 요시에는 서랍이나 장식장 안을 확인하지도 않고 대답했다. "왜냐하면 값나가는 물건 같은 건 원래부터 없으니까요."

"기요카와 가는 겉으로 보이는 것처럼 유복하지 않았다, 사실은 매우 쪼들리고 있었다는 말씀입니까?"

"실례되는 소리 하지 마세요, 형사님! 이 방에 값나갈 만한 물건은 없었다는 의미입니다. 현금은 일체 놓아두지 않았고, 귀금속이나 액세서리도 정말로 중요한 것은 2층의 금고에 있습니다. 설마, 그쪽도 어지럽혀져 있었나요?"

"아뇨, 아무래도 도둑이 뒤진 방은 이 방과 옆의 서재뿐인 것 같습니다. 참고로 다카후미 씨가 서재에 값나가는 물건을 놓아두었던 적은 없습니까?"

"글쎄요. 남편의 서재에 대해서 정확히 알지는 못 하지만, 도둑이 탐낼 만한 물건은 거의 놓여 있지 않았을 겁니다."

"그렇습니까. 하지만 도둑이라고 해서 꼭 현금이나 귀금속만을 노리는 것은 아닙니다. 개인 정보나 비밀 문서를 찾으려고 타인의 집에 숨어드는 놈들도 드물지 않습니다."

경부는 컴퓨터 책상 옆에 놓인 삼단 서랍장에 다가가서, "예를 들면, 이 가장 위 서랍은 어떻습니까?"라면서 그 서랍에 손을 대고 앞으로 당겼다.

하지만 철컥, 하는 소리가 날 뿐이지 서랍은 열리지 않았다. 경부는 수상쩍은 듯 고개를 갸웃거렸다. "이 서랍은 잠겨 있군요."

"네. 하지만 그 서랍은 특별히 중요한 것이 들어 있는 것은 아닙니다. 일기나 수첩이나 편지 종류입니다. 다 개인적인 물건이죠."

"보여주실 수 있겠습니까?"

"뭐라고요?" 요시에는 적의를 품은 눈으로 경부를 차갑게 노려보았다. "어째서죠? 사건 해결에 필요하기라도 한가요?"

"네, 네에⋯⋯. 사건 해결을 위해서 꼭 좀 부탁드립니다."

"그렇습니까. 그렇다면 어쩔 수 없지요." 경부가 조심스럽게 부탁하자 요시에는 떨떠름하게 고개를 끄덕였다.

그런 뒤에 그녀는 손에 든 가방 안에서 작은 열쇠를 꺼내더니 그것으로 문제의 서랍을 열었다. 안에는 요시에가 설명했던 물건들이 깔끔하게 정돈된 상태로 들어 있었다. 일기나 수첩 같은 것을 레이코 일행 앞에 보이면서 요시에는 쌀쌀맞은 얼굴로, "어떻습니까, 형사님? 납득하셨습니까?"라고 화난 듯이 물었다.

천하의 가자마쓰리 경부도 다른 사람의 일기 내용을 보여달라고까지는 말하지 못했다. 그는 "됐습니다"라고 짧게 말하고 일단 요시에를 그 자리에서 내보냈다.

요시에가 방을 나가는 것을 기다린 뒤에 가자마쓰리 경부가 "후유" 하고 과장스럽게 한숨을 내쉬었다.

"저 부인, 미인이지만 어쩐지 무서운걸. 나를 무시무시한 눈으로 노려봤다고."

"확실히 성격이 강해 보이는 사람이네요. 다카후미 씨와 부부 사이는 어땠을까요."

"그렇군. 일단 확인해볼 필요가 있을 것 같아. 다만 저 부인 눈치로 봐서는, 부부 사이는 얼음장처럼 차갑지 않았을까 하고 짐작되는데."

"경부님, 독단과 편견이 지나치십니다……."

그런 대화를 나누면서 레이코와 가자마쓰리 경부는 요시에의 방을 나갔다.

이윽고 검시가 이루어지고, 기요카와 다카후미의 시체가 감찰의의 손으로 조심스럽게 조사됐다. 그 소견에 따르면 다카후미의 사망 추정 시각은 오후 1시에서 2시 사이의 한 시간. 사인은 후두부에 가해진 강한 타격에 의한 두개골 함몰과 뇌내출혈로, 거의 즉사였던 것으로 추정됐다. 흉기는 시체 옆에 굴러다니던 목도였던 것도 확인됐다.

그 정보들을 바탕으로 레이코와 가자마쓰리 경부는 기요카와 가 사람들을 저택의 거실로 불러 모았다.

비탄과 긴장이 넘치는 공간. 그 한가운데로 나간 경부는 일동의 시선을 한몸에 받으면서 입을 열었다.

"여러분을 이 자리에 모신 것은 다름이 아니라 여러분들께 질문할 것이 있어서입니다. 잠시 시간을 빼앗게 되겠습니다만, 부디 양해해주시기 바랍니다."

"뭘 들을 필요가 있습니까." 요시에가 경부에게 불만을 표했다. "범인은 도둑이잖아요?! 그렇다면 꾸물거리지 말고 얼른 그 도둑을 잡아주세요."

주눅 들지 않고 경부를 밀어붙이는 요시에. 그 모습은 레이코의 눈으로 봐도 역시 조금 무섭다.

"그렇게 너무 서두르지 마시지요, 부인." 경부는 쩔쩔매면서 말을 이었다. "분명히 현장 상황은 도둑에 의한 사후강도의 양상을 띠고 있습니다. 하지만 도둑의 범행처럼 보이게 만든 살인으로 볼 수도 있습니다. 그래서 만일을 위해 여러분들에게 여쭙고 싶습니다만……."

경부는 일동의 얼굴을 순서대로 바라보면서, "오늘 오후 1시부터 2시까지 한 시간 동안, 여러분은 어디서 뭘 하고 계셨는지, 그걸 물어보고 싶습니다."

경부가 그 질문을 한 순간, 거실에 모인 일동 사이에 작은 동요가 퍼졌다.

쥐죽은 듯 고요해진 사람들 사이에서 장녀인 도모미가 한 걸음 앞으로 나왔다. 기요카와 도모미는 마사미보다 네 살 연상인 스물네 살이다. 유명 보험회사의 구니타치 지점에서 일하는 사원이라고 한다. 길고 윤기 있는 검은 머리가 매력적이다. 붉은 탱크톱에서 뻗어 나온 팔은 여동생인 마사미 정도는 아니지만, 흐릿하게 그을려 있다. 그런 도모미는 경부를 향해 의연하게 항의하듯이 말했다.

"혹시, 이건 알리바이 조사인가요, 형사님?"

"네, 그야말로 이건 알리바이 조사입니다, 도모미 씨."

경부는 당당하게 가슴을 펴고 정색을 하듯 되물었다. "……그게 뭔가 문제라도 있습니까?"

"네?!" 경부의 생각지도 못한 반문에 도모미는 대답할 수 없었다. "아, 아뇨. 아무것도 아닙니다. 계속하세요, 형사님……."

가자마쓰리 경부는 그러면 됐다는 듯 고개를 끄덕이고, 우선은 요시에 쪽으로 몸을 돌렸다.

"그러면 부인, 어떠십니까? 오후 1시부터 2시 사이입니다만."

경부의 질문을 받은 요시에는 잠시 생각한 뒤에, 이윽고 체념한 듯 고개를 좌우로 저었다.

"그 시간대라면 저는 신주쿠의 인파 사이에 있었습니다. 머지않아 결혼할 지인을 위해서 축하 선물을 고르러 갔습니다. 하지만 혼자 가게를 몇 군데의 보고 다닌 것뿐이니 알리바이 증인이 되어줄

분은 분명히 안 계시겠죠."

"호오, 그건 아쉽군요." 경부는 무표정하게 말하더니 "그러면 도모미 씨는 어떠십니까?"라고 이야기를 돌렸다. 그 말을 듣고 도모미는 망설임 없는 말투로 술술 대답했다.

"저는 오늘 회사 동료와 함께 다치카와에 있는 영화관에 갔습니다. 그러니까 같이 영화를 본 오오쓰카가 알리바이 증인입니다. 네, 저는 계속 오오쓰카 군과 같이 있었으니 제가 범인일 리 없습니다."

"그렇군요. 그런데 그 오오쓰카 군이란 사람은 당신의 교제 상대입니까?"

"아뇨아닙니다친구예요교제상대가아닙니다멋대로단정하지마세요민폐라고요."

믿기지 않을 정도의 빠른 말로 도모미는 맹렬하게 부인했다. 하지만 그 부자연스러운 태도야말로 무엇보다도 사실을 증명해주고 있었다. 오오쓰카 군은 도모미의 교제 상대라고 봐도 틀림없을 것이다. 그렇다면 오오쓰카 군의 증언은 도모미의 결백을 증명해주지 않는다. 연인의 증언은 알리바이를 입증하는 객관성이 결여되기 때문이다.

이어서 경부는 도모미 옆에 서 있는 여동생 쪽을 보았다. "마사미 씨는 어떠십니까?"

"네?! 저 말인가요. 저는 아버지가 돌아가신 것을 발견했는데요."

"네, 그렇지만 첫 발견자가 진범인 케이스도 드물지 않으니 만일을 위해서."

마사미는 두 어깨를 축 늘어뜨리고, 작게 한숨을 쉬었다.

"조금 전에도 말씀드렸다시피, 저는 그 시간에 기치조지의 길거리에서 쇼핑을 하고 있었어요. 혼자서 거리를 걸어 다니고 있었으니 증인이라고 할 수 있는 사람은 없습니다. 어머니하고 똑같아요."

"알겠습니다. 그러면 마지막으로 니이지마 기와코 씨, 오래 기다리셨군요. 당신 차례입니다."

경부는 벽 쪽에 서 있는 뽀얗고 포동포동한 중년 여자를 바라보았다.

"어떠십니까. 자전거로 외출하신 것 같은데, 어디에 가셨던 거죠?"

"그게, 저기, 저는 고쿠분지까지 잠깐 시간을 때우러…….."

"호오, 시간을 때우기 위해서라뇨?"

경부의 물음에 어째서인지 머뭇거리는 기와코. 그런 그녀를 대신하듯이,

"파친코예요"라고 요시에가 옆에서 심술궂게 끼어들었다.

"아니에요, 슬롯머신이에요"라고 기와코가 정정한다.

"……." 어느 쪽이나 비슷한 거지, 라고 레이코는 자기도 모르게 가슴속에서 한숨을 내쉬었다.

험악한 분위기를 풍기면서 시선을 마주치는 요시에와 기와코. 하지만 어느 쪽이 먼저랄 것도 없이 시선을 돌리더니, 이번에는 서로의 얼굴을 피하듯이 다른 곳을 바라보았다.

아무래도 요시에와 기와코는 성격이 맞지 않는 것 같다. 뭐, 기와

코라는 식객의 존재를 요시에가 탐탁지 않게 여기는 것도 무리는 아닐 것이다. 게다가 남편인 다카후미가 죽었다면 더 이상 요시에가 새빨간 남인 기와코를 배려할 필요도 없다. 두 사람의 불화가 표면으로 드러나는 것은 필연이라고 할 수 있다.

가자마쓰리 경부는 "어흠" 하고 한 번 헛기침을 하고 말을 이었다.

"요컨대, 기와코 씨는 오락실에 계셨군요."

"네, 그래요. 하지만 금방 다 잃고 가게를 나왔고, 그 뒤로는 돈이 없어서 거리를 어슬렁거렸죠."

"그러면 오후 1시부터 2시 사이의 알리바이는 없습니까?"

"그, 그야, 없죠. 하지만 그건 다른 사람들도 마찬가지잖아요. 나만 의심받을 이유는 없을 거예요. 애초에 저에게는 동기가 없잖아요. 남편과 이혼해서 곤란에 처한 저를 이 집에 살게 해준 건 다카후미 씨였어요. 그 다카후미 씨를 제가 죽일 리가 없어요. 그런 짓을 하면 저는 이곳에서 살 수 없게 되는걸요."

그런 식으로 스스로 자신을 변호한 니이지마 기와코는 이어서 공격으로 돌아갔다. 공격의 화살이 날아간 곳은 요시에다. 기와코는 요시에의 얼굴을 똑바로 응시하면서 말했다.

"나를 의심할 바에야 우선 저 여자를 의심하는 게 어떤가요, 형사님?"

"뭐라고요!" 곧바로 요시에의 눈이 치켜 올라갔다. "무슨 소릴 하고 싶은 건가요, 당신!"

"난 알고 있어요. 당신이 다카후미 씨의 눈을 피해서 젊은 남자와 불장난을 하는 것 정도는. 아뇨, 나만이 아니죠. 다카후미 씨도 눈치채고 있었을 거예요. 그래서 당신들 부부 사이는 이미 싸늘히 식어서 험악한 관계였죠. 다카후미 씨가 이혼 얘기를 꺼낼 것은 시간문제 아니었나요? 하지만 그렇게 되면 당신은 큰 손해죠. 왜냐하면 이 집도 재산도 전부 다카후미 씨의 것이니까요. 그래서 당신은 그렇게 되기 전에 다카후미 씨를 죽였어요. 그러면 유산의 절반은 아내인 당신의 것이 되니까……."

"이, 입 다물어, 이 막돼먹은 년!"

"흥, 누가 할 소릴!"

거실의 긴장감이 높아진다. 니이지마 기와코와 기요카와 요시에는 거실 중앙에서 노려보는 레슬러처럼 서로의 거리를 좁히며 시선을 격하게 부딪쳤다. 그러자 이런 때에만 직업의식에 눈을 뜬 것인지 가자마쓰리 경부는 쓸데없이 두 사람의 언쟁에 끼어들었다.

"그만두십시오, 아주머니들. 나이도 먹을 만큼 먹은 분들이 어른스럽지 못하게……."

경부님, 그건 중재가 아니라 불난 집에 부채질하는 짓이에요…….

자기도 모르게 레이코는 머리를 끌어안았다.

그리고 아니나 다를까, 경부는 두 사람에게 "시끄러워!", "누가 아줌마라는 거야!"라는 매도의 말과 함께 두 사람 모두에게 따귀를 맞으며 무시무시한 기세로 벽까지 날아갔다.

쿵, 하고 벽에 등을 부딪치는 가자마쓰리 경부. 마치 그 소리는 승부의 시작을 알리는 종소리 같았다.

두 아줌마는 드디어 뒤엉키며 싸움을 개시했다.

4

이러저러해서 거실에서의 사건 조사는 대난투로 발전했다. 승자도 패자도 없는 헛된 싸움 끝에 살인 사건의 진상은 유야무야된 채로 방치됐다.

레이코와 가자마쓰리 경부는 일단 저택에서 정원으로 나와 이번 사건의 인상을 서로 이야기했다.

"언뜻 보기에는 절도로 보이지만, 아마도 사실은 다르겠지."

가자마쓰리 경부는 확신을 담은 어조로 단언했다. "자네도 조금 전에 벌어진 일을 보고 느낀 점이 있었을 거야. 이 기요카와 저택에 휘몰아치는 불온한 기운, 껄끄러운 분위기. 다카후미 씨는 그런 가운데서 살해당했어. 이건 우연이 아니야. 그래, 다카후미 씨는 사후 강도에게 운 나쁘게 살해당한 게 아니야. 그 남자는 기요카와 저택에 살고 있는 누군가의 손에 살해당한 거야."

"혹시 경부님의 머릿속에는 이미 짚이는 인물이 있는 것 아닌가요?"

레이코가 묻자 자기 뜻을 이뤘다는 듯이 경부는, "뭐, 그렇지"라며 미소를 지었다.

"우선 가장 의심이 가는 건 말할 것도 없이 요시에 부인이야. 내가 예상한 대로 그 여자와 다카후미 씨의 부부 사이는 험악했어. 니이지마 기와코가 적절히 지적한 대로 남편 살해는 아내인 요시코 부인에게 큰 이익을 가져와. 다만, 그 한편으로……."

경부는 주위를 살피듯이 목소리를 낮췄다. "나는 니이지마 기와코도 상당히 수상하다고 봐. 확실히 그 여자에게는 동기가 없어. 다카후미 씨가 죽으면 곤란한 건 그 여자겠지. 하지만 그 여자의 거동은 수상한 점이 많아. 갑자기 자신의 무죄를 주장하는가 싶더니, 기요카와 부부의 불화를 폭로하고 요시에 부인과 큰 싸움을 시작하질 않나. 말도 안 되는 트러블메이커야. 정말 수상해."

"경부님이 말씀하신 대로 요시에 부인과 니이지마 기와코 씨, 둘 다 많이 수상하죠."

그렇다는 것은 이 두 아줌마는 진범이 아니라는 얘길까? 레이코는 마음속으로 생각했다.

왜냐하면 과거의 경험에 따르면 '가자마쓰리 경부가 이 녀석이라고 점찍은 용의자는 대부분의 경우 진범이 아니다'라는 분명한 경향이 보이기 때문이다. 즉 진상을 파악하는 최단 거리는 가자마쓰리 경부의 추리와 반대로 가는 것이다. 이것이 레이코가 무능한 상사와 콤비를 이루어 활동하며 얻어낸 필승법이지만, 물론 그런 것을 본인 앞에서는 말할 수 없다.

거기서 레이코는 경부의 자존심에 상처를 입히지 않도록 부드럽게 지적했다.

"도모미와 마사미 자매도 다카후미 씨를 죽이면 유산을 상속할 수 있는 입장입니다. 친딸이라고 해서 용의 대상에서 제외할 수는 없지요."

"물론이고말고. 나도 지금 자네와 같은 생각을 하고 있던 참이야. 우연이군."

우연이 아니잖아, 이 거짓말쟁이! 레이코는 마음속으로 메롱 하고 혀를 내밀었다. 그러자 그때.

"이봐, 거기. 당신들, 형사님들인가?"

갑자기 레이코 일행에게 말을 거는 쉰 목소리. 깜짝 놀라서 돌아보는 형사들의 시선 끝에는 기요카와 저택과 이웃집을 구분 짓는 벽이 있었다. 목소리의 주인은 그 벽 너머에서 이쪽을 흥미진진하게 들여다보고 있었다. 아무래도 이웃에 사는 노인인 것 같다. 하얀 노타이셔츠를 입은 구릿빛 피부의 노인이다. 없어져가는 귀중한 머리카락을 한곳에 모으는 것으로, 어떻게든 정수리의 허전함을 메우고 있다. 그런 노인의 질문에 경부는 대답했다.

"네, 말씀대로 저희들은 구니타치 경찰서의 형사입니다. 그렇게밖에 안 보이잖습니까?"

"그런가? 간신히 형사처럼 보일까 말까 한 느낌인데……. 뭐, 그건 됐네. 그것보다 자네들, 나에게 뭔가 묻고 싶은 건 없나?"

"묻고 싶은 것? 그 신비로운 머리 모양에 대해서 말입니까?"

멍청이! 무례한 상사를 날려버리듯이 옆으로 밀어내고, 레이코는 노인과 마주했다.

"할아버지, 뭔가 알고 계시는 게 있나요? 기요카와 가에서 일어난 살인 사건에 대해서, 뭔가 보신 거라도?"

"음, 난 이 집에 사는 노자와 료키치라고 하는데, 실은 오늘 오후에 신경 쓰이는 광경을 목격했다네. 그때는 별 생각 없었는데 기요카와 씨네 남편이 죽었다고 들어서 말이야. 일단 이야기해둘까 생각했지. 듣고 싶나?"

"꼭 좀 부탁드릴게요. 대체 뭘 목격하셨나요?"

"응, 그건 오늘 낮에 있던 일이었지. 나는 우리 집 2층 복도를 걷고 있었어. 우리 집 2층 복도의 창문으로는 이 벽 너머로 기요카와 씨의 집이 보여. 요시에 씨의 방, 거의 정면이지."

레이코는 노자와 료키치가 말하고자 하는 것을 알아차리고 긴장을 느꼈다. "혹시……."

막 질문을 하려던 레이코를, 이번에는 가자마쓰리 경부가 밀어내며 벽 너머로 얼굴을 내밀었다. 이, 이봐요, 영감님! 혹시 봤습니까? 요시에 부인의 방에 누군가 있던 걸!"

"이놈, 누가 '영감'이냐, 새파랗게 젊은 것이!"

"죄, 죄송합니다." 경부는 중요한 목격자의 심기를 거스르면 좋지 않다며, 갑자기 저자세가 되어서 다시 물었다. "혹시 요시에 부인 방에 누군가가 있던 것을 보신 겁니까? 만약 그러시다면 그 상황을 말씀해주십시오, 장로님."

은근히 무례한 말투라는 건 이런 걸 말하는 걸까? 레이코는 정말 기가 막혔다. 하지만 노인은 우선 기분을 풀고서, "응, 확실히 봤지"라고 무게 있게 고개를 끄덕였다.

"하지만 봤다고 해도 유리창 너머였어. 방 안이 어두웠기에 얼굴은 알 수 없었어. 하지만 그건 요시에 씨의 모습이 아니었네. 애초에 여자의 모습이 아니었지. 유리창 너머로 보인 모습은 검은 옷을 입은 남자 같았어."

"요시에 부인의 방에 수상한 남자의 모습! 그건 몇 시쯤입니까, 영가……아니, 장로님."

"그렇지, 정확한 시간은 알 수 없지만 오후 1시를 조금 지난 무렵이었을 게야."

오후 1시를 조금 지났을 무렵. 그것은 다카후미 씨의 사망 추정 시각과 일치한다. 중요한 증언에 긴장한 경부는 계속해서 눈앞의 노인에게 질문했다.

"그 남자는 요시에 부인의 방에서 뭘 하고 있었는지 모르시겠습니까? 예를 들면 요시에 부인의 옷장이나 서랍장 등을 닥치는 대로 뒤지고 있었다든가……."

그건 유도신문이에요, 경부님! 작은 소리로 속삭이는 레이코 앞에서, 노자와 료키치는 크게 끄덕였다.

"확실히 그런 것처럼 보였지. 책상 옆에서 등을 굽히고 뭔가를 들여다보는 듯한 모습을 하고 있었어. 다만 나도 복도의 창문으로 계속 옆집의 눈치를 보고 있을 수도 없어서 말이야. 바로 그 자리를 떠났지. 하지만 내가 봤던 사람이 최근에 이 부근에 출몰한다는 좀도둑이었을 가능성도 있겠군."

"그 인물 외에 또 뭔가 보신 것은 없으십니까?"

"그러고 보니 내가 1층으로 내려와서 느긋하게 있을 때였지. 내가 거실에서 창문을 연 채로 멍하니 책을 읽고 있었는데, 그때 갑자기 옆집 쪽에서 '으악!' 하는 짧은 비명이 들렸어. 그리고 무거운 것이 바닥에 떨어지는 듯한 쿵 하는 소리가 들린 기분이 들어. 그때는 신경도 쓰지 않았지만, 지금 생각해보면……."

"다카후미 씨입니다! 그건 다카후미 씨가 목도로 맞았을 때 지른 비명과 복도에 쓰러졌던 소리야!"

새로운 증언에 흥분을 감추지 못한 경부는, 턱을 쓰다듬으면서 잠시 생각에 잠기는 시늉을 했다. 그러고 나서 그는 "좋아, 알았다!"라고 그럴싸하게 끄덕이더니, 레이코 일행 앞에서 새로운 추리를 펼쳤다. "역시 이 사건은 그 도둑의 짓이 틀림없어. 도둑은 아무도 없는 기요카와 저택에 숨어들어서 요시에 부인의 방을 뒤지고 있었어. 그런데 그곳에 다카후미 씨가 귀가해서 도둑과 다카후미 씨 사이에 싸움이 벌어진 거지. 목도를 꺼낸 건 다카후미 씨 쪽이었을 거야. 하지만 도둑은 그 목도를 빼앗아 들고 다카후미 씨에게 일격을 날렸어. 다카후미 씨는 비명을 지르며 쓰러져서 사망. 살인범이 된 도둑은 당황하며 현장에서 도주했지. 요컨대 이번 일은 그것뿐인 사건이야. …… 좋아, 그렇다면 이야기는 간단하지."

말하기가 무섭게 가자마쓰리 경부는 옆에 서 있는 레이코에게 재빨리 지시를 내렸다.

"호쇼 형사, 도둑을 찾는 거야. 수사원을 동원해서 수상한 인물

목격 정보를 수집하자고. 물론 과거에 이 근방에서 일어난 절도 사건을 다시 한 번 샅샅이 찾아보는 것도 중요해. 뭐어?! 요시에 부인이나 니이지마 기와코?! 그런 건 상관없지 않나. 그 여자들이 범인일 가능성은 이미 한없이 제로에 가까워. 범인은 도둑이야, 남자라고. 처음부터 내가 예상하던 대로야!"

조금 전까지 품었던 견해를 내팽개치고 경부는 '도둑 범인설'로 간단히 갈아탄 모양이었다.

……그렇다면 경부의 추리에서 반대로 가려면 어떻게 해야 하지?

자기도 모르게 레이코는 그런 식으로 생각하고 있었다.

5

"……그렇군요. 말씀은 잘 알았습니다."

기요카와 저택에서 살인이 있었던 날 밤. 호쇼 저택의 거실에 놓인 스위스 시계는 이미 한밤중이 지나고 있음을 나타내고 있다. 닭의 간 샐러드, 버섯 스프, 가자미 뮈니에르라는 평범한 저녁 식사를 위장 속에 집어넣은 레이코는 와인글라스를 한 손에 들고 소파에 앉아서 유유자적한 한때를 보내고 있다.

그런 가운데, 평소처럼 레이코는 옆에 대기하는 집사인 가게야마에게 오늘 있었던 사건에 관한 상세 내용을 있는 그대로, 수사상의

극비 사항에 이르기까지 나불나불 다 이야기한 상황이다. 묵비 의무고 나발이고 없다.

이야기를 다 듣고 난 집사는 레이코의 글라스에 새로운 와인을 따르면서 말했다.

"요컨대 아가씨는 가자마쓰리 경부님의 추리에는 찬성할 수 없다고 말씀하시는 거군요."

"찬성하고 뭐고, 그 사람의 생각은 계속 바뀌는걸. 그 사람하고 이야기를 하다 보면 뭐가 진실이고 뭐가 착각인지 점점 알 수 없게 돼."

"그렇군요, 확실히 그렇겠습니다." 턱시도 차림의 가게야마는 은테 안경 아래서 눈을 가느다랗게 떴다. "그렇다면 결국 아가씨는 어떻게 생각하고 계십니까? 진범은 도둑인가? 아니면 기요카와 가의 인물인가?"

"그걸 알 수 없으니까 당신의 의견을 들으려고 하고 있는 거잖아."

그렇게 레이코는 생각을 포기하는 것처럼 말했다. 가게야마는 이거 안 되겠다는 듯이 어깨를 축 늘어뜨려 보이며 "그것도 그렇군요"라고 조용히 고개를 끄덕였다. 그리고는 "물어본 제가 바보였습니다"라고 아무렇지도 않게 실례되는 발언을 했다. 뭐, 가게야마는 이런 남자다.

그런 가게야마는 소파에 앉은 레이코를 향해서 안정감 있는 낮은 목소리로 말했다.

"제 생각을 이야기하기 전에, 한 가지 질문을 드리고 싶습니다만."

"좋아. 뭘 물어보고 싶은데?"

"흉기인 목도에 대해 여쭙고 싶은 것이 있습니다. 감식과로 넘어간 목도는 지문 채취가 이루어졌을 텐데, 결과는 어땠습니까?"

"아, 그거 말이구나. 유감스럽게도 목도에서 수상한 지문은 발견되지 않았어. 물론 다카후미 씨의 지문은 많이 검출됐지만."

"많이 검출되었다는 것은, 요컨대 목도 끝에서 끝까지 구석구석 다카후미 씨의 지문이 묻어 있었다는 의미입니까?"

"그래. 하지만 그건 다카후미 씨가 매일 그 목도를 휘두르고 있었으니 당연한 일이지. 반대로 다카후미 씨 이외의 지문은 선명한 것이 하나도 발견되지 않았대."

"그렇군요. 잘 알았습니다." 가게야마는 공손한 태도로 끄덕이더니, "⋯⋯그래서?"라고 레이코에게 되물었다.

레이코는 손에 든 와인글라스를 입가에서 딱 멈추고, 옆에 서 있는 집사를 곁눈질로 힐끗 쳐다보았다. "그래서라니, 뭐가?"

그 말을 들은 집사는 한 마디 한 마디, 구분 지으면서 레이코에게 질문했다.

"그래서, 아가씨는, 대체, 무엇을, 고민하시고, 계신다는, 겁니까?"

"뭐, 뭐냐니. 그러니까 다카후미 씨는 누구에게 살해당했는가를⋯⋯."

"아아~, 아가씨⋯⋯."

가게야마는 진심으로 낙담하는 듯이 깊은 한숨을 내쉬었다. 그리고 그는 가볍게 허리를 굽히면서 레이코의 귓가에 얼굴을 가져가더니, 공손한 어조로 이렇게 말했다.

"실례입니다만, 아가씨는 아까운 저녁 식사를 드시고 계십니다."

한순간의 침묵이 두 사람이 앉아 있는 거실에 내려앉았다. 과거의 경험으로 보아, 레이코는 감이 딱 잡혔다. 확실히 가게야마는 지금 자신에게 심한 폭언을 한 것이다. 그러나 솔직히 말해서 지금 것은 의미를 알 수 없다. 의미를 알 수 없어서 화를 낼 수가 없는 것이다.

"아까운 저녁 식사를?" 레이코는 멀뚱하게 되묻는다. "미안한데, 그거 무슨 뜻이야?"

"어라, 이해하지 못하셨습니까. 말 그대로의 의미입니다."

가게야마는 가볍게 어깨를 으쓱하고는 레이코에게 자신의 말을 번역해서 전했다. "요컨대, 아가씨는 아까운 밥만 축내고 계신다고, 저는 그렇게 말씀을⋯⋯."

레이코는 집사의 말을 끝까지 듣지 못하고 소파에서 주르르 미끄러져서, 하마터면 글라스의 와인을 바닥에 엎지를 뻔했다. 하지만 직전에 사태를 피한 레이코는 마음의 동요를 들키지 않겠다는 듯이 의연하게 일어서더니 우선은 손에 든 글라스를 신중하게 테이블에 내려놓았다.

그러고서는 레이코는 "⋯⋯흐읍" 하고 크게 숨을 들이 쉬었다. 그 뒤 눈앞에 있는 폭언 집사의 얼굴을 향해 세차게 삿대질을 날리며 열화와 같은 기세로 자신의 감정을 폭발시켰다.

"마, 마, 말도 안 되는 소리 하지 마! 내, 내, 내가 이제까지 먹은 저녁 식사 중에 아까운 건 요만큼도 없어! 모든 것은 내 피와 살이 되어서, 세상에, 인류에, 구니타치 시민에게 도움이 되고 있다고!"

그러자 삿대질을 받은 가게야마는 "그렇다면 좋겠습니다만……" 이라며 집사답지 않게 슬며시 웃었다.

"뭐가 '그렇다면 좋겠습니다만'이야! 웃지 말란 말이야!"

레이코는 분노한 나머지 테이블을 걷어찼다. 테이블이 쓰러지고 결국 와인은 바닥에 엎질러졌다. 으아아, 내가 지금 뭘 하고 있는 거지?! 레이코는 가벼운 혼란 상태였다.

그러나 그 와중에도 가게야마는 당황하지 않고 침착하게 걸레를 들더니 바닥에 엎질러진 와인을 깨끗이 닦았다. 그 모습을 바라보면서 레이코는 조금 냉정함을 되찾았다. 그런 레이코에게, 가게야마가 가볍게 일어서더니 천천히 입을 열었다.

"아가씨는 이상하게 생각하지 않으셨습니까? 그 컴퓨터 책상 옆에 놓인 삼단 서랍장. 그 맨 위 서랍이 열려 있지 않았던 것을."

"그야 신경은 쓰였지. 하지만 그 서랍은 잠겨 있던 서랍이었잖아."

"그러면 도둑은 그 서랍이 열리지 않았기 때문에 그대로 손을 대지 않았던 거라고, 그렇게 말씀하시는 겁니까? 하지만 아가씨, 기요카와 저택 부근에 출몰하던 도둑은 확실히 자물쇠 따기 명수이셨잖습니까?"

"그, 그렇지. 당신이 말한 대로야. ……그건 그렇지만 도둑에게 경어를 쓰면 어떡해!"

"죄송합니다. 버릇이 되어서 저도 모르게……." 가게야마는 살짝 고개를 숙이고, 하던 이야기를 계속했다. "그 도둑은 기요카와 저택 현관의 열쇠를 교묘한 기술로 열 수 있지만 서랍장에 달린 장난감 수준의 자물쇠는 열 수 없었던 걸까요?"

"으음, 그런 일은 생각할 수 없겠지. 하지만 어차피 그 서랍장에는 도둑이 탐낼 만한 물건이 들어 있지도 않았으니까 딱히 열 필요는 없었다……라든가?"

"아가씨, 금품이 있는지 없는지는 서랍을 열어봐야 비로소 알 수 있는 법입니다. 도둑이라면 오히려 잠겨 있는 서랍이야말로 보물이 잠들어 있는 게 아닐까 하고 생각하는 것이 보통이겠지요."

"그것도 그러네. 그러면 어째서 그 도둑은 그 서랍을 열지 않았던 걸까."

"답은 간단합니다. 그 도둑은 서랍의 열쇠를 열 수 없었던 것입니다. 즉 자물쇠 따기 기술도 도구도 가지고 있지 않았던 겁니다, 그 도둑은."

"그건 즉 기요카와 저택에 든 도둑은 근처를 어지럽히던 빈집 털이범과는 다른 사람이라는 거야?"

"그렇다기보다 그 인물은 애초에 도둑도 자물쇠 따기 명수도 아니었습니다."

"하지만 그건 이상해. 자물쇠를 따지 못하면 그 녀석은 어떻게 기요카와 저택에 들어간 거야?"

"물론 열쇠를 가지고 있었겠지요. 기요카와 저택의 현관 열쇠를."

"엑! 그건 설마……. 실은 그 녀석의 정체가 기요카와 가의 사람이라는 거야?"

레이코의 시선 끝에서 가게야마는 조용히 끄덕였다. 그리고 레이코는 중대한 사실을 깨달았다.

"잠깐만. 만약 당신이 말한 대로라면 해당하는 인물은 한 사람밖에 없어. 왜냐하면, 목격자인 이웃집 할아버지의 증언에 의하면 도둑은 남자였으니까."

"네. 그야말로 아가씨가 생각하시는 인물입니다."

"거짓말!" 레이코의 목소리가 높아졌다. "도둑의 정체가 기요카와 다카후미였다는 거야?!"

6

그렇습니다, 라고 확신을 가지고 끄덕이는 가게야마에게 레이코는 곧바로 반론했다.

"믿을 수 없어. 왜 다카후미 씨가 자기 집 안에서 도둑 같은 짓을 한다는 거야. 그럴 필요는 어디에도 없잖아."

"아뇨. 그럴 필요가 있었던 겁니다, 아가씨. 말씀을 듣기로는 다카후미 씨와 요시에 부인과의 사이는 냉랭하게 식어서 두 사람은 거의 이혼 직전 상태였다고 하셨죠. 그렇다면 다카후미 씨가 이혼할 때에 자신의 입장을 유리하게 만들기 위한 정보, 예를 들면 요시에 부인의 불륜 증거 등을 몰래 손에 넣으려고 마음먹고 그 일을 실행했다고 해도 아무런 이상할 것도 없습니다."

"그렇구나. 그래서 다카후미 씨는 골프 연습을 일찍 마치고 예정보다 일찍 돌아온 거구나."

"네. 다른 가족이 돌아오기 전까지, 다카후미 씨는 요시에 부인의 방을 자유롭게 뒤질 수 있습니다. 그런 다카후미 씨의 모습을 이웃에 사는 노인이 우연히 목격했던 것이라면 앞뒤는 맞습니다."

"그러면 그 다카후미 씨를 목도로 때린 인물은 누구인가…….
아, 알았다! 요시에 부인이구나."

레이코는 마치 그 장면을 목격했던 것처럼 의기양양하게 말했다.
"실은 요시에 부인은 일찍 쇼핑을 마치고 예정보다 일찍 귀가했어.
거기서 자기 방을 뒤지던 남편과 마주쳤지. 화가 난 요시에 부인은 현관에 있던 목도를 손에 들고 남편의 머리를 후려쳤어. 맞은 곳이 안 좋아서 다카후미 씨는 죽어버렸어. ……어때, 가게야마?"

"과연 아가씨이십니다. 마치 정답처럼 들리는, 정말 그럴싸한 추리입니다."

마치 칭찬하는 듯하면서 바보로 취급하는 집사의 말에 레이코는 발끈했다.

"뭐야, 가게야마. 범인은 요시에 부인이 아니라고 말하고 싶은 거야? 그러면 누구란 거야. 니이지마 기와코? 그 여자에게는 동기가 없어. 아니면 도모미와 마사미 자매? 확실히 그 여자들에게는 유산을 목적으로 했을 거라는 번듯한 동기가 있지만, 그 두 사람이 그렇게까지 할까?"

"아뇨, 다카후미 씨는 그런 살벌한 동기로 살해된 것은 아닙니다. 저는 그 사람의 죽음이 불행한 사고였던 게 아닐까 하고 생각합니다."

"불행한 사고? 다카후미 씨는 살해된 거야. 사고일 리가 없잖아."

"차분히 생각해보십시오, 아가씨. 범인은 흉기로서 목도를 사용하고 있습니다. 가자마쓰리 경부님의 추리에 의하면 이 목도는 다카후미 씨가 도둑을 퇴치하기 위해 직접 고른 물건입니다. 다카후미 씨는 그 목도를 도둑에게 빼앗겨서 반격을 당했다. 경부님은 그렇게 추리했습니다. 하지만 사실은 도둑 같은 짓을 하고 있던 것은 다카후미 씨 쪽이었습니다. 그렇다면 이 범인이 목도를 손에 든 목적은 무엇일까요. 우선 가장 먼저 생각해볼 수 있는 것은 역시 도둑 격퇴를 위해서. 그렇게 생각되지 않습니까, 아가씨?"

가게야마의 의외의 견해를 듣고 레이코는 자기도 모르게 "앗!" 하고 소리를 냈다.

"그러면 뭐야. 누군가 도둑 같은 짓을 하고 있던 다카후미 씨를 진짜 도둑으로 착각하고 목도로 후려쳤다는 거야?! 불행한 사고란 건 그런 의미구나."

"단정은 할 수 없습니다. 다만 그럴 가능성은 충분히 있다고 말씀드리는 것입니다. 물론 요시에 부인이 울컥해서 목도를 휘둘렀을 가능성도 배제할 수는 없습니다."

"아이, 참! 어느 쪽이라는 거야, 대체." 애매모호한 집사의 말에 레이코는 짜증이 솟구쳤다.

하지만 가게야마는 느긋하게 은테 안경을 손끝으로 밀어 올리면서 새침한 얼굴로 말했다.

"뭐, 어느 쪽이라고 해도 마찬가지입니다, 아가씨."

"마찬가지라니, 무슨 소리야?"

"문제는 지문입니다." 가게야마는 자신의 지문을 보이듯이 오른손 손바닥을 레이코 앞에 펼쳐보였다. "아가씨가 말씀하신 대로 요시에 부인이 울컥해서 목도를 들었다면, 목도에는 부인의 지문이 듬뿍 남아 있어야만 합니다. 한편, 기요카와 가의 누군가가 다카후미 씨를 도둑이라고 착각해서 목도를 쥐었을 경우에도 역시 마찬가지입니다. 그곳에는 그 인물의 지문이 남겠지요. 하지만 실제로는 목도에는 다카후미 씨의 지문만이 남아 있었습니다. 이건 어째서일까 하는 생각이 들지 않으십니까?"

"어째서고 뭐고, 그야 지문은 범인이 뒤에서 깨끗하게 지웠 …… 아니, 아닌가."

"네. 나중에 천이나 손수건으로 지웠다면 그 지워진 범위에는 범인의 지문은 물론이고 다카후미 씨의 지문도 일체 남지 않게 됩니다. 하지만 아가씨의 말씀에 의하면 목도에는 구석구석 다카후미 씨의 지문이 남아 있었습니다. 즉 이 범인은 목도를 닦지 않았습니다. 그럼에도 불구하고 목도에 범인의 지문이 남아 있지 않았다. 이것에서 도출되는 결론은 하나. ……이제 아시겠지요, 아가씨?"

"어디 보자……. 요컨대 범인은 장갑을 끼고 있었다는 거?!"

자기가 대답하면서도 레이코는 반신반의하는 상태였다. "확실히 장갑을 끼면 자신의 지문을 남기지 않을 수 있고, 다카후미 씨의 지문도 대부분 그대로 남아 있지. 하지만 그건 조금 이상하지 않을까. 도둑을 격퇴하기 위해 목도를 쥐는 사람은 일부러 장갑 같은 건 끼지 않을 테니까. 물론 화가 머리끝까지 난 요시에 부인이 범인이었다고 해도 마찬가지야. 장갑 따윈 끼지 않을 거야."

여기에 이르자 레이코는 머리를 끌어안았다. 가자마쓰리 경부가 추리한 대로 이것이 도둑의 사후강도에 의한 살인이라면 앞뒤는 맞는다. 도둑은 처음부터 장갑을 끼는 것이 당연하니까.

하지만 가게야마가 추리한 대로 도둑이 다카후미 씨라고 가정하면, 그를 목도로 후려치려고 한 인물이 일부러 장갑을 낄 거라고는 생각할 수 없다. 그럼에도 불구하고 목도에 남겨진 지문은 범인이 범행 시에 장갑을 끼었음을 보여주고 있다. 이것은 모순이 아닐까?

"뭘 그리 고민하고 계십니까, 아가씨? 이미 답은 빤히 보입니다. 아가씨가 말씀하신 대로 이 범인은 일부러 장갑을 끼고 다카후미 씨를 때린 것은 아닙니다. 그렇다면 이렇게 생각할 수밖에 없겠지요. 즉 이 범인은 목도를 쥐었을 때, 어쩌다가 장갑을 끼고 있었다고."

"허어, 우연히 장갑을 끼고 있었다고?!"

레이코는 자기도 모르게 고개를 갸웃거렸다. '일부러'가 아니라 '어쩌다가'. 그 차이는 의외로 크다.

"그건 무슨 소리야?! 겨울이라면 몰라도 이 한여름의 더운 계절에 누가 일부러 장갑을 낀다는 거야. 장갑 따윈 아무도 안 껴. 안 그래도 더운데."

"어라, 정말로 그럴까요? 아니, 햇볕이 쨍쨍 내리쬐는 여름이라서 일부러 장갑을 끼고 지내는 여성의 모습을 저는 여러 번 봤습니다만……."

가게야마의 의미심장한 말에 레이코는 자기도 모르게 아차 했다. 장갑에도 종류와 용도는 다양하다. 작업용 목장갑도 있고 방한용 털장갑도 있다. 겉모습을 중시한 패션 장갑이라면 레이코도 많이 가지고 있다. 그리고 햇살이 강한 여름이기에 활약하는 장갑도 지금 이 계절의 핫 아이템이다. 레이코는 자기도 모르게 손가락을 튕겼다.

"알았다, UV장갑! 범인은 UV장갑을 낀 손으로 목도를 쥔 거구나."

UV장갑. 그것은 자외선을 피하기 위해 끼는, 팔꿈치에서 위팔까지 가리는 아주 긴 장갑을 말한다. 지구온난화라는 이야기와 함께 맹렬한 더위가 일상화된 최근 들어 이용자가 급증하고 있다. 그 대부분은 피부 노화를 조금이라도 늦추고 싶어 하는, 햇볕을 피부 주름 최대의 적으로 보는, 어느 정도 나이가 있는 여성들이다(레이코는 아직 쓴 적이 없다).

"과연 아가씨, 혜안이십니다." 가게야마는 마음에도 없는 말을 하며 레이코의 다음 추리를 재촉했다. "거기까지 깨달았다면 범인이 누구인지는 이미 눈치채셨겠지요?"

"어? 눈치채?!" 레이코는 한순간 생각하고, 그리고 단호하게 고개를 휘휘 저었다. "아니, 전혀 모르겠어."

"아아, 아가씨. 역시 아까운 저녁 식사를 드시고……."

"몇 번씩 말하지 않아도 돼!" 레이코는 가게야마의 폭언을 가로막으며 외쳤다. "그렇게까지 말한다면, 당신은 범인을 안다는 거겠지? 그렇다면 어디 한번 말해봐."

"알겠습니다." 가게야마는 공손히 한 번 인사를 하고 나서 자신의 추리를 이야기했다. "우선 요시에 부인은 아니라고 생각됩니다. 기모노 차림에 UV장갑을 끼는 사람은 거의 없습니다. 애초에 그런 장갑을 끼지 않아도 기모노를 입으면 팔 전체가 소매에 가려지게 됩니다."

"확실히 그러네. 그러면 그 밖의 용의자는 어때?"

"장녀인 도모미는 범인이 아닙니다. 연인과의 영화 데이트에 UV장갑을 끼고 갈 여성은 없습니다. 게다가 그 여자는 탱크톱 차림이었지요. 어깨까지 훤히 드러난 차림을 하고 팔에 UV장갑을 끼고 햇볕을 막는다는 것은 우스꽝스러운 일입니다."

"그러면 차녀인 마사미는 어때?"

"마사미는 팔도 다리도 햇살에 그을린 모습이었습니다. 자외선을 전혀 신경 쓰지 않는 그 여자가 오늘만 UV장갑을 꼈다는 건 좀처럼 생각하기 어렵습니다. 게다가 UV장갑이란 것은 여대생이 애용할 만한 물건이 아닙니다. 마사미는 범인이 아니라고 생각됩니다."

"그렇게 되면 남는 것은 기요카와 가의 트러블메이커구나."

"네, 니이지마 기와코입니다. 그 여자는 백설기마냥 뽀얀 피부를 가지고 있다고 하셨죠. 아마도 그 하얀 피부를 유지하는 것에 신경을 쓰고 있었겠지요. 나이로 봐도 UV장갑을 애용할 만한 나이입니다. 게다가 그 여자는 자전거로 외출하고 있었다지요. 제가 관찰하기로는 UV장갑을 가장 적극적으로 이용하는 사람은 자전거를 타는 여성들이라 생각됩니다. 이상의 이유로 보아 저는 기요카와 다카후미 살해의 진범이 니이지마 기와코가 아닐까 하고 생각합니다."

어디까지나 추측입니다만……. 그렇게 확인하면서 가게야마는 다시 말을 이었다.

"니이지마 기와코는 다치카와의 슬롯머신 가게에서 돈을 잃은 뒤, 자전거를 타고 곧바로 기요카와 저택으로 돌아왔던 것이겠지요. 그리고 UV장갑을 낀 채로 현관을 열고 자기 방으로 향했습니다. 그런데 그곳에는 요시에 부인의 방을 뒤지는 다카후미 씨의 모습이 있었습니다. 열린 문틈으로 그 수상한 뒷모습을 본 그녀는 그때 문득 떠올렸던 것이겠지요. 최근에 이 동네를 어지럽히는 그 도둑에 대한 소문을."

"니이지마 기와코는 부인의 방을 뒤지는 다카후미 씨를 그 빈집털이범이라고 착각한 거구나."

"네. 거기서 그 여자는 현관에 있던 목도를 손에 들고 대비했습니다. 공격하기 위해서라기보다는 호신용으로 쓸 생각이었겠지요. 거기서 아무것도 모르는 다카후미 씨가 방에서 불쑥 나왔습니다. 그 여자는 필시 놀랐겠지요. 그리고 긴장과 공포에 질린 나머지, 그 여자는 상대의 얼굴을 확인하지도 못하고 마구잡이로 목도를 내리친 것입니다."

"목검의 끝은 불행히도 다카후미의 뒤통수에 명중했고, 그 남자의 목숨을 빼앗아버렸지."

"네. 니이지마 기와코가 그 남자의 정체를 깨달은 것은 그 직후였을 거라 생각됩니다. 그 여자는 깜짝 놀라고, 그리고 어떻게든 사건을 얼버무리려고 생각했습니다. 그렇다면 어떻게 해야 얼버무릴 수 있을까요. 생각 끝에 그 도둑의 짓처럼 보이게 만드는 것이 가장 손쉽고 확실하다고 그 여자는 생각했던 것이겠지요."

"하긴 상황으로 보면 그 생각이 그 여자의 머리에 떠오른 것은 당연할지도 모르겠네."

"거기서 니이지마 기와코는 다시 요시에 부인의 방을 어지럽히고, 그리고 다카후미 씨의 서재도 마찬가지로 뒤엎었습니다. 마치 도둑이 뒤지고 간 것처럼 위장한 것이지요. 그 작업이 끝나자 그녀는 다시 자전거를 타고 일단 집을 떠났다고 생각됩니다."

"그리고 잠시 후에 마사미로부터 '다카후미가 죽었다'라는 연락을 받은 니이지마 기와코는 다시 자전거를 타고 기요카와 저택으로 돌아갔어. 이때 그 여자는 UV장갑을 벗고 있었겠지. 그리고 아무도 그 여자의 장갑 따윈 신경 쓰지 않은 채로 수사가 진행됐다……."

"살인 사건의 소란 속에서는 무리도 아닙니다. 사소한 일이니까요."

확실히 사소한 일에 지나지 않는다. 하지만 그 사소한 일이 결정적으로 중요했던 것이다. 레이코는 다시 한 번 가게야마의 추리력에 혀를 내둘렀다. 먼 곳에서 일어난 사건의 보이지 않는 부분까지도 꿰뚫어 보는 힘. 이 남자의 뛰어난 능력에 자신은 대체 몇 번이나 도움을 받았던가(이걸로 열여덟 번째야!).

레이코는 가게야마의 역량에 기대하며 마지막으로 남은 작은 의문을 말했다.

"니이지마 기와코가 처음에 기요카와 저택으로 돌아갔을 때, 다카후미 씨는 요시에 부인의 방을 뒤지던 중이었어. 그래서 그 남자는 도둑으로 오인받은 거고. 그렇다는 것은 다카후미 씨는 기와코가 집에 돌아온 것을 전혀 깨닫지 못했다는 거지. 그건 어째서일까? 요시에 부인의 방은 현관 가까이에 있는데……."

이 물음에 가게야마는 의외라는 듯이 "어라, 아가씨, 모르시겠습니까?"라며 고개를 갸웃거리고, 자신 있다는 듯 이렇게 말을 이었다. "다카후미 씨가 니이지마 기와코의 귀가를 깨닫지 못했던 이유, 그것은 주오선 열차때문이라고 생각됩니다. 그 여자가 현관문을 열었을 때, 우연히 주오선 열차가 지나갔고, 그 소음이 문을 여는 소리를 지워버렸던 것이겠지요."

아아, 그렇지. 그게 틀림없다. 역시 가게야마, 나의 집사다.

레이코는 모든 것을 이해한, 그런 기분이었다.

다음 날 기요카와 저택. 그 응접실에는 형사들과 니이지마 기와
코의 모습이 있었다.

레이코는 어제 가게야마가 한 추리를 마치 전부 자신의 머리로
생각한 것처럼 막힘없이 이야기했다. 얌전한 얼굴로 그것을 듣고
있던 니이지마 기와코는 부들부들 떨었고, 이윽고 말없이 고개를
숙였다. 그 태도는 무엇보다 가게야마의 추리가 진실임을 증명해주
고 있었다. 그러자 곁에서 듣고 있던 가자마쓰리 경부가 마지막에
한 가지 질문을 던졌다.

"다카후미 씨는 기와코가 집에 돌아온 걸 왜 깨닫지 못했을까?"

"그러니까 말이죠, 그건 우연히 주오선 전철이 지나갔기 때문입
니다."

아아, 귀찮아. 어제의 자신을 제쳐두고, 마음속으로 레이코는 그
렇게 중얼거렸다. 한편 경부는 레이코의 대답에 몇 번이나 끄덕이
면서 만족스러운 표정으로 "과연 호쇼 형사로군, 내 부하야."

"……." 아니, 그런 말을 들어도 전혀 기쁘지 않아요.

레이코는 작게 한숨을 내쉬고, "감사합니다, 경부님"이라고 상사
에게 형식상 감사의 뜻을 표한다. 그러자 가자마쓰리 경부는 "무슨
소릴, 자네의 공적이야. 호쇼 형사"라고 여유 넘치는 포즈로 레이코
를 향해 특유의 미소를 지었다. 레이코는 평소의 쓴웃음을 지을 수
밖에 없었다.

이렇게 기요카와 저택의 살인 사건은 니이지마 기와코가 체포되면서 일단 막을 내렸다.

하지만 레이코는 알지 못했다. 진짜 큰 사건이 사건 해결 직후에 기다리고 있다는 것을…….

그것은 한여름 해도 기울어 구니타치 시에 밤의 조명이 켜지기 시작할 무렵.

하루의 일을 마치고 귀가하려는 레이코는, 의도하지 않았지만 가자마쓰리 경부와 같이 구니타치 경찰서의 중앙 현관을 나서게 됐다. 성가신 상사에게 작별의 말을 하고 얼른 호쇼 가의 리무진을 부르고 싶다. 레이코는 그렇게 바라고 있었지만 가자마쓰리 경부는 아주 수다스러웠다.

"니이지마 기와코는 아무래도 단념한 모양이야. 저항할 기색 없이 얌전히 죄를 인정하는 진술을 시작했다는군. 사건의 전모도 머잖아 밝혀지겠지. 어려운 사건이 될 거라고 생각했는데 의외로 빠르게 해결된 것 같아. 아니, 물론 좋은 일이지."

그리고 경부는 가만히 중얼거리듯 말했다.

"이것으로 나도 아쉬움 없이 구니타치 경찰서를 떠날 수 있겠어."

"허어. 경부님, 어딘가로 출장 가시나요? 아, 설마 해외라든가? 좋으시겠네요~."

태평스러운 눈치로 응하는 레이코에게, 가자마쓰리 경부는 전에 없이 진지한 얼굴로 말했다.

"그렇지 않아, 호쇼 형사. 잘 들어줘. 실은 갑작스러운 명령이 내려왔어. 나는 이동하게 됐어. 구니타치 경찰서와도 작별이야. 자네의 상사로 있을 수 있는 것도 이게 마지막이야. 알겠지, 이 의미를."

"네?!" 한순간 레이코의 머릿속을 복잡한 감정이 지배했다. 기뻐해야 할지 슬퍼해야 할지…….

"아아! 그렇게 슬픈 얼굴은 하지 말게, 호쇼 형사!"

"……." 내가 그렇게 슬픈 얼굴을 하고 있던 걸까? 그럴 리가 없는데.

당황하는 레이코 앞에서 가자마쓰리 경부의 원맨쇼는 계속 이어진다.

"나도 괴로워. 나도 사실은 구니타치 경찰서를 떠나고 싶지 않아. 여기는 내가 신세를 진 상사나 선배가 있어. 내가 믿는 동료도 있어 그리고 무엇보다 내가 아끼는 부하가……."

"경부님……." 레이코는 이 거북한 상사의 말에 처음으로 가슴이 찡했다.

"하지만 어쩔 수 없어, 호쇼 형사. 이건 상부의 명령이거든. 경시청의 상층부에 젊은 나이로 경시정에 오른 인물이 있어. 장래에 경시총감이 되는 것도 꿈은 아니라는 소문이 도는 초엘리트인데, 그 사람이 내 활약을 아주 마음에 들어했거든."

"……네에?!" 설마 이거, 자기 자랑이야? 엑, 이 마당에 와서까지?!

"생각해보게, 어쨌든 나는 이 구니타치 경찰에서에서 매달 일어나는 어려운 사건을 전부 해결해왔잖아. 뭐랄까, 아주 자연스럽게 눈에 띄게 됐겠지. 그래서 꼭 본청에서 그 실력을 발휘했으면 좋겠다고, 그 엘리트 경시정이 부탁해왔어. 뭐, 윗사람이 고개를 숙이고 그렇게 말하면 나로서도 싫지만은 않고, 게다가 나처럼 그릇이 큰 사람이 활약하기에는 구니타치의 거리는 너무 작지 않나, 하하하!"

"……." 경부님, 당신은 지금 이 순간 모든 구니타치 시민을 적으로 돌렸어요.

레이코는 자기도 모르게 깊은 한숨을 쉬었다. 그리고 단 한순간이나마 그의 말에 가슴이 찡해졌던 자신을 부끄러워했다. 그런 뒤에 그의 활약을 눈여겨본 경시청 상부의 누군가를 향해서 레이코는 마음속으로 몰래 외쳤다.

이딴 남자에게 기대를 걸다니, 너희들의 눈은 장식이냐!

하지만 상관없다. 가자마쓰리 경부가 경시청을 혼란에 몰아넣는다고 해도 내가 알 바 아니다. 그렇게 결론 내린 레이코는 마지막까지 이상적인 부하로서 행동하기로 했다.

"승진을 축하드립니다, 경부님. 이후의 활약도 기대하겠습니다."

"고마워, 정말 기뻐." 그렇게 말하며 경부는 레이코의 눈을 똑바로 응시하면서 말했다. "하지만 실은 말이야, 나는 이 거리에서 딱 한 가지 못한 것이 있어. 내 마지막 부탁을 들어주겠나?"

"허어, 뭔가요? 제가 할 수 있는 일이라면……."

물론 할 수 있어! 자네밖에 할 수 없어! 그렇게 말하며 경부는 감춰둔 소망을 레이코에게 전했다.

"호쇼 형사, 오늘 저녁에 야경이 보이는 최고급 레스토랑에서 나와 함께 최고의 저녁 식사를…….'"

"!" 마지막 부탁이란 게 그거냐. "거절하겠습니다!"

레이코는 경부의 말을 끝까지 듣지도 않고 이야기할 필요도 없다는 듯이 매몰차게 거절했다.

그 단호한 어조에 가슴이 꿰뚫린 듯, 경부는 가슴을 누르면서 그 자리에 못 박혔다.

"아, 안 되는 건가. 역시 도저히 안 되나…….'"

물론 안 된다. 왜냐하면 이 남자와의 저녁 식사는 식사만으로 끝나지 않을 것 같으니까.

하지만 그렇게 말해도 어쨌든 상대는 신세를 진 상사다. 거절하기만 해서는 미안하다.

"저기, 최고급 레스토랑은 안 됩니다만, 경부님."

레이코는 고개를 숙인 상사를 향해서 귀여운 부하의 얼굴로 미소 지었다. "꼬치구이 정도라면 괜찮습니다. 어떠신가요, 경부님? 사건도 해결되었고 하니, 형사라면 이럴 때는 꼬치구이죠!"

"오오, 호쇼 형사." 경부는 고개를 들더니 엄지를 세우는 포즈를 하며 간신히 웃는 얼굴을 보였다. "확실히 자네가 말한 대로야. 여기서는 이탈리아나 프랑스 요리가 아니라 꼬치구이에 한잔 걸치는 것이 정답이지. 우리는 형사니까. 좋아, 꼬치구이라면 맛있는 가게를 알고 있어. 얼른 가자구!"

말하기가 무섭게 가자마쓰리 경부는 레이코의 등을 꾹꾹 밀면서 걷기 시작했다.

"좋았어! 오늘은 마셔야지, 토할 때까지 마실 거라고. 알겠지? 자네도 마시라고, 호쇼 형사!"

"네, 마시겠습니다, 경부님. 어쨌든 저는 경부님의 부하니까요!"

완전히 어두워진 구니타치의 길거리. 거리가 밤의 활기를 보이기 시작할 무렵이었다.

레이코와 가자마쓰리 경부는 꼬치구이로 처음이자 마지막 저녁 식사를 하기 위해 나란히 걷기 시작했다.

그 뒤로 몇 시간 뒤. 날짜가 바뀐 구니타치의 밤의 한구석에서.

레이코는 선언한 대로 토할 때까지 마신 가자마쓰리 경부를, 레이코는 택시에 태운 뒤, "댁까지 태워다 주세요"라고 말하며 운전수에게 윙크했다. 그래도 노골적으로 싫은 듯한 얼굴을 하는 운전수에게, 레이코는 조금 넉넉한 현금을 건네며 "보시면 알겠지만, 이 사람은 어느 조직의 보스니까 이상한 짓은 안 하시는 게 좋아요"라고 단단히 못을 박았다.

운전수는 깜짝 놀라는 얼굴로 돈을 받아 들고는 운전석에서 모자를 고쳐 썼다. 이것으로 고주망태가 된 경부가 길바닥에 버려질 위험은 없어졌을 것이다.

레이코는 달리기 시작한 택시의 후미등을 바라보면서 검은 테 안경을 벗고 묶은 머리를 풀었다. 그 머리카락을 쓰다듬듯이 여름의 밤바람이 기분 좋게 불었다.

"에고고, 이걸로 한 건 끝났네. ……그건 그렇고, 나도 돌아가 야지."

레이코는 휴대전화를 꺼내들었다. 하지만 그녀가 전화를 걸기도 전에 빠르게 한 대의 리무진이 거리 저편에서 불쑥 모습을 드러내 더니, 미끄러지듯이 그녀 눈앞에 정차했다. 운전석에서 그녀의 집 사가 조용히 내려서, "모시러 왔습니다, 아가씨"라며 세련된 몸짓 으로 뒷좌석 문을 열었다.

"과연, 가게야마네. 일 처리에 빈틈이 없어. 계속 기다려준 거 야?"

"네. 아가씨가 구니타치 경찰서를 나오셨을 때부터 계속 대기했 습니다."

마치 스토커 같다. 하지만 신출귀몰하는 가게야마이니 레이코도 이제 와서 놀라지는 않는다.

레이코는 묵묵히 뒷좌석에 앉고서 차를 출발시키도록 가게야마 에게 명령했다. 가게야마는 익숙하게 핸들을 조작해서 길이 7미터 의 리무진을 출발시키면서 입을 열었다.

"가자마쓰리 경부님께선 아주 기분이 좋아 보이시더군요."

"승진했대. 본청으로 갈 수 있게 되어서 아주 기쁜 거겠지."

"그렇습니까." 가게야마가 운전석에서 끄덕였다. "하지만 그분 께서 기분이 좋았던 이유는 승진이 아니라 오히려 아가씨의 자상함 이 몸에 사무쳐서가 아닐까 싶기도……."

"바, 바보 같은 소리! 자상하게 대해준 적 없어. 나는 부하의 의무를 다했을 뿐이야."

레이코는 룸미러 너머로 운전석의 집사를 노려본다. 거울에 비친 가게야마의 입가에 미소가 흘렀다.

"그렇다고 해도 호남이신 가자마쓰리 경부님의 이동은 이 거리에 헤아릴 수 없는 손실입니다. 그야말로 한 시대가 끝났다고 해도 과언은 아닙니다."

"과언이야, 과언! 그 사람에게 그 정도의 중요성은 없어!"

가게야마의 말에 레이코는 크게 도리질 쳤다. 하지만 의외로 그가 말하는 대로일지도 모른다.

레이코는 지금까지 지내온 일상에 대해 생각한다. 우선 그곳에 있는 것은 형사로서의 레이코의 일상이다. 팬츠 슈트 차림으로 현장에 달려가서 가자마쓰리 경부에게 휘둘리고, 그의 잘못된 추리를 듣고 녹초가 되어 귀가하는 하루. 그리고 거기서부터 레이코의 부호 영애로서의 일상이 시작된다. 레이코는 원피스로 갈아입고 호화로운 저녁 식사를 만끽하고, 옆에는 현명하지만 심술궂은 집사가 있고, 레이코는 사건에 대한 이야기를 하고, 수수께끼 풀이는 저녁 식사 후에 와인을 기울이면서…….

매일같이 반복되는 그 흔한 광경도 결코 영원히 변하지 않는 게 아닌 것이다.

가자마쓰리 경부의 이동으로 레이코의 하루하루는 확실히 지금까지와는 다른 것이 될 것이다. 형사로서의 레이코의 일상을 지배해왔던 가자마쓰리 경부의 존재는 역시 컸는지도 모른다.

그리고 레이코는 문득 걱정스러워져서 운전석의 집사에게 슬쩍 물었다.

"저기, 가게야마는 갑자기 어딘가로 가버리지는 않겠지……?"

"……네?!" 웬일로 동요했는지 가게야마의 핸들 놀림이 흐트러 져서 차가 한순간 비틀거렸다.

"아니, 그러니까 저기, 이동 같은 건 없겠지? 공무원도 아니니 까……."

그러나 가게야마는 담담한 어조로 "그건 뭐라고 말씀드릴 수 없 습니다"라고 불안한 말을 했다. "어쨌든 저는 호쇼 가에 고용된 일 개 집사에 지나지 않습니다. 어르신의 뜻에 따라 언제 해고당해도 이상하지 않은 입장이니까요."

"그, 그렇지 않아!" 레이코는 자기도 모르게 운전석으로 몸을 내 밀며 외쳤다. "아버지도, 당신을 해고할 수는 없어. 왜냐하면 당신 은 내 집사인걸. 잘 기억해둬. 당신을 해고할 수 있는 건 이 세상에 서 나 한 사람뿐이라구!"

"……."

가게야마는 말없이 차를 몬다. 레이코는 자기 가슴속의 고동이 거세진 것을 깨닫는다. 지금 자신이 뭔가 이상한 말을 외치지 않았 나? 레이코는 부끄러움과 불안에 가득 차서 묵묵히 창밖을 바라본 다. 깊은 밤을 지난 다이가쿠 길에는 반대편 차의 모습조차 보이지 않는다. 두 사람을 태운 리무진은 홀로 밤의 활주로를 달리는 것 같 았다.

차 안은 정적으로 가득 차 있다. 가게야마는 여전히 말이 없다. 이윽고 차는 호쇼 저택에 도착하겠지.

레이코는 침묵을 떨치듯이, 아가씨다운 강경한 어조로 입을 열었다.

"알겠지? 당신은 계속 내 집사로 있어. ……약속이야, 가게야마."

운전석에서 레이코의 집사가 조용히 대답했다.

"네. 언제까지라도 곁에서 모시겠습니다, 아가씨."

어느덧 3권 째입니다. 사실 3권이 나오리라고는 생각하지 못해서, 2권이 출간된 뒤로 까맣게 잊고 있다가 3권이 나왔다는 소식을 인터넷으로 접하고 깜짝 놀란 기억이 있습니다. 2권이 그럭저럭 괜찮게 마무리되었다고 생각했기 때문에 무심코 이걸로 끝이겠거니 했는데, 일본에는 계속 연재되고 있었더군요.

연재라는 이야기가 나와서 말인데, 원래 이 작품은 〈키라라〉라는 잡지에 연재된 원고에 신작 단편을 추가해서 출간한 것이지요. 참고로 〈키라라〉는 여성이 주요 독자층을 이루고 있는 소설 전문 잡지입니다. 작가의 말에 의하면 미스터리 소설에 익숙하지 않은 여성 독자도 재미있게 읽을 수 있는 작품을 쓰려고 했다더군요. 그렇게 생각하면 이 작품의 주인공이 부잣집 아가씨와 젊은 집사 콤비라는 점이나, 수수께끼의 해결이 대부분 우아한 저녁 식사 뒤에 안락의자 탐정◆스타일로 이루어지는 점에도 고개가 끄덕여집니다. 가볍고 유머러스한 이야기 전개는 히가시가와 도쿠야의 본래 스타일인데다가, 타깃에 맞춘 설정이 제대로 먹혀들었고 그것이 '쉽게 읽을 수 있는 미스터리'로서 히트한 이유가 아닐까 합니다.

작품 내용에 대한 이야기를 하자면 이번 권에서는 레이코가 사건에 대해 쉽게 털어놓아서 여러모로 편하더군요. 1·2권에서는 아가씨로서의 자존심 때문에 고집을 피우는 경우가 많았지만, 역시 3권쯤 와서 보니 다 부질없는 짓이라는 것을 깨달은 걸까요? 덕분에 이야기 전개가 빨라져서 좋았습니다. 그리고 3권 최대의 대형사건은 역시 마지막 에피소드에서 가자마쓰리 경부가 퇴장하는 것이겠지요. 이것을 보면 이 시리즈도 3권으로 마무리되는 듯합니다. 앞으로 어떻게 될지는 알 수 없지만, 역시 이 인물의 빈자리를 메울 수 있는 사람은 없을 테니까요. 번역 작업을 하는 동안에는 정말 짜증나는 인물입니다만, 작업을 끝내놓고 원고를 읽다보면 피식피식 웃게 되는 묘한 매력이 있는 캐릭터입니다. 이제 와서 생각하면 아가씨와 집사만큼이나 가자마쓰리 경부도 이 작품의 큰 축을 맡고 있었음을 새삼 느끼게 되는군요.

사실 부담 없이 가볍게 읽을 수 있는 미스터리 작품은 의외로 많지 않습니다. 그런 의미에서 히가시가와 도쿠야는 참으로 귀중한 작가입니다. 평소에 미스터리란 장르를 어렵게만 생각하는 분들께

◆ 사건이 벌어진 현장에 나가지 않고 자신의 추리만으로 해결하는 스타일의 탐정.

권하고 싶은 작가이기도 합니다. 앞으로도 이 작가의 좋은 작품을
다시 소개할 수 있기를 바랍니다.

현정수

옮긴이 현정수

일본 소설 전문 번역가. 옮긴 책으로는 『수수께끼 풀이는 저녁 식사 후에』, 『이제 유괴 따위 안 해』, 『이력서』, 『여름휴가』, 『빙글빙글 도는 미끄럼틀』, 『절대 최강의 사랑노래』, 『해질녘의 매그놀리아』, 『금지된 낙원』, 『그리고 명탐정이 태어났다』, 『해피엔드에 안녕을』 등이 있다. 순문학에서 장르 문학, 라이트 노벨에 이르기까지 장르를 넘나들며 활동하고 있다.

수수께끼 풀이는 저녁 식사 후에 3

1판 1쇄 발행 2013년 12월 15일
1판 4쇄 발행 2015년 2월 5일
2판 1쇄 발행 2016년 9월 30일

지은이 히가시가와 도쿠야 **옮긴이** 현정수
펴낸이 김영곤 **펴낸곳** 아르테
문학출판사업본부 본부장 신우섭
해외문학팀 손미선 제갈은영 **디자인** 전지선
문학영업마케팅팀 권장규 김한성 오서영 임동렬 김선영 정지은

출판등록 2000년 5월 6일 제406-2003-061호
주소 (우 10881) 경기도 파주시 회동길 201(문발동)
대표전화 031-955-2100 **팩스** 031-955-2151 **이메일** book21@book21.co.kr

아르테는 (주)북이십일의 문학 브랜드입니다.

(주)북이십일 경계를 허무는 콘텐츠 리더

아르테 채널에서 도서 정보와 다양한 영상자료, 이벤트를 만나세요!
가수 요조, 김관 기자가 진행하는 팟캐스트 '[북팟21] 이게 뭐라고'
페이스북 facebook.com/21arte 블로그 arte.kro.kr
인스타그램 instagram.com/21_arte 홈페이지 arte.book21.com

ISBN 978-89-509-6660-7 04830
    978-89-509-6663-8 04830(세트)
책값은 뒤표지에 있습니다.